Paris

Blanca Imboden

parís

Ein Stanserhorn-Roman

WÖRTERSEH

Wörterseh wird vom Bundesamt für Kultur
für die Jahre 2021 bis 2024 unterstützt.

Lektorat: Andrea Leuthold
Korrektorat: Lydia Zeller
Umschlaggestaltung: Thomas Jarzina
Foto Umschlag vorn: www.shutterstock.com
(Alexander Chaikin / Masson / Alina Rosanova)
Foto Umschlag hinten: Stanserhorn
Layout, Satz und herstellerische Betreuung: Beate Simson
Druck und Bindung: CPI – Ebner & Spiegel

Print ISBN 978-3-03763-126-3
E-Book ISBN 978-3-03763-811-8

www.woerterseh.ch

MIX
Papier aus verantwortungsvollen Quellen
FSC www.fsc.org
FSC® C083411

Diese Geschichte widme ich dem Stanserhorn-Team.
2018 und 2019 durfte ich dort als Bähnlerin arbeiten und
bin mit der historischen Standseilbahn sowie mit der
weltweit einzigen Cabrioseilbahn gefahren.
Danke für die erlebnisreiche und spannende Zeit!

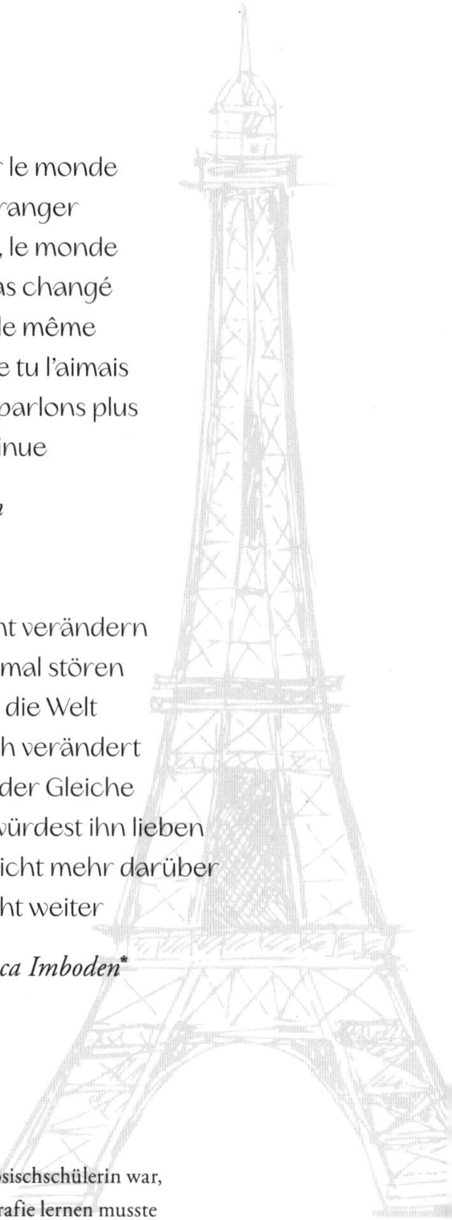

Ça va pas changer le monde
Ça va pas le déranger
Il est comme avant, le monde
C'est toi seule qui as changé
Moi, je suis resté le même
Celui qui croyait que tu l'aimais
C'était pas vrai, n'en parlons plus
Et la vie continue

Joe Dassin

Das wird die Welt nicht verändern
Es wird sie nicht einmal stören
Sie ist wie vorher, die Welt
Nur du allein hast dich verändert
Ich bin immer noch der Gleiche
Der, der geglaubt hat, du würdest ihn lieben
Es war nicht so, reden wir nicht mehr darüber
Und das Leben geht weiter

*Übersetzung von Blanca Imboden**

*, die eine sehr schlechte Französischschülerin war,
aber sogar französische Stenografie lernen musste

Liebe Leserin, lieber Leser

In meinem Roman »Arosa«, der 2018 erschienen ist, spielte die Schriftstellerin Liz Lenzlinger eine Hauptrolle. Sie hatte nur einen einzigen erfolgreichen Roman geschrieben, und zwar »Paris« – ein Weltbestseller, übersetzt, verfilmt und mehrfach preisgekrönt. Danach fühlte sich Liz blockiert und leer. Erst in Arosa fand sie ihre Schreibfreude wieder. Diese Geschichte war natürlich gänzlich frei erfunden.

Aber – ich habe wunderbare Leserinnen und Leser.

Richtig treue Seelen.

Immer wieder verlangten sie in Buchhandlungen nach dem imaginären Buch oder riefen beim Verlag an, um sich zu erkundigen, wo man denn Blanca Imbodens Roman »Paris« kaufen könne.

»Paris«, von mir??

Nach der gefühlt tausendsten Nachfrage wollte mein Verlag wissen, ob ich mir schon einmal überlegt habe, tatsächlich einen Roman mit dem Titel »Paris« zu schreiben.

Et voilà! Ich habe es getan.

So findet frau Inspiration nicht nur in Arosa, sondern manchmal auch im Kreis der eigenen Leserschaft. Vielen Dank dafür!

Mitten im Schreibprozess kam Corona – und blockierte mich wochenlang. Normalerweise baue ich nämlich gern das aktuelle Zeitgeschehen in meine Geschichten ein. Aber wie sollte ich zum Beispiel über Fernweh, Reisen und Seilbahnen schreiben, wo doch grad alles verboten war? Das Coronavirus hatte mich zwar nicht erwischt, aber meine Romanidee niedergestreckt.

Ich war tieftraurig – bis mir eine gute Seele den Rat gab, das Corona-Thema einfach völlig aus meiner Geschichte herauszuhalten. Darüber könne man schließlich sonst überall genug lesen und hören. Ich denke, das war eine gute Entscheidung.

Amicalement,
Blanca

PS Noch eine kleine Warnung vorab: »PARIS« ist eigentlich eine Mogelpackung. Das Buch enthält zwar immerhin 180-mal das Wort Paris, spielt aber in erster Linie rund ums Stanserhorn.

1 Jeder war schon in Paris

»Hau ab! Weg von den Geleisen!«
Ich bremse.
Ich hupe.
Ich schreie.
Will sie sich umbringen?
Ich winke, fuchtle mit den Armen und gebe alle möglichen Geräusche von mir, aber weder Zischen, Schnalzen noch Klatschen haben die gewünschte Wirkung. Hoffentlich filmt mich keiner, denn ich gestikuliere wie eine Irre. Schließlich muss ich meine Bahn tatsächlich anhalten und aussteigen, um die kleine Katze höchstpersönlich von den Schienen wegzutragen. Sie wirkt ziemlich verstört. Ich habe das kleine Tigerchen noch nie gesehen. Vielleicht ist es neu hier in Stans und der Standseilbahn noch nie begegnet. Ich stelle das Tier hinter dem Zaun wieder auf seine vier Pfoten und gebe ihm einen kleinen Klaps auf den Hintern. Schnell klettere ich wieder in den Führerstand. Jede Minute ist kostbar. Bevor ich wieder starten kann, brüllt es schon aus dem Funkgerät:
»Wagen 1 – von Kälti, antworten! Wagen 1 – von Kälti!«
Der Maschinist will wissen, warum die Bahn steht. Ich erkläre es ihm.
»Wegen einer Katze? Judith! Wie oft soll ich es sagen: Die gehen doch immer selber weg. Immer!«
Simons Stimme überschlägt sich fast.
»Diese aber nicht. Ehrenwort. Es war ein Katzenkind, ein winziges, ein total verstörtes«, verteidige ich mich.

Resigniert antwortet er: »Na dann ... solange *du* nicht verstört bist ...«

Simon beendet den Funkverkehr. Ich sehe vor meinem inneren Auge sein Kopfschütteln. Damit kann ich leben. Ich bin die Fahrerin und habe die Verantwortung. Ich muss entscheiden. Und Simon ärgert sich schnell. Noch schneller beruhigt er sich zum Glück wieder. Eigentlich hat er ein sonniges Gemüt. Er vergisst das nur ab und zu, vor allem dann, wenn er zeitlich unter Druck steht. Heute stehen wir alle unter Druck, weil die Touristen Schlange stehen. Hochbetrieb. Wir haben sogar unsere Leute vom Boarding-Team aufgeboten, weil so viele Gäste im Internet Sitzplätze reserviert haben. Sie können nun an einem separaten Schalter einchecken.

Seit fünf Jahren stehe ich vorn auf dem Führerstand der alten Standseilbahn am Stanserhorn. Diese hat schon über hundertfünfundzwanzig Jahre auf dem Buckel. Dagegen bin ich mit meinen fünfundfünfzig Jahren ein echter Jungspund.

Heute ist ideales Arbeitswetter. Es ist warm und sonnig. Nur ein zarter Wind umspielt mein Gesicht beim Fahren. Herrlich.

Heute fahre ich viel.

Bergauf und bergab.

Alle zehn Minuten wechsle ich die Fahrtrichtung.

Mindestens.

In der Mittelstation Kälti steigen die Gäste aus meinem Holzzüglein in die moderne Cabrioseilbahn um, die ich natürlich auch bediene, je nach Schicht.

> Rauf und runter, froh und munter
> So fuhr ich gestern schon, so fahr ich heut.

Dieses alte deutsche Schunkellied – ich habe es nur ein wenig umgetextet – könnte glatt ein Bähnler-Song sein.
Ja, ich singe oft vor mich hin beim Arbeiten. Das sagt doch schon einiges aus über meinen Arbeitsplatz und die Arbeitsatmosphäre hier beim Stanserhorn. Wir arbeiten gern. Aber natürlich singe ich nur, wenn ich allein auf dem Führerstand bin. Wenn viel los ist, nehme ich vorn bei jeder Fahrt drei Personen mit. Gerade sind in der Talstation in Stans wieder neununddreißig Personen zugestiegen. Drei Japaner stehen neben mir. Ich könnte sogar singen – die würden das gar nicht merken. Sie sind total darauf konzentriert, ihre Reise für die Ewigkeit festzuhalten. Der junge Mann neben mir treibt es auf die Spitze: In einer Hand hält er ein Tablet und filmt, mit der anderen umklammert er sein Handy, um gleichzeitig zu fotografieren. Das grenzt an eine akrobatische Meisterleistung, da es ja ziemlich rüttelt und schüttelt, wenn man hier steht. Ich selbst halte mich während der Fahrt auch immer am Geländer fest. Meine Passagiere dokumentieren alles minutiös: jeden Stein, jede Kuh, jedes Unkraut am Wegesrand. Manchmal frage ich mich, wer diese ganzen Filme jemals anschauen wird, anschauen muss oder darf. Wissen meine Gäste am Ende ihrer Reise noch, wo sie was gefilmt haben? Diese Gruppe kommt zum Beispiel direkt aus Mailand und fährt später noch nach München weiter. Eigentlich mag ich die Japaner sehr. Sie sind sauber, höflich, diszipliniert. Aber so richtig leicht im Umgang sind sie trotzdem nicht. Wenn ich oben an der Seilbahn arbeite und ihnen auf dem Cabriodach erkläre, dass sie – einmal an der Bergstation angekommen – auf dem Oberdeck aussteigen können und nicht wieder die Treppe nehmen müssen – natürlich in meinem schönsten Englisch –, dann lächeln sie, nicken vielleicht sogar. Aber kaum hält die Bahn oben, höre ich schon – triptrap, triptrap –, wie sie alle der Reihe nach die enge Wendeltreppe herunterkommen. Sie hatten

nichts verstanden. Das Lächeln der Asiaten kann alles heißen – oder nichts.

Der Kontakt mit Menschen aus aller Welt, das Kennenlernen von mir fremden Kulturen, das macht mir Freude. Natürlich bin auch ich versucht, die Gäste in Schubladen zu stecken. Und es gibt ein paar hässliche Schubladen.
Am liebsten habe ich – ehrlich gesagt – Touristen, mit denen ich reden kann, wie auch immer, notfalls mit den Händen; Touristen, die Interesse bekunden, die Fragen stellen, die sich nicht nur hinter ihrem Handy verstecken.
»Bekommen Sie Geld für diese Arbeit hier?«, wollte grad vorhin einer wissen. Ein Schweizer übrigens. Diese Frage kenne ich. Sie gehört zu den Top Ten der am häufigsten gestellten Fragen. Aber – ich schwörs – es ist eine reine Schönwetterfrage. Keiner fragt so was, wenn ich vorn im Regen stehe und mir der kalte Wind um die Ohren pfeift oder wenn mir ein Schneesturm die Nase einfriert.
Ja, ich bekomme Geld.
Ja, das ist ein Job.
Allerdings nimmt auch mein Mann Guido meine Arbeit nicht richtig ernst. Im Januar, auf einem Cüpli-Empfang mit seinem Matura-Jahrgang, fragte ein Doktor Sowieso nach meiner Tätigkeit. Er habe gehört, ich arbeite bei der Stanserhorn-Bahn. Wahrscheinlich dachte er, ich sei die persönliche Assistentin des Direktors. Mindestens. Als ich ihm jedenfalls erklärte, was ich mache, dass ich nämlich mit zwei verschiedenen Bergbahnen jeden Sommer um die zweihunderttausend Gäste auf den Berg bringe, unterbrach er mich schnell leicht gelangweilt, meinte herablassend lächelnd: »Schön, schön« – und fügte mit leicht mitleidigem Blick an: »Meine Frau Gertrude töpfert.«
Gertrude töpfert …

Nein, ich habe nichts gegen Töpfern. Gar nichts. Aber meine Beschäftigung hier ist – bitte schön – kein Hobby. Ich trage schließlich Verantwortung für Menschen und Maschinen.
Und Gertrude töpfert …
Ich könnte mich glatt wieder aufregen, wenn ich an diesen Abend denke. Vor allem darüber, dass mein Mann Guido mitlächelte. Und wenn ich schon dabei bin: Gertrude durfte ich neulich persönlich kennen lernen. Sie war zu Fuß mit einer Frauengruppe das Stanserhorn hochgekommen – womit sie sich schon einmal meinen vollen Respekt verdient hat – und stieg auf dem Heimweg in meine Gondel. Gertrude war mit ihren Studentinnen unterwegs und erzählte mir, dass sie in Luzern an der Hochschule für Design und Kunst Keramik und Töpfern lehrt. Sie hat mit ihren Werken schon Preise gewonnen und Ausstellungen bestückt. Ihre Töpferei ist Kunst.
Gertrude töpfert …
Was soll diese Herablassung?
Bloß wegen des fehlenden Doktortitels?
Gut, wir Bähnler am Stanserhorn absolvieren für unsere Tätigkeit keine Lehre und sicher kein Studium. Wir werden intern geschult und laufend weitergebildet. Ein paar wenige von uns sind Studenten, andere sind Rentner. Wir kommen aus allen möglichen Berufen. Trotzdem wünschte ich mir ein wenig mehr Wertschätzung. Wenigstens von meinem eigenen Mann.

Ich atme durch und vergesse meinen Ärger schnell. Beim Fahren muss ich auf die Bahnübergänge achten, immer mit voller Bremsbereitschaft. Es gab da ja mal vor Jahren einen Zusammenstoß mit der Standseilbahn und einem Auto. Dieser hässliche Unfall wird uns bei jeder Fortbildung in Erinnerung gerufen, damit wir immer gut achtgeben und die latente Gefahr bei den unbewachten Bahnübergängen auch wirklich ernst nehmen. Die Schienen und die

Umgebung behalte ich sowieso immer im Auge. Ich musste schon für unvorsichtige Wanderer, spielende Kinder oder Tiere aller Art bremsen. Neulich verlor eine Amerikanerin unterwegs ihr Handy. Es war an einen Stab montiert, und sie hielt das Ding so weit aus dem Fenster, dass es beim ersten Tunnel mit der Wand kollidierte, was natürlich entgegen ihrer Erwartung kein Grund für eine Vollbremsung war, sondern »nur« für einen geordneten Halt bei der nächsten Vorbeifahrt.

Beim Ein- und Aussteigen der Gäste in Stans und im Kälti soll ich zwar immer umwerfend höflich und charmant sein, trotzdem aber versuchen, das Tempo des Ablaufs zu beschleunigen, um möglichst schnell wieder unterwegs zu sein.

Ein Seiltanz. Und immer steht die Sicherheit an erster Stelle.

Türchen auf, Türchen zu.

Rauf und runter.

Abends bin ich jeweils völlig erledigt.

Vom Stehen, vom Rennen, vom Gerüttelt-und-geschüttelt-Werden, vom ständigen Höhenunterschied, von der Überdosis an frischer Luft.

Aber auch glücklich und zufrieden.

Mit mir.

Mit der Welt.

Mit meinem Leben.

Gerade fahre ich wieder am Altersheim Nägeligasse vorbei. Es steht direkt an den Geleisen, kurz nach der Talstation. Touristen fragen oft, ob das ein Hotel sei. Hier lebt seit einem Jahr meine Schwiegermutter Lotti. Oft beklagt sie sich, dass ich ihr nicht gewinkt habe, obwohl sie doch am offenen Fenster gestanden sei. Daher winke ich immer mal wieder prophylaktisch in Richtung Altersheim, während ich im Bähnchen vorbeirumple. Lotti, meine schwierige Schwiegermutter … Immerhin wohnt sie jetzt hier, was uns von vielen Sorgen und Notfalleinsätzen befreit. Aber das ist eine andere Geschichte.

»Du, Judith, hast du es gesehen?«
Simon, der Maschinist, hält mir beim Mittagessen im Kälti eine Zeitschrift so nahe unter die Nase, dass ich rein gar nichts sehen kann.
»Was?«, frage ich leicht genervt. »So sehe ich nichts!«
Simon lässt mich essen und setzt sich mir gegenüber. Dann erzählt er mir geduldig von einem Wettbewerb, den er gerade im »Schweizer Magazin« entdeckt hat, und erklärt: »Da kann man eine Reise nach Paris gewinnen!«
Er schaut mich an, als müsste ich jetzt vom Stuhl kippen oder aber vor Begeisterung aufspringen.
»Schön«, sage ich nur und genieße mein Geschnetzeltes mit Rösti. Die Arbeit macht hungrig, und das Personalessen in der kleinen Stube im Kälti schmeckt immer sehr gut.
Eine Parisreise gewinnen? Es ist ja nicht so, dass wir uns diese nicht selber leisten könnten. Mein Mann ist Tierarzt. Er verdient genug. Paris ist also nicht von einem Wettbewerb abhängig, sondern bräuchte einfach etwas Organisation, ein wenig Aufwand und Planung – und vor allem und in erster Linie auch den echten Willen dazu, unsere Hochzeitsreise tatsächlich nachzuholen, jetzt, nach dreißig Jahren. Ob dieser Wille vorhanden ist, nun ja, daran zweifle ich schon lange. Daher meine eher gedämpfte Freude über den Wettbewerb.
»Ich kann mein Glück ja mal versuchen«, steige ich – dem Frieden zuliebe – dann doch noch in eine Unterhaltung ein und lege mein Besteck zur Seite.
»Eben! Fast jeder war schon in Paris, außer dir«, behauptet Simon.

»Na, das ist jetzt etwas übertrieben«, wehre ich mich.
Das hätte ich lieber gelassen. Nun wird jeder, der im Kälti vorbeikommt, befragt, ob er schon in Paris war. Und in der Tat, schon fast alle waren in der Stadt der Liebe: der Maler, die Kellnerin, die Gärtnerin, die Kioskfrau … Außer Kuno, der eh nie irgendwohin verreist und überhaupt keinen Grund sieht, die Schweiz jemals freiwillig zu verlassen. Und Corinne, die erst achtzehn ist und somit unsere jüngste Bähnlerin. Stimmt, sie war auch noch nicht in Paris. Aber sie hat China bereist, wanderte in den Pyrenäen, und sogar in Ouagadougou war sie schon. Paris steht auf ihrer To-do-Liste.
Auf meiner Liste dümpelt Paris seit langem vor sich hin, verstaubt und verschimmelt da langsam. Und schon oft war ich versucht, mir eine schöne Parisreise zusammenzustellen und allein zu verreisen. Oder meine Tochter Claire dazu einzuladen. Vielleicht sogar mit Kolleginnen zu fahren.
Aber nein, das lässt mein Kopf nicht zu. Vielleicht auch mein Herz nicht. Eine Hochzeitsreise bis in alle Ewigkeiten vor sich herzuschieben, ist die eine Sache. Sie dann abzusagen und aufzugeben, eine ganz andere.

Am Feierabend drückt mir Simon das »Schweizer Magazin« in die Hände.
»Viel Glück, Judith!«, sagt er.
Und natürlich setze ich mich zu Hause hin und öffne die Zeitschrift. Keiner kennt Paris so gut wie ich. In der Theorie zumindest. Ich habe alles über Paris gelesen, jeden Film und jede Reportage darüber gesehen.
Seite 21, tatsächlich, da ist der Wettbewerb. Eine leichte Übung; erst recht, weil die Lösung nur aus drei verschiedenen Vorschlägen gewählt werden muss.
Die Avenue des Champs-Élysées ist 1,9 Kilometer lang.

Der Eiffelturm ist 300 Meter hoch, ohne Antenne. Obwohl ich da noch anzumerken hätte: Die Länge des Turms schwankt um einige Zentimeter, je nach Jahreszeit, weil sich der Stahl in der Sommerhitze ausdehnt. Aber das ist Wissen für Fortgeschrittene.
Die Stadt Paris hat über 2,2 Millionen Einwohner.
Die Bürgermeisterin heißt Anne Hidalgo.
Das wars.
Dafür musste ich nicht einmal Wikipedia konsultieren. Ich könnte ein Buch über Paris schreiben oder Touristen durch die Stadt führen. Aber ich war noch nie da. Weil Guido nicht kann. Weil seine Tierarztpraxis wächst und wächst und er zwar immer mehr Mitarbeiter hat, trotzdem aber meint, absolut unabkömmlich zu sein. Natürlich gab es zwischendurch auch Zeiten, da wäre eine Reise tatsächlich nicht möglich gewesen. Als wir unsere Tochter Claire bekamen, unseren Sonnenschein, da wollten wir nicht auf eine Städtereise, haben Familienferien gemacht, das war auch schön – aber es war keine Hochzeitsreise. Später gab es Krankheiten, Unfälle. Meine Eltern starben. Guidos Praxis wurde umgebaut. Es war immer irgendetwas. Den letzten ernsthaften Versuch, unseren Honeymoon nachzuholen, unternahmen wir vor fünf Jahren. Es war alles gebucht, und ich konnte nicht mehr schlafen vor lauter Vorfreude. Da starb unerwartet unser Schwiegersohn Erwin an einem Schlaganfall, und Claire stand mit dem einjährigen Moritz allein da, völlig gebrochen und extrem hilfsbedürftig. Es dauerte eine ganze Weile, bis sie ihr Leben wieder im Griff und sich als alleinerziehende Mutter organisiert hatte. Monatelang pendelte ich ständig zwischen ihrem und unserem Haus hin und her. Auch Guido engagierte sich mit vollem Einsatz.

»Hast du überhaupt noch Lust auf eine Hochzeitsreise, nach all den Jahren? Hat die nicht auch ein Verfallsdatum?«, fragte mich meine Freundin Bärbel neulich provokant und schob dann nach: »Ich hätte keine Lust mehr auf Flitterwochen mit meinem Berti. Das käme mir ja direkt lächerlich vor, so wenig, wie wir uns noch zu sagen haben.«

»Na ja, ich weiß nicht, vielleicht wäre es gerade deshalb wichtig? Die Stadt der Liebe, der Romantik, *l'amour toujours*... Sicher inspirierend und animierend...« Leise sang ich: »Ganz Paris träumt von der Liebe...«

Bärbel lachte nur und winkte ab.

Und sie hat natürlich recht. Eine Reise nach Paris hätte vor dreißig Jahren eine andere Bedeutung gehabt als heute. In meiner romantischen Vorstellung sah ich uns damals Hand in Hand durch malerische kleine Gassen der riesigen Stadt bummeln, verliebt in traditionellen Bistros herumschmusen, Liebesschwüre auf dem Eiffelturm austauschen. Ich freute mich auf das Nachtleben, auf stimmungsvolle Candle-Light-Dinners und erotische Abendshows, lange Spaziergänge an der Seine, eng umschlungenes Tanzen in schummrigen Bars.

Heute wäre es einfach eine Städtereise, das Einlösen eines Versprechens und – ja – doch irgendwie auch ein Bekenntnis zu mir. Ich weiß, Guido ist Paris nicht wichtig, aber er weiß, wie wichtig mir die Stadt ist. Und es reicht einfach nicht, wenn er mir Bettwäsche voller kleiner Eiffeltürme oder ein Goldkettchen mit einem zierlichen Eiffelturm-Anhänger schenkt. Das Gemälde im Wohnzimmer, das den Eiffelturm im Abendrot zeigt, war auch nur gut gemeint. Claire hatte als Kind sogar einen aufblasbaren Eiffelturm. Ich fands süß, als Guido damit ankam. Aber eben...

Vielleicht sollte ich meinem Guido mal die Bärbel-Frage stellen: »Hast du eigentlich noch Lust auf eine Hochzeitsreise mit mir?« Aber will ich die Antwort auch wirklich hören?

Ich schicke die Lösungen für den Pariswettbewerb übers Internet ab und schwöre mir, diese Reise, sollte ich sie gewinnen, auch wirklich anzutreten, notfalls mutterseelenallein. Dann gehe ich schlafen. Morgen muss ich wieder um sieben zum Dienst antreten. Zum Glück bin ich bei der Cabrioseilbahn ganz oben eingeteilt. Das ist gut so, weil es möglicherweise ein wenig regnet. Beim oberen Dienst wird man immerhin nicht nass, weil man in der Gondel ein Dach über dem Kopf hat und nicht vorn im Regen stehen muss wie auf der Standseilbahn.

Es ist oft so, dass Guido erst heimkommt, wenn ich schon schlafe. Manchmal muss er auch mitten in der Nacht ausrücken. Darum haben wir getrennte Schlafzimmer. Heute werde ich allerdings wach, weil er um zwei Uhr morgens laut in der Küche herumhantiert. Ich höre, wie er vor sich hin schimpft. Das ist doch recht ungewöhnlich, und so stehe ich auf, um nachzuschauen, ob etwas passiert ist.

Mein Göttergatte sucht im Kühlschrank nach irgendwas.

»Hallo, Schatz«, sage ich.

Guido erschrickt, weil ich so unerwartet auftauche, und als er sich zu mir umdreht, geht es mir genauso, denn er sieht furchtbar aus.

»Jesses, was ist denn mit dir passiert?«, platzt es aus mir heraus.

»Schon gut, schon gut«, versucht er mich zu beruhigen. »Es sieht schlimmer aus, als es ist.«

Mich beruhigen seine Worte gar nicht. Im Gegenteil.

»Hattest du eine Schlägerei?«, frage ich, allerdings im Scherz, denn mein Guido würde sich nie und nimmer prügeln. Ich schubse ihn vorsichtig weg vom Kühlschrank und hole den Eisbeutel aus dem Gefrierfach.

»Genau, den brauche ich«, sagt er.

Ja, das glaube ich allerdings auch.

»Setz dich hin«, fordere ich ihn auf.

Dann schaue ich mir sein Gesicht genauer an. Sein rechtes Auge ist praktisch ganz zugeschwollen, das Auge selber scheint aber nicht wirklich verletzt zu sein. Wenigstens, soweit ich das überhaupt beurteilen kann. Auch am Kinn hat er ein paar Kratzer. Vielleicht ist es wirklich nicht so schlimm.
Vorsichtig lege ich den Eisbeutel auf sein Auge.
»Es war ein Pferd«, schimpft er. »Ein verdammtes Pferd!«
Guido hasst Pferde. Zum Glück hat er auch selten mit ihnen zu tun. Pferde sind edel und teuer. Da lassen die Besitzer nicht den einfachen Feld-Wald-und-Wiesen-Tierarzt ran. Außer im Notfall.
»Gloria hat mich gebeten, mal kurz nach ihrem Hengst Hasso II. zu schauen. Der war aber eigentlich ganz fidel. Jedenfalls fit genug, um mich mit einem kurzen Schwung seines Schädels einfach umzunieten.«
Er lacht grimmig.
»Auf die Hufe habe ich ja aufgepasst. Aber nein. Mit dem Kopf! Gefällt wie einen Baum hat er mich. Zack. Ich hatte keine Chance.«
Ja, ja, Pferde sind doof. Aber Gloria – eine attraktive Frau, wohl die schönste hier weit und breit. Klar, dass jeder antanzt, wenn sie pfeift, sogar mein Guido, der große Pferdehasser.
»Bist du sicher, dass du keinen Arzt brauchst, Schatz?«, frage ich nun fürsorglich. Aber ich kenne die Antwort schon.
Und genau, sie kommt: »Ich *bin* Arzt!«
Wenn man schon so lange zusammen ist wie wir zwei, dann kennt man sich halt. Viele von Guidos Antworten könnte ich mit hundertprozentiger Treffsicherheit voraussagen. Warum frage ich dann noch? Selber schuld. Guido verarztet sich grundsätzlich selber, nimmt Medikamente, die eigentlich für Tiere vorgesehen wären. Auch Salben und Wickel verwendet er aus seiner eigenen Praxis. Und er hat damit meist Erfolg. Ich habe bei Gelenkschmerzen auch schon seine Salben ausprobiert, und sie waren keinesfalls

schlechter als die von meinem Hausarzt – und auf jeden Fall nur halb so teuer.
»Ich musste mich bei Gloria kurz hinlegen, ging mir echt schlecht für einen Moment. Sie hat die kritischen Stellen desinfiziert und hat mir dann einen Schnaps gegeben. Das wird schon wieder. In Zukunft halte ich mich von Pferden fern, versprochen.«
»Und von Gloria bitte auch«, würde ich gern noch anfügen.

Früher war ich nicht eifersüchtig. Nie. Doch heute, da spüre ich manchmal kleine Stiche von Eifersucht, weil es zwischen Guido und mir nicht mehr ganz so rundläuft. Rund … ja, ich hingegen bin über die Jahre etwas zu rund geworden. Und dann kam diese Gloria daher: reich und schön, elegant und erfolgreich. Da mache ich mir halt schon Gedanken, wenn sie ständig die Nähe von Guido sucht. Und wenn sie es nicht schafft, ihn auf ihr Gestüt zu locken, dann bringt sie eben ihren Hund in die Praxis oder – wie neulich – eine ihr angeblich zugelaufene Schildkröte. Als würden einem Schildkröten zulaufen!? Mir ist das auf jeden Fall noch nie passiert.
Ich schenke meinem Mann ein Glas Rotwein ein, seinen Schlummertrunk, wie er das nennt, und lasse ihn von seiner anstrengenden Nacht erzählen. Die Kuh von Klaus Infanger musste ein totes Kalb gebären, was offenbar mit viel Mühe verbunden war. Der Pudel von Mary Amstutz wurde wahrscheinlich vergiftet und ist jetzt tot. Da musste Guido einen Bericht für die Polizei schreiben. »Einem Menschen, der Tiere vergiftet, dem sollte man einfach ohne großen bürokratischen Aufwand das gleiche Gift zu fressen geben«, sagt er und gähnt.
Diesen Satz kenne ich schon, und ich verstehe Guidos Wut. Auch letzte Woche wieder lag auf einer Wiese beim Robinsonspielplatz ein mit Rasierklingen gespickter Cervelat. Ich mag mir gar nicht

ausmalen, was für Qualen ein Tier erleiden muss, das in so eine Wurst beißt.
Jetzt kramt Guido in seiner großen Ledertasche und holt eine Dose heraus. Großzügig verteilt er eine stinkende grüne Salbe über die lädierten Stellen in seinem Gesicht.
»Ich bin müde«, sagt er dann weinerlich.
Und so bringe ich ihn ins Bett, wie einen kleinen Jungen. Was er für mich manchmal auch ist. Liebevoll decke ich ihn zu und küsse ihn auf eine gesunde Stelle im Gesicht, streichle ihm übers Haar.
»Danke, Judith, du bist die Beste«, sagt er leise.
Und dann ist er auch schon eingeschlafen. Ich sitze noch eine Weile auf dem Bettrand, kontrolliere, ob Guidos Wecker gestellt ist, beobachte ihn beim Schlafen. Dann kippe ich das Fenster, ziehe den Vorhang zu.
Ich liebe Guido. Keine Frage. Nach all den Jahren noch. Nie habe ich unsere Beziehung hinterfragt oder angezweifelt. Guido ist ein guter Mensch, ein liebevoller Mann. Wir haben uns ein wenig auseinandergelebt, was leider vielen Paaren passiert, nach dreißig Ehejahren. Aber wir gehören zusammen. Für immer. Das ist eine Gewissheit, die mir guttut, ein sicherer Wert in meinem Leben.

Das Frühstück am frühen Morgen ist oft unsere einzige gemeinsame Mahlzeit. Immerhin so weit konnten wir unseren Lebensrhythmus aufeinander abstimmen. Guido hält beim Kaffeetrinken wieder den Eisbeutel aufs Auge. Es ist inzwischen blau geworden. Ein klassisches Veilchen.
»Scheißpferde«, schimpft er vor sich hin.
Ich lächle in mich hinein und hoffe, dass ihn dieses Erlebnis ein wenig von der schönen Gloria fernhalten wird.
»Ich habe heute Innendienst«, sagt er dann. »Du weißt: Hunde und Katzen kastrieren, impfen, entwurmen …«

Er lacht und verdreht die Augen. Lieber ist er halt unterwegs auf den Bauernhöfen, bei den großen, richtigen Tieren, den echten Herausforderungen, wie er immer wieder betont. Bei den Bauern halt. Und weg von den Frauchen und Herrchen mit ihrer – seiner Meinung nach – übertriebenen Tierliebe. Weg von all denen, die ihre Haustiere vermenschlichen, verziehen, verwöhnen und die von Guido oft mehr Zuwendung brauchen als ihr krankes Tier. Aber wir haben nun mal in der Schweiz bald zwei Millionen Katzen und jetzt schon rund eine halbe Million Hunde. In gut jedem dritten Haushalt lebt mindestens ein Haustier, auf dem Land sogar in mehr als jedem zweiten. Und – das habe ich neulich gelesen – wir Schweizer geben im Jahr weit über sechshundert Millionen Franken für unsere tierischen Freunde aus. Somit sind sie eben auch ein gutes Geschäft. Für Tierärzte sowieso. Diese Aussage würde Guido nicht gern hören, aber sie stimmt halt trotzdem.
Ich bin froh, dass ich ihn heute in der Praxis bei den verwöhnten Haustieren weiß, wo er seine Helferinnen um sich hat, die sich um ihn kümmern werden, falls er sich in seiner Selbstdiagnose etwas überschätzt hat.

2 Königin der Lüfte

Der schönste Job am Stanserhorn ist natürlich das Fahren der großen Cabrioseilbahn, der Stolz unseres Unternehmens. Sie bietet Platz für insgesamt sechzig Personen und – das ist der Clou – ist die einzige Seilbahn der Welt mit einer Dachterrasse. Das ist einer der Gründe, warum seit Juni 2012 noch mehr Menschen aus aller Welt auf das Stanserhorn kommen, wo es doch rundherum auch noch diverse andere wunderschöne Ausflugsziele gibt: den Pilatus, die Rigi, den Titlis, den Bürgenstock. Dazu den Vierwaldstättersee mit seinen historischen Dampfschiffen. Wir leben wirklich im Paradies. Das denke ich zumindest jedes Mal, wenn ich mit meiner Seilbahn unterwegs bin. Und das bestätigen mir meine Gäste jeden Tag. Ich habe den Arbeitsplatz mit der großartigsten Aussicht, und diese hat jeden Tag wieder ihren neuen Reiz. Sie verändert sich je nach Wetter, Tageszeit, Jahreszeit, und ich kann mich nie daran sattsehen. Meine Facebook-Freunde müssen sich fast täglich irgendein Foto anschauen, das ich während der Arbeit aus der Seilbahn heraus mache, und das auch an Tagen, wo es nichts zu sehen gibt außer Nebel. Ja, ich habe einen herrlichen Job, um den mich viele beneiden. Zu Recht. Ich fühle mich wie die Königin der Lüfte.

Trotzdem ist es Arbeit. Die Bahn fährt zwischen der Mittelstation Kälti auf 700 Metern und dem Stanserhorn auf 1900 Metern rauf und runter, und wie gesagt, dieser ständige Höhenunterschied macht müde. Außerdem habe ich am Morgen, nachdem die Nothalte-, die Funk- und Telefontests gemacht sind, ein kleines Fitnessprogramm zu absolvieren: putzen. Die hölzernen Stufen der Wendeltreppe, die vom ersten Stock auf die Dachterrasse führt, sind immer besonders schmutzig. Außerdem sind die riesigen Fenster verschmiert und mit allerlei Substanzen verklebt, und die vielen Chromstahlgeländer müssen gereinigt und desinfiziert werden. Doch das alles mache ich gern. Am Morgen fährt man ja meist leer von oben nach unten und hat also Zeit für solche Reinigungsarbeiten.

Putzen mit Aussicht.

Putzen mit Weitsicht.

Es macht mir wesentlich mehr Spaß als daheim in den eigenen vier Wänden.

Heute kommt diese Arbeit ein wenig zu kurz, weil meine Freundin Bärbel, die eine Saisonkarte von mir zum Geburtstag bekommen hat, mehrmals mit mir hoch- und wieder runterfährt. Das sieht die Direktion natürlich nicht gern, aber Bärbel kümmert das nicht, denn sie hat Gesprächsbedarf und ist furchtbar aufgewühlt. Ich glaube, sie hat geweint. Viel geweint. Jedenfalls sieht sie so aus. Ihre immer so sorgfältig gepflegte Föhnfrisur, für die ich sie oft beneide, sieht ziemlich verwildert aus. Die Zeichen stehen also auf Sturm.
»Du bist schuld, Judith!«, sagt sie gleich mal provozierend.
»Aha!«, kommentiere ich da nur und reibe an einem besonders hartnäckigen Flecken an der Schiebetür herum.
Bärbel doppelt nach: »Ich hatte einen furchtbaren Streit mit Berti. Deinetwegen!«
»Soso«, murmle ich in meinen nicht vorhandenen Bart.
Ich lasse mich doch von ihr nicht provozieren. Was sollte ich denn getan oder gesagt haben, das ihr Liebesleben betrifft? Was habe oder hatte ich jemals mit Berti zu tun? Wenn ich es mir so richtig überlege, waren meine Gespräche mit ihm bisher sehr oberflächlich. Ich putze weiter und warte auf irgendeine schlüssige Erklärung, auf die ich wirklich reagieren kann.
Und dann geht Bärbel endlich ins Detail: »Wir haben über deine blöde Hochzeitsreise gesprochen. Und ich fragte Berti, ob er denn noch Lust hätte, mit mir eine Hochzeitsreise zu machen, mit Romantik und so, nach all den Jahren. Ich könne mir das irgendwie gar nicht richtig vorstellen, wie man nach dreißig Ehejahren die Hochzeitsreise nachholen könne.«
Jetzt schaue ich sie doch aufmerksam an und stelle das Putzen ein.
»Er hat laut gelacht. Er hat mich ausgelacht. Ich solle nicht albern sein. Albern! So ein richtiges Paar seien wir ja sowieso nicht mehr.«
Daraufhin hätten sie ein stundenlanges Gespräch gehabt, offen, ehrlich und schonungslos. Bärbel klagt mich an: »Du bist schuld!

Sonst hätten wir weitergemacht wie bisher, ohne Worte nebeneinanderher gelebt. Jetzt, wo wir so vieles ausgesprochen haben, scheint mir unsere Ehe irreparabel beschädigt zu sein. Wieso sollen wir zusammenbleiben, wenn wir keine Liebe mehr füreinander empfinden?«

Im Kälti angekommen, öffne ich die Schiebetüren. Ich konzentriere mich auf meine Arbeit. Siebenundzwanzig Amerikaner steigen ein. Sie werden vom Reiseleiter Jordan begleitet, den ich inzwischen gut kenne. Wir begrüßen uns freundlich. Die Gäste stürmen aufs Oberdeck, Jordan lacht und folgt ihnen leichtfüßig die Treppe hoch. Um diese Gruppe muss ich mich nicht kümmern. Jordan wird ihnen alles erzählen und erklären, wird sie mit seinem Charme einwickeln. Da störe ich nur. Ich schließe die Glastüren. Simon, der Maschinist, winkt mir zu. Ich gebe das »Bereit« in den Bordcomputer ein, warte das Aufleuchten des »Gegenbereit« ab und drücke dann den Startbefehl. Während ich das Feld für die Statistik bearbeite, das heißt, die Zahl 27 eintippe, heben wir schon ab und gondeln dem Gipfel entgegen.

Jetzt habe ich wieder Zeit für meine Freundin. Ihre Worte haben mich erschüttert.

»Du, Bärbel, das tut mir total leid. Aber was soll ich dazu sagen? Du weißt, meine Ehe ist auch ein wenig lauwarm. Ich wünschte mir manchmal so ein Gespräch, wie ihr es geführt habt. Allerdings hast du mir jetzt grad Angst davor gemacht. Und denkst du nicht, dass am Ende, wenn die Emotionen sich etwas beruhigt haben, das Gespräch doch irgendwie gut war? Vielleicht ist dann eine Art Neuanfang möglich?«

Sie schüttelt resigniert den Kopf, und Tränen laufen ihr übers Gesicht. Ich insistiere weiter: »Das kann ich einfach nicht glauben. Jeder Therapeut sagt doch: Reden, reden, reden. Das habt ihr jetzt gemacht. Vorbildlich. Also warte es doch mal ab.«

Bärbel schnäuzt sich lautstark die Nase.
Sie erklärt: »Ich denke gerade über einen wirklichen Neuanfang nach. Einen ganz ohne Berti.«
Oh.
Jetzt fühle ich mich wirklich einen kleinen Moment lang schuldig. Aber nur einen winzig kleinen. Denn sofort stellt sich mir die Frage: Kann es wirklich besser sein, nicht zu wissen, was der andere denkt und fühlt? Ein Zusammenleben im Nebel? Kann ein offenes Gespräch so viel zerstören? Eigentlich war doch wohl schon alles vorbei, man hatte, was geschehen war, nur noch nicht in Worte gefasst. Trotzdem musste das nicht Ausgesprochene doch ständig in der Luft hängen. Erstaunlich, dass die beiden noch atmen konnten.
Das alles behalte ich für mich, es gibt im Moment nichts mehr zu reden. Bärbel nimmt einen Putzlappen und putzt, als gäbe es kein Morgen. Sie findet das hinterletzte Hundehaar und das winzigste Steinchen unter der Holzbank. Ich habe die sauberste Seilbahn der Welt, als Bärbel sie verlässt, um arbeiten zu gehen. Ich drücke meine Freundin noch einmal fest an mich.
»Du kannst immer auf mich zählen!«, verspreche ich ihr, worauf sie ein wenig lächelt.
Es ist ein schiefes Lächeln, das mir im Herzen wehtut.

Bärbel ist meine beste Freundin. Meine einzige Freundin. Wenn es ihr so schlecht geht, dann bedrückt mich das auch. Wir haben uns vor dreißig Jahren kennen gelernt, vor einer halben Ewigkeit also. Sie war wegen Berti nach Stans gezogen, ich wegen Guido, und wir fühlten uns beide ein wenig verlassen, hatten noch keine Kontakte. Wir lernten uns im Spital kennen, im Wochenbett. Bärbel bekam Josy, ich Claire. Es war wie ein Zeichen, das wir dankbar annahmen. Seither sind wir unzertrennlich.

Jetzt lässt sie mich nachdenklich zurück, und ich bin froh um jede Touristengruppe, die heute kommt und mich beschäftigt.
Irgendwann beginnt es zu regnen, und trotzdem bestehen die Gäste auf einem Besuch auf dem Dach.
»Wir haben das schließlich bezahlt!«, erklärt mir eine junge Frau aus Deutschland.
Dabei gibt es auch da oben überhaupt keine Aussicht mehr. Gar keine. Wir fahren durch Regenwolken. Ich trockne ständig die nasse Treppe, schaue, dass das Wasser nicht in die Elektronik hineinrinnt. Es gibt aber Leute, die so eine Fahrt im Regen richtig genießen. Es darf sogar kalt sein.
»Kühl ist cool«, meinte eine Inderin neulich. Sie genoss es, durch die Regenwolken zu fahren. In ihrem Heimatland hätten sie gerade vierzig Grad.
Nein, so viel Hitze braucht wirklich keiner. Es reicht, dass auch unsere Sommer immer heißer werden. Trotzdem: Wenn es stärker regnet, richtig schüttet, vielleicht auch noch windet, dann müssen wir das Dach schließen. Und ich muss die Proteste der Touristen dann charmant weglächeln. Aber so was kann ich.

Nach Feierabend spaziere ich kurz am Bahnhof vorbei, um zu schauen, wie es Bärbel geht. Sie führt den Bahnhofkiosk und ist grad ganz schön beschäftigt. Darum blättere ich in ein paar Zeitschriften, bis sie Zeit für ein paar Worte findet.
Ha!
Ich dachte es ja schon immer, aber jetzt weiß ich es ganz sicher, weil es hier steht, in dieser bunten Illustrierten: »Mehr Sex in roter Bettwäsche!«
Die Schlagzeile macht mich neugierig, und so überfliege ich den Artikel, der alles darüber weiß, welche Farbe man bei welchen sexuellen Problemen für die Bettwäsche wählen soll. Ist es nicht

wunderbar, wenn die Welt und das Leben einem so einfach erklärt werden? Bisher habe ich mir noch nie Gedanken über die Farbe meiner Bettwäsche gemacht.
»Sexprobleme, liebe Judith? Habt ihr überhaupt noch Sex?«, fragt mich Bärbel belustigt, die nun kurz für mich Zeit findet und mir über die Schulter schaut.
»Nun, hätte ich Sexprobleme, fände ich hier ja die Lösung«, gebe ich lachend zurück.
Bärbel erklärt grinsend, dass sie auch immer viel aus diesen Zeitschriften lerne.
Ich frage sie ernst: »Kannst du arbeiten? Geht es?«
Sie nickt und sagt: »Ich bin ein großes Mädchen. Arbeiten geht immer. Arbeiten hält die Welt zusammen.«
Und schon kommt wieder Kundschaft.
Von der Ansichtskarte über Zigaretten, vom Apfel bis zur Zeitung: Bei Bärbel kann man alles kaufen. Ich beobachte sie eine Weile und denke, dass sie mir ähnlich ist. Sie funktioniert auch in Situationen wie dieser. Sie strahlt und lächelt, albert mit Stammkunden herum, hört ihnen zu.
Dabei weint sie innerlich.
Eine starke Frau.
»Arbeiten hält die Welt zusammen« – dieser Satz könnte von mir stammen. Aber was sagt er über Bärbel und mich aus?
Irgendetwas gefällt mir daran nicht, ich weiß nur noch nicht, was. Wahrscheinlich möchte ich einfach, dass andere Dinge meine Welt zusammenhalten. Liebe und Geborgenheit zum Beispiel. Ich bin wohl ein Weichei.
Gerade will ich mich davonstehlen, da stellt sich mir ein pickelgesichtiger Junge mit Stachelhaarfrisur in den Weg.
»Können Sie mir helfen?«, fragt er, und weil ich denke, dass er mich anbetteln will, habe ich schon das böse Nein auf der Zunge.

Er aber erklärt schnell: »Ich möchte ein Glückslos kaufen, aber die dürfen das erst an Leute ab achtzehn Jahren abgeben.«
Er hält mir fünf Franken hin.
»Wie alt bist du denn?«
»Vierzehn.«
»Und was kostet das Los?«
»Fünf Franken.«
Nun, es mag sicher gute Gründe geben, diese Lose erst an mindestens Achtzehnjährige zu verkaufen. Ich habe noch nie eines gekauft, kann also nicht mitreden. Viel Zeit zum Überlegen habe ich nicht, und der Junge ist ja nicht mein Kind. Ob das nun pädagogisch wertvoll ist oder nicht, ist mir eigentlich grad egal. Klar, ich würde ihm keinen Alkohol und keine Zigaretten kaufen. Aber ein winziges, kleines Glückslos? Ich mache es einfach und kaufe ihm das Los. Bärbel lächelt, denn sie kennt den Trick und den Jungen auch.
»Hat er dich rumgekriegt? Er findet immer ein Opfer.«
»Ist das schlimm?«
»Nicht wirklich.«
Bärbel zuckt mit den Achseln.
Ich reiche dem Jungen sein Los. Er nimmt es dankend entgegen und rennt davon.
»Gib mir doch auch so ein Los«, sage ich spontan und beschließe, auch meinem Glück eine Chance zu geben.
»Echt jetzt?«, wundert sich Bärbel.
»Jawohl. Am besten zwei!«
Sie reicht mir kopfschüttelnd die Lose, und ich gebe ihr eines zurück, nachdem ich bezahlt habe.
»Das ist für dich, Bärbel. Vielleicht hast du ja Glück im Spiel?«
Ich bekomme ein gequältes Lächeln als Antwort, aber sie nimmt das Los und steckt es in ihre Jeans.

Fünf Franken für ein Stückchen Hoffnung, einen kleinen Traum. Man könnte zehntausend Franken gewinnen. Oder im noch besseren Fall, sozusagen als Topgewinn, zwanzig Jahre lang jeden Monat viertausend Franken.
Wahnsinn!
Jeden Monat viertausend Franken!
Vielleicht ist es fünf Franken wert, dieses berauschende Gefühl der Hoffnung auf das große Glück. Wenn man natürlich am Ende eine Niete gezogen hat, dann hat diese Enttäuschung fünf Franken gekostet und war ein schlechtes Geschäft.

Zu Hause bin ich allein. Kein Guido weit und breit. Ich schäle mich aus der Uniform, ziehe Jeans und Bluse an und lege mich auf das Sofa. Meine müden Beine freuen sich. Einfach einen Moment lang liegen. Eine kleine Weile nichts tun. So viel Luxus muss sein nach einem langen Arbeitstag.
Ich muss wohl eingenickt sein, denn ich erwache, als jemand mein Gesicht ableckt. Oder ist das noch ein Stück schräger, abartiger Traum, der mich ins Erwachen begleitet?
Nein! Wäh!
Da ist eine Zunge in meinem Gesicht!
Ich schüttle mich und setze mich auf.
Ein Hund!
Er bellt und wedelt mit dem Schwanz.
Ich putze mir verärgert mit dem Ärmel meiner Bluse die Hundespucke aus dem Gesicht. Was macht der Hund hier? Ich weiß die Antwort schon, bevor sich die Frage in meinem Kopf wirklich breitgemacht hat: Guido hat mal wieder einen Gast aufgenommen. Aus irgendeinem Grund, den er mir bei Gelegenheit verraten wird. Wir hatten schon die unglaublichsten Hausgäste: Springmäuse, eine alte, riesige Echse und eine Zeit lang sogar einen Pa-

pagei, der mich wirklich nur genervt hat mit seinem Lärm, seinem Geschnatter, seinem Gehabe. Gut, wenn ich ein Papagei wäre und jemand würde mich in einen Käfig sperren, dann würde ich mich auch rächen und den Leuten im Haus das Leben möglichst schwer machen wollen. Wie kann man Vögel in Käfigen halten?!

Ganz anders dieser Hund hier. Er rennt gerade aufgeregt durchs Haus und scheint sich wohlzufühlen bei uns.

»Guido!«, rufe ich vorwurfsvoll.

Kein Lebenszeichen.

Mein Gatte hat mir einfach einen Hund ins Wohnzimmer gestellt, während ich ein Nickerchen gemacht habe, und ist wieder gegangen? Auch nicht etwas, das ich nicht schon kenne. Als Frau eines Tierarztes trägt man vieles mit.

Jetzt sitzt der kleine Hund wieder vor mir und schaut mich erwartungsvoll an. Was will er? Spielen, essen, Gassi gehen? Vorsichtig streichle ich ihn und schaue mir sein Halsband genauer an.

»Soso, du heißt also Jacky.«

Der Kleine bellt aufgeregt. Sein Name wurde wohl von seiner Rasse abgeleitet. Viel weiß ich zwar nicht von Hunden, aber einen Jack Russell Terrier erkenne sogar ich: kleine weiße Hunde mit ein paar wenigen braunen oder schwarzen Flecken. Jacky hat fast schwarze Ohren und einen Blick, mit dem er wohl von jedem Herrchen immer und zu jeder Zeit bekommt, was er will.

Ich stehe auf, vergesse meine Müdigkeit, hole eine Hundeleine – was bei uns immer vorrätig ist – und mache mich mit dem Vierbeiner auf den Weg nach draußen. Der Abend ist wunderschön. Ich spaziere durchs Dorf zur Praxis von Guido. Immerhin braucht der Gast ja sicher auch noch Futter, und ich möchte schon gern wissen, wie lange Jacky bei uns bleibt.

Wir bummeln durch Stans. Hier kenne ich jede Ecke, jeden Laden, fast jeden Einwohner. Ich grüße und werde gegrüßt, wechsle da und dort ein paar Worte. Man kennt mich als die Frau vom Tierarzt und als die Bähnlerin vom Stanserhorn. In Stans lässt es sich gut leben. Grad genug weit weg von Luzern, damit der Ort nicht ausblutet und sich alles nach Luzern verlagern würde, vom Einkaufen bis zur Kultur. Und doch sehr nahe bei der Stadt, woraus sich endlos viele Möglichkeiten ergeben. Wir haben die Berge, die Hügel, die Wiesen, und der See ist zum Greifen nah.

Guido sehe ich schon von weitem vor seiner Praxis stehen. Vielleicht hat er gerade Feierabend. Das wäre schön. Aber er ist nicht allein. Gloria steht neben ihm. Sie unterhalten sich unverfänglich. Ich sollte da nicht zu viel hineininterpretieren und damit meiner Eifersucht Nahrung geben. Aber ich sehe meinen Mann lachen und scherzen und frage mich, wann er mir gegenüber zum letzten Mal so charmant war, wann er das letzte Mal in einem Gespräch mit mir so gestrahlt hat. Das tut weh.

»Schau mal«, ruft Gloria erfreut, als sie mich mit dem Hund sieht – ich glaube, ihre Freude bezieht sich vor allem auf den Hund –, »schau, da ist ja Jacky!«

Der untreue Hund will sofort nichts mehr von mir wissen, und als ich ihn schließlich loslasse, rast er auf Gloria zu, wedelt, bellt und leckt ihre Hände.

Warum nur fliegen alle auf Gloria?

Sogar Hunde!

Ich bin kurzfristig ein wenig beleidigt.

Guido reagiert ungerührt und sagt, Gloria zugewandt: »Ich habe es dir doch gesagt: Ich wusste nicht, wem der Hund gehört, und weil ich wegmusste, habe ich ihn einfach mal meiner Judith anvertraut.«

Jetzt, wo ich bei ihm angekommen bin, legt er seinen Arm um mich und zieht mich an sich, küsst mich sogar. Wem will er damit etwas beweisen oder sagen? Ich bin verwirrt.

»Schon gut«, winkt Gloria großzügig ab. »Er ist nur zu Besuch. Ein Feriengast sozusagen. Vielen Dank, Frau Flury. Sehr nett, dass Sie sich gekümmert haben.«
Sie reicht mir ihre Hand und mustert mich. Gut, ich mustere sie auch, das gebe ich gern zu. Bei ihr gibt es ja auch etwas zu sehen. In den Reithosen, die sie trägt, macht sie – wie gewohnt – eine gute Figur. Sie hat einen knackigen Hintern, eine beneidenswerte Taille, einen erstaunlichen Busen. Und ihre Haut sieht aus, als wäre sie nie der Sonne ausgesetzt, dabei ist Gloria beim Reiten doch ständig draußen. Keine Ahnung, wie sie das macht. Ich bin immer viel zu braun, sommersprossig, und meine Nase wird gern leicht rot, wofür mich mein Guido ständig neckt. Meine krausen Haare sind schnell ausgebleicht von der ständigen Sonnenbestrahlung, manchmal auch trocken, wie ein Besen, kaum zu bändigen. Glorias schwarz gefärbte Haare sind dagegen straff zu einem Zopf geflochten und geben ihr zartes Gesicht frei.
Gloria ist ein Dornröschen. Oder ein Schneewittchen.
Dagegen bin ich bloß ein fröhlicher, liebenswerter Pumuckl.
Aber immerhin: Sie zieht mit ihrem Jacky von dannen, und Guido spaziert Hand in Hand mit mir heimwärts.
»Wollen wir in der ›Linde‹ essen gehen? Wir könnten ein wenig draußen sitzen, ein Glas Wein trinken? Was meinst du, Judith?«, fragt Guido, und seine Spontanität überrascht mich. »Muss nicht sein, wenn du zu müde bist«, sagt er schnell, weil ich nicht sofort reagiere.
Ich küsse ihn mitten auf der Straße auf die Nasenspitze und sage: »Eine wunderschöne Idee.« Aber ich erlaube mir dann doch zu fragen: »Muss ich mir Sorgen machen wegen Gloria? Gibt es da etwas, das ich wissen muss?«
Eine mutige Frage. Vielleicht auch eine dumme Frage. Schließlich würde er kaum zugeben, wenn da etwas wäre.

Er zuckt mit den Achseln und sagt: »Ja, weißt du, ich glaube ... also ... sie schleicht schon auffallend oft um mich herum. Keine Ahnung, warum sie sich auf mich eingeschossen hat. Ich mag ja nicht einmal ihre Pferde. Es war gut, dass sie uns zusammen gesehen hat.«

Ich lächle in mich hinein, denn ich weiß natürlich, warum Gloria sich auf Guido »eingeschossen« hat. Das hat nichts mit Pferden zu tun. Guido ist ein intelligenter, charmanter, witziger, attraktiver Mann. Und Gloria ist weder blind noch blöd. Möglicherweise ein wenig überheblich, weil sie denkt, dass sie alles haben kann, auch den Mann, der mit mir verheiratet ist.

Guido und ich verbringen einen schönen Abend in Stans, sitzen auf der »Linden«-Terrasse im Schatten alter Bäume mit Sicht auf die Kirche Sankt Peter und Paul. Ein besonderer Platz. Nachdem im März 1713 ein Großbrand das Dorf Stans zerstört hatte – einundachtzig Häuser brannten innert weniger Stunden nieder –, wurden die Ruinen vor der Kirche ganz abgerissen und ein großzügiger Dorfplatz geschaffen. Die umliegenden Häuser hingegen wurden nach einheitlichen Vorgaben wiederaufgebaut. Schön, dass dieser Platz heute noch lebt und ein wesentlicher Teil unseres Dorfes geblieben ist.

Wir sitzen entspannt da.

Ganz entspannt.

Sehen und gesehen werden.

Wir essen ein Ennetmooser Saiblingsfilet und trinken eine Flasche Luzerner Seelagen-Cuvée dazu. Immer wieder kommt jemand an unseren Tisch, um ein paar Worte zu wechseln. Natürlich muss sich Guido viele Sprüche wegen seines blauen Auges anhören. Wir lachen einfach mit. Ich fühle mich wohl, lehne mich ab und zu an die Schulter meines Mannes. Das fühlt sich gut an. Und richtig.

Nein, wir sind kein hoffnungsloser Fall, Guido und ich. Wir sind noch immer ein Paar. Zu Hause gehen wir diesmal nicht in unsere getrennten Schlafzimmer. In unserem zärtlichen Liebesspiel ist noch sehr viel Feuer, nicht bloß lauwarme Asche.

3 Ungelegte Eier

Am nächsten Morgen kann ich es fast nicht glauben, dass ich in Guidos Armen liege. Was für ein glückliches Erwachen! Ein guter Start in einen neuen Tag – leider kommt er so nur noch selten vor. Allerdings ist Guido gar nicht mehr romantisch gestimmt. Sein Auge schmerzt, und er fragt sich nun selber, ob ein Arztbesuch nicht doch besser gewesen wäre. Was soll ich dazu sagen? Natürlich hätte ich einen wunderbar passenden Kommentar auf der Zunge, schweige aber lieber. Jedes Wort wäre falsch.

Mein Mann schimpft schlecht gelaunt vor sich hin, und ich bin froh, dass er früh das Haus verlässt. Immerhin haucht er mir vorher noch schnell einen Kuss auf die Lippen.

Konnte er kein bisschen von dem Glücksgefühl der vergangenen Nacht in den heutigen Morgen hinüberretten? Oder gab es nur bei mir Glücksgefühle, und ihn hatte einfach der Alkohol beflügelt?

Etwas verloren und ernüchtert sitze ich mit meinem Milchkaffee am Frühstückstisch. Im Radio singt Michy Reincke, dass er mit einem Taxi nach Paris fahren will, nur für einen Tag, weil er Paris nun mal so mag. Ein bescheidener Song der längst aufgelösten Popgruppe Felix de Luxe, weder geistreich noch musikalisch, aber er schenkt mir immerhin ein winziges Lächeln.

Vielleicht sollte ich mir auch einmal so ein Taxi nehmen.

Nur für einen Tag.
Oder gleich für länger.

je réfléchis	ich denke nach
j'ai réfléchi	ich habe nachgedacht
je réfléchissais	ich dachte nach
je réfléchirai	ich werde nachdenken
je réfléchirais	ich würde nachdenken
j'aurais réfléchi	ich hätte nachgedacht
j'aurai réfléchi	ich werde nachgedacht haben

Manchmal, wenn es mir schwerfällt, meine Gefühle zu sortieren, ich besonders verwirrt oder auch nur gelangweilt bin, jongliere ich mit französischen Verben und lerne neue dazu. Ich könnte auch von hundert rückwärtszählen oder eine Tasse Tee trinken. Mir tut die französische Sprache gut.
Ab und zu haben auch Schimpfwörter einen therapeutischen Wert, vor allem wenn ich sie laut hinausbrülle.
Merde!
Nom d'une pipe!
Bordel de merde!
Ja, ich lerne Französisch. Wieder. In der Schule war das nicht gerade meine Lieblingssprache. Heute lerne ich völlig anders, nur das, was mich interessiert, nur dann, wenn ich Lust habe, ohne jeden Druck. Einfach so, für den Tag X, an dem ich in Paris stehe und mich verlaufen habe oder mir eine Pizza bestellen will. Gut, dann nützen Verben wie »nachdenken« und vor allem so ausgefallene Zeitformen wie »ich hätte nachgedacht« wenig. Aber in der Schule, da haben wir noch viel, viel Unsinnigeres gelernt.

Jean mange une orange.	Hans isst eine Orange.
Jean aurait mangé une orange.	Hans hätte eine Orange gegessen.

Einmal pro Woche leiste ich mir eine Skype-Schaltung zu Pierre aus Paris. Er gehört zu einer Online-Sprachschule. Ich konnte mir unter diversen Lehrern einen aussuchen. Meine Wahl fiel auf Pierre, weil er tatsächlich aus Paris kommt. Es gab da noch Jean, der von Polen aus unterrichtet, oder Rahel, die heute in Spanien lebt. Und viele andere Franzosen. Aber eben nur einen Pierre aus Paris. Er spricht ein wenig Deutsch, was manchmal hilfreich ist. Und ich höre ihn gern deutsch sprechen, denn er hat genau diesen süßen Akzent, den wir bei den Franzosen so lieben.

Pierre ist charmant, gut aussehend, witzig, und er flirtet manchmal mit mir. Das gehört wohl zu seinem Geschäftsmodell, da mache ich mir nichts vor – er will ja, dass ich immer wieder Stunden bei ihm buche. Trotzdem ist er sehr diskret und verschwiegen. Von seinem Privatleben weiß ich gar nichts, kenne nicht einmal seinen Nachnamen. Schon wenn ich bloß wissen will, wie das Wetter in Paris ist, lenkt er ab und findet, das Wetter in Stans sei doch viel wichtiger. Wir reden einfach, damit geredet wird. Vor allem ich. Deshalb habe ich diese Stunden ja auch gebucht. Konversation.

Pierre weiß wohl bald einmal alles über mich. Vor allem kann er all die Texte längst mitsprechen, die ich auf der Seilbahn vor meinen Gästen aufsagen muss. Wenn uns trotzdem mal der Gesprächsstoff ausgeht, übersetzen wir schnulzige französische Chansons, die ich dann in der Seilbahn singe, wenn sie leer ist. Pierre ist großartig und die wöchentliche Stunde mit ihm ein Höhepunkt. Bärbel lacht mich oft aus deswegen.

»Weißt du, ich überlege mir ernsthaft, auch irgendeine Sprache zu lernen«, meinte sie dann aber neulich. »Ich möchte auch so einen charmanten Skype-Freund haben. So eine digitale Bekanntschaft ist vielleicht besser als ein Liebhaber und könnte sogar den Therapeuten ersetzen, wenn man ihn als Kummerkasten missbraucht.«

Und Guido hat einmal höchstpersönlich seinen Kopf in die Kamera gehalten und in seinem schönsten Schulfranzösisch ein paar Grußworte gesprochen. Das kam mir ein wenig vor, als wollte er sein Gelände markieren. Seither lässt er mich lächelnd gewähren. Ja, ja: Gertrude töpfert, und ich lerne Französisch ...
Pierre aus Paris weiß inzwischen also fast alles über mich und alles über das Stanserhorn. Und mich hat er so weit gebracht, dass ich keine Hemmungen mehr habe, mit meinen französischen Gästen zu plaudern. Das war doch eigentlich der Sinn der Sache. Natürlich hört man immer noch, dass ich eine Deutschschweizerin bin, aber das darf man auch.

Pling!
Oh, eine Nachricht von Bärbel.
»Mein Los war eine Niete. Hoffe nun auf Glück in der Liebe. Und du? Schon reich?«, schreibt sie mir übers Handy.
Ach ja, das Los. Ich hatte es total vergessen.
Jetzt will ich natürlich auch wissen, ob ich vielleicht schon reich bin. Ich krame das Los aus meiner Umhängetasche, setze mich an den Küchentisch und lese zuerst einmal die Erklärungen und das Kleingedruckte.
»Zwanzig Jahre lang Monat für Monat viertausend Franken«, wird einem versprochen. Wow, ein großartiger Hauptgewinn! Rubbelt man dreimal das Wort »WIN« auf, hat man den Hauptpreis gewonnen, die monatlichen viertausend Franken. Es gibt auch einmalig kleinere und größere Summen zu gewinnen. Doch wen interessiert schon irgendeine Summe, wenn er den Hauptgewinn haben möchte?
Ich atme tief durch.
Dann rubble ich vorsichtig und andächtig mit einem Einfränkler die Silberfolie auf meinem Los weg.

Und plötzlich steht es da:
WIN WIN WIN.
Dreimal!!!
Ich lese noch einmal die Erklärungen.
»Finden Sie dreimal das Wort ›WIN‹, so gewinnen Sie viertausend Franken monatlich während zwanzig Jahren.«
WIN WIN WIN.
Es ist eigentlich eindeutig, ich glaube es nur irgendwie nicht. Wie könnte ich auch: Ich habe noch nie etwas gewonnen. Doch, einmal, als junge Frau. Da habe ich im Pfarrei-Lotto eine riesengroße Salami mit nach Hause nehmen dürfen. Seither hatte ich nur Glück in der Liebe.
WIN WIN WIN.
Ich schaue um mich, glaube fast, von irgendwem verschaukelt zu werden. Aber da ist keiner. Da ist nur dieses Los, das vor mir auf dem Tisch liegt und mich anlacht.
WIN WIN WIN.
Bedeutet das jetzt wirklich, dass ich zwanzig Jahre lang viertausend Franken im Monat bekomme?
Ich glaube schon.
Ziemlich sicher.
Ich habe den Hauptgewinn geknackt.
Ich weiß, ich sollte jetzt schreiend durch das Haus tanzen. Ich könnte Bärbel und Guido anrufen, meiner Tochter Claire Bescheid geben oder einfach einen öffentlichen Facebook-Eintrag machen. Stattdessen bleibe ich wie versteinert am Küchentisch sitzen. Es ist so unglaublich, so unfassbar. Ich glaube, ich stehe unter Schock. Ein unerklärliches Misstrauen macht sich in mir breit. Wird mir so ein Gewinn wirklich Glück bringen? Keine Ahnung, warum ich das denke. Viertausend Franken im Monat sind für eine Bähnlerin verdammt viel Geld. Die Löhne bei Bergbahnen sind eher

bescheiden. Und am Stanserhorn verdiene ich im Winter jeweils gar nichts, weil die Bahnen nur im Sommer unterwegs sind. Viertausend Franken im Monat, das ist wie eine Lottomillion, nur irgendwie fast mehr, weil das Geld in Raten und regelmäßig kommen soll. Wird das wirklich funktionieren? Ist auf so ein Versprechen Verlass? Ist das seriös? Könnte man die Summe einklagen, wenn sie auf einmal ausbliebe? Wenn das wirklich wahr ist: Dieser Gewinn würde mich bis weit über meine Pensionierung begleiten. Wahnsinn!
Ich sitze immer noch einfach so da.
Still und bewegungslos.
Erst ganz langsam empfinde ich Freude und Glück. Die schönen Gefühle kommen langsam über mich, wie ein warmer Sommerregen. Und ich fange an zu weinen. Nur so ein bisschen. Der Situation angemessen.
Ich muss nämlich ganz fest an meine Mutter denken, die sich zeitlebens immer um ihr Auskommen gesorgt hat, die sogar im Altersheim, schon leicht verwirrt, immer befürchtete, ihre Finanzen würden für ihren Lebensunterhalt nicht ausreichen. Dabei hatte sie inzwischen eine ganz ordentliche Summe auf ihrem Bankkonto. Aber sie war arm aufgewachsen, sehr arm, und sie konnte ihre Angst davor, wieder nichts zu haben, nie ganz ablegen, obwohl mein Vater als Apotheker sehr gut verdient hatte. Und sie gab mir diese Angst mit auf meinen Lebensweg.
Jetzt aber würde sich meine Mutter viel enthusiastischer freuen als ich. Sie würde Feuerwerk entzünden, eine Blaskapelle engagieren, die internationale Presse zu einem Imbiss einladen. Endlich müsste sie sich kein bisschen mehr um mich sorgen. Ich weiß noch, wie glücklich sie war, als ich Guido heiratete. Mir selber traute sie nämlich nicht so recht über den Weg: Würde ich es schaffen, mich mit meinem lausigen Job als Coiffeuse über Wasser zu hal-

ten? Sie fühlte sich in ihrer Sorge bestätigt, als ich von all den Mitteln, mit denen meine Haut in Kontakt kam, Allergien bekam, die immer schlimmer wurden. Mein selbst gewählter und geliebter Beruf machte mich schließlich so krank, dass ich ihn aufgeben musste. Danach versuchte ich mich in diversen Jobs, arbeitete im Verkauf, machte Stadtführungen in Luzern und erledigte eine Weile für Guido die Büroarbeiten. Bis ich dann vor sechs Jahren den Direktor der Stanserhorn-Bahn kennen lernte. Er bot mir an, am Stanserhorn zu arbeiten. Und ich war mehr als bereit, es zu versuchen.

Glück, Freude und Tränen, ein Wechselbad der Gefühle, ein Durcheinander. Ein »Gnosch«, wie mein Enkel Moritz das bezeichnen würde. Ich habe nun also ausgesorgt, so würde das meine Mutter nennen. Obwohl ja Guido problemlos für mich sorgen könnte und würde. Natürlich hat er mich auch nie zum Arbeiten gezwungen. Er verdient mehr als genug. Ich wollte aber arbeiten. Schon immer. Um mir damit das schöne Gefühl von Unabhängigkeit und Freiheit zu erhalten.

Trotzdem: Wenn ich wollte, könnte ich jetzt einfach nur noch auf dem Sofa sitzen und Musik hören, bis an mein Lebensende. Oder auf Reisen gehen. Mir exotische Tiere anschaffen. Socken stricken. Oder töpfern …

Lange denke ich darüber nach, was ich denn jetzt wirklich machen möchte, was ich in meinem Leben verändern sollte, wollte, könnte – mit diesem unerwarteten Geldregen. Und mir fällt auf: Ich habe eigentlich gar keine großen Träume, die ich schon lange vor mir herschiebe. Eigentlich gefällt mir mein Leben so, wie es ist. Ich habe Guido. Ich habe Claire und Moritz. Ich habe Bärbel. Ich habe das Stanserhorn. Das ist mehr, als manch einer hat. Das ist mehr als irgendein Losgewinn. Ich habe eigentlich alles.

Dingdongdung.
Mein Skype meldet sich. *Mon Dieu!* Ich habe meine Französischstunde vergessen.
Und so kommt es, dass ausgerechnet Pierre aus Paris der Erste ist, der von meinem Glück erfährt. Mehrmals lässt er sich von mir die Zahl »viertausend« übersetzen, weil er denkt, ich hätte mich da vertan. Ich habs nämlich nicht so mit den Zahlen.
»*Quatre mille francs suisses? Chaque mois? Pendant vingt ans? Tu es sûre, ma chère Judith?*«, fragt er mehrmals ungläubig, mit großen, fragenden Augen, bis ich ihm die Zahl als Notiz schicke und ihm das Rubbellos in die Kamera halte.
Er habe noch nie jemanden gekannt, der so einen großartigen Preis gewonnen habe, freut sich Pierre mit mir und strahlt mehr als ich. Ich erzähle ihm von meiner Riesensalami, wir lachen und unterhalten uns darüber, dass Salami auch auf Französisch Salami heißt und auch auf Englisch oder auf Griechisch. Ich liebe solche Wörter. Als er hört, dass noch niemand von meinem Los weiß, findet er das ein wenig merkwürdig. Ich müsse das doch in die Welt hinausschreien.
... dans le monde entier ...
Er will unbedingt wissen, was ich mir nun leisten werde. Irgendetwas. Jeder habe doch einen geheimen Wunsch!
... un souhait secret ...
Und dann steht es plötzlich in Großbuchstaben vor mir: JETZT ODER NIE!
Ich werde für Guido und mich eine wunderschöne luxuriöse Parisreise buchen, mit allem Drum und Dran. Nicht gerade für morgen, aber vielleicht für September, sodass er in seiner Praxis alles organisieren kann.
»Ja, ich habe einen Wunsch. Der ist nicht einmal geheim. Paris! Wir kommen dich in Paris besuchen!« Pierre wirkt irgendwie be-

stürzt, und einen Augenblick lang ist er sprachlos. Darum schicke ich schnell hinterher: »Keine Sorge, wir wohnen nicht bei dir.« Das beruhigt ihn. Seine Gesichtszüge entspannen sich wieder. So viel zur Gastfreundschaft der Pariser!

Nach meiner Französischstunde folge ich dem guten Rat von Pierre, zuerst bei der Lotteriegesellschaft anzurufen, bevor ich mit dem Feiern anfange. Sofort werde ich mit einem netten Herrn verbunden. Stefan Meister erklärt sich bereit, mit mir zu skypen, damit ich ihm das Los in die Kamera halten kann. Ich habe immer noch Angst, dass ich irgendetwas übersehen oder falsch verstanden habe.

»Das sieht gut aus, soweit ich das von hier aus beurteilen kann. Ich gratuliere ganz herzlich!«, sagt er nach einer kurzen Musterung des Loses.

»Was muss ich jetzt tun?«, frage ich, und mein Herzklopfen wird immer stärker.

»Stellen Sie mir das Los per Einschreiben zu. Sobald wir in seinem Besitz sind, kontaktieren wir Sie schriftlich. Sie müssen sich dann entscheiden, ob Sie eine Einmalauszahlung oder die Rente möchten. Sobald wir eine schriftliche Antwort und Ihre Kontoangaben haben, werden wir die Zahlung in die Wege leiten. Falls Sie die Rente haben möchten, wird sie Ihnen Anfang des nächsten Kalendermonats zum ersten Mal überwiesen.«

»Einmalauszahlung?«, frage ich verdattert.

»Ja, wenn Sie möchten, können Sie auf die Rente verzichten und bekommen stattdessen dreihunderttausend Franken aufs Mal. Die Rente beläuft sich bei voller Auszahlung auf neunhundertsechzigtausend Franken. Wenn Sie aber das Geld dringend brauchen oder schon sehr alt sind …«

»… nein, nein. Ich möchte sicher die Rente!«, sage ich schnell.

»Gut, dann machen Sie eine Kopie Ihres Loses und gehen dann mit dem Original zur Post. Einschreiben nicht vergessen! Ich freue mich, von Ihnen zu hören.«

»Danke!«

»*Mir* müssen Sie nicht danken, *mein* Geld ist das nicht«, meint er nur freundlich. Er jongliert ziemlich gelassen mit den hohen Geldsummen.

»Rufen Sie mich kurz an, wenn Sie das Los bekommen haben und alles in Ordnung ist?«, wage ich dann noch zu fragen.

»Gern. Natürlich, ich mache das gern für Sie, Frau Flury. Auf Wiederhören.«

Bis zu diesem Anruf – das beschließe ich hier und jetzt – werde ich über meinen Gewinn schweigen, alles für mich behalten, auch wenn ich möglicherweise fast daran ersticke. Ich werde nicht über ungelegte Eier reden.

Es reicht, wenn Pierre Bescheid weiß.

Und Herr Meister.

Am nächsten Tag fahre ich mit der Standseilbahn. Rauf und runter, durch endlos strömenden Regen. Natürlich trage ich entsprechende Kleidung und muss auch weniger oft fahren als bei gutem Wetter. Aber ich hasse es, im Regentenue zu arbeiten. Wenn ich mich auch nur ein wenig bewege, werde ich auch noch von innen nass. Irgendwann fängt dann das große Frieren an. Regenkleidung ist entweder wasserdicht oder atmungsaktiv. Wasserdicht und atmungsaktiv, das scheint – auch in diesem Zeitalter, wo die Wissenschaftler den ersten bemannten Flug auf den Mars planen – noch immer unmöglich zu sein. Das ist zumindest meine Erfahrung.

Unterwegs werde ich vom Wind angefaucht, der mir den Regen ins Gesicht peitscht. Bei jedem Halt trockne ich die Bänke und schüttle mit klammen Fingern den Regen aus den Vorhängen, die

links und rechts an den scheibenlosen Fensterlöchern hängen. Irgendwann sind alle Lappen nass.
»Hier ist es noch etwas feucht!«, sagt eine junge Frau pikiert und deutet mit ihren lackierten Fingernägeln auf eine Stelle.
Ich wische noch einmal mit dem Wildlederlappen drüber, was allerdings keinen wesentlichen Unterschied macht. Die Dame setzt sich widerwillig hin. Das dünne Sommerkleidchen wird ihr heute auf dem Berg kein Glück bringen. Beim Anblick ihrer nackten Füße in den teuren Sandalen friere ich gleich noch mehr. Ich verstehs nicht. Wenn sie an so einem Tag in eine historische Standseilbahn einsteigt, muss sie sich doch darauf einstellen, dass das keine Kaffeefahrt wird!
Über die Kleidung unserer Gäste könnte ich Geschichten erzählen … Einmal, als es besonders kalt und unfreundlich und der Berggipfel frisch bepudert war, fuhr ich eine Familie aus den Emiraten auf den Berg. Wie die junge Frau heute trugen auch sie nur Sandalen, ihre Füße waren nackt. Die Frau war traditionell gekleidet, also ziemlich verhüllt, der Mann aber war in kurzen Hosen gekommen, und auch die Kinder hatten nur leichte Kleidung an. Auf dem Stanserhorn angekommen, gingen sie gerade mal vier Schritte Richtung Terrasse. Dann standen sie still, wie schockgefroren.
»Yes, this way, please!«, versuchte ich sie Richtung Restaurant zu lotsen.
Aber sie drehten wieder um und kamen zurück in die Cabriobahn. Es war ihnen egal, dass ich ihnen erklärte, ich würde erst in dreißig Minuten wieder losfahren. Der Empfang auf dem Berg war ihnen eindeutig zu unfreundlich.
Ja, Berge sind je nach Wetter nichts für Weicheier.
Sie sind oft rau und abweisend.
Aber es gibt ja auch die ganz harten Gäste, die sind eigentlich am schlimmsten. Sie erzählen von ihrer geplanten Wanderung, tragen

jedoch bloß neue weiße Stoffschuhe, ohne Profil. Es hat frisch geschneit oder tagelang geregnet, und sie sind völlig unerfahren in den Bergen. Trotzdem: Niemals könnte ich sie von ihren Plänen abbringen, denn sie halten sich für Seelenverwandte von Reinhold Messner, weil sie schon mal irgendwo im Unterland einen Themenweg bewandert oder vielleicht im Fernsehen einen Film über Ueli Steck gesehen haben. Wenn Kinder dabei sind, tut mir das immer besonders weh. Da möchte man Handschellen dabeihaben, um – klick, klack – dem möglichen Unheil vorzubeugen. Ja, Kinder können nichts dafür, sind den Plänen der Erwachsenen ausgeliefert. Ansonsten ist jeder Unfall oder Absturz schlecht für das Image des Berges. Keiner fragt dann, welches Schuhwerk die Verletzten trugen, welche Ratschläge sie vorher ignorierten oder ob sie gar auf gesperrten Wegen unterwegs waren.

Ich muss aber sagen, dass die meisten Touristen heute durchaus angemessen gekleidet sind, nicht mehr so wie früher, als Asiatinnen in Stöckelschuhen und Minirock auf den Gletschern ein beliebtes Fotosujet waren. Ein ausnehmend gut ausgestattetes Pärchen aus Indien war neulich bei mir in der Bahn, und die Frau und ich kamen ins Gespräch. Sie erzählte, dass es in Mumbai, ihrer Heimatstadt, immer heiß sei.

»Dann haben Sie Ihre Kleidung in der Schweiz gekauft? Oder bekommt man sie auch in Indien?«

Mit einem liebenswürdigen Lächeln klärte sie mich auf: »Wir haben extra Shops für Reisebekleidung.«

Na ja, das hätte ich mir ja auch selbst denken können. Werden nicht ohnehin die meisten Kleider in Asien produziert? Auch unsere Regenjacken werden in China hergestellt.

An hässlichen Tagen wie diesem, die es auch mitten im heißesten Schweizer Sommer immer wieder geben kann, ist unser Personal-

raum im Kälti, bei der Mittelstation, dort, wo die Gäste von der Stand- in die Cabrioseilbahn umsteigen, mein Rettungsanker – vor allem die Kaffeemaschine. Manchmal trinke ich nur Kaffee, um mir an der Tasse die Hände zu wärmen.
»Endlich wieder einmal Regen. Die Wassertanks auf dem Berg waren schon fast leer«, sagt Simon, der Maschinist, als ich gerade mal wieder eine kurze Pause habe und nun versuche, meine Kleider ein wenig zu trocknen, bevor es wieder losgeht.
Ich mag ihm seinen Regen ja gönnen. Theoretisch. Mir eigentlich auch. Denn wenn die Tanks auf dem Berg leer sind, müssen wir mit der Cabriobahn Trinkwasser auf den Berg fahren, was manchmal etwas umständlich ist. Einmal habe ich beim Füllen des Plastiktanks in der Kabine eine Sekunde lang nicht aufgepasst, und schon war die ganze Gondel geflutet. Das ging erstaunlich schnell. Genauso schnell musste die Kabine wieder getrocknet werden, weil die nächste Gästegruppe schon bereitstand. Rund achthundert Kubikmeter pro Jahr transportieren wir mit der Seilbahn. Der Stanserhorn-Gipfel hat eben keine Wasserquelle. Darum sammelt man oben Regenwasser in Tanks und bereitet es mit einer UV-Filteranlage zu Trinkwasser auf. Auch das Wasser vom Terrassenboden wird gesammelt, zum Beispiel für die Spülkästen der Toiletten. Ja, Wasser ist hier ein Dauerthema und Regen in vielerlei Hinsicht auch eine Art Segen. Es liegt immer im Auge des Betrachters.
Mein Handy funktioniert jedenfalls noch, trotz Feuchtigkeit, und so kann ich etwas später, wieder auf der Bahn, den Anruf von Herrn Meister entgegennehmen. Mit klammen Fingern klaube ich das Gerät aus einer meiner vielen Innentaschen.
»Ich gratuliere, liebe Frau Flury!«, sagt er. »Das Los ist angekommen. Es ist alles in Ordnung. Sie haben morgen schon die Unterlagen, von denen ich gesprochen habe und die Sie uns ausgefüllt retournieren müssen. Ich freue mich mit Ihnen!«

Wenn er sich mit jedem Gewinner freut, hat er tatsächlich einen erfreulichen Job, im wahrsten Sinne des Wortes, geht es mir durch den Kopf. Nun – ich freue mich auch. Riesig! Und das miese Wetter spielt plötzlich auch für mich keine Rolle mehr. Ich bin schließlich ab sofort freiwillig hier, müsste überhaupt nicht mehr arbeiten. Aber das braucht im Moment keiner zu wissen. Zuerst werde ich nämlich Guido damit überraschen.

Heute habe ich früh Feierabend, weil es abends auf dem Gipfel die Candle-Light-Dinners gibt und wir daher in zwei Schichten arbeiten. Das passt mir gut in den Kram. Schnurstracks mache ich mich auf den Heimweg. Daheim stelle ich mich genüsslich unter die heiße Dusche. Ich gönne mir die teure Seife, die einen zarten rosaroten Schaum erzeugt und die Guido so gern an mir riecht. Ich brauche eine Weile, bis ich wieder aufgewärmt bin, und am Ende ist meine Haut vom heißen Wasser gerötet. Schnell ziehe ich mich an und marschiere ins Dorf. Ich beeile mich, denn ich habe einen Termin im Reisebüro mit dem lustigen Namen »Reisefreund«.
Nachdem mich Lydia, bei der Guido und ich bisher alle unsere Reisen gebucht haben, begrüßt hat, mustert sie mich mehr als neugierig. Ich hatte ihr schon am Telefon gesagt, was sie für mich vorbereiten soll: eine perfekte Parisreise für zwei Personen, im September. Ein sehr gutes Hotel, Abendunterhaltung, Führungen. Und mir sei völlig klar, dass das alles seinen Preis habe. Jetzt bin ich gespannt, was sie sich ausgedacht hat.
»Ich habe da etwas vorbereitet«, sagt Lydia lächelnd und legt einige Unterlagen vor mir aus. »Den Hinweg mit dem TGV, den Rückweg mit der Swiss. Immer die besten Plätze. Ein Fünfsternehotel mit Blick auf den Eiffelturm. Leider wirklich ausgesprochen teuer. Dann eine private Führung am ersten Tag. Für die Abende: Einmal ›Moulin Rouge‹, einmal ›Paradis Latin‹, das älteste Cabaret in

Paris, jeweils mit Abendessen. Ein Dinner im ›Ciel de Paris‹ im 56. Stockwerk des Tour Montparnasse mit perfekter Sicht über die Stadt. An einem Nachmittag einen Termin mit einem Fotografen, der an der richtigen Stelle das perfekte Erinnerungsfoto für euch schießt. Ein Ticket für einen bevorzugten Zugang zum Eiffelturm. Dasselbe für den Louvre.« Lydia hält einen Moment inne. »Habe ich etwas vergessen?«

Ich überlege kurz und antworte: »Nein, ich glaube, alles andere können wir ja dann vor Ort organisieren oder in den nächsten Wochen noch buchen.«

»Hast du im Lotto gewonnen?«, platzt es nun aus Lydia heraus.

»Ja, so etwas Ähnliches«, antworte ich vage.

Als sie mir den Preis für das ganze Arrangement nennt, zucke ich dann aber doch zusammen. Allerdings nur ein bisschen.

»Ich drucke dir das Angebot aus und gebe dir zwei Tage Zeit. Vielleicht hat ja Guido ein paar Sonderwünsche.«

Ja, das passt mir gut.

Sehr gut.

Mit der wunderbaren Liste in der Umhängetasche fliege ich praktisch heimwärts, summe vor mich hin, bin ausgelassen und glücklich. Vielleicht hat es sich ja gelohnt, dreißig Jahre auf diese Hochzeitsreise zu warten, wenn sie jetzt dafür einfach perfekt wird, ohne irgendeinen Kompromiss, mit dem Besten vom Besten … Kein Wunsch wird mehr offenbleiben. Ich freue mich auf unser wunschloses Pariser Glück.

4 Das ist unser Tag

Ich bin bester Laune und freudig aufgeregt. Im Topf köchelt Guidos Lieblingsessen, ein Filetgulasch Stroganoff, fröhlich vor sich hin. Der Kartoffelstock wird auch pünktlich fertig sein. Da erlaube ich mir heute, einen aus Tütenflocken zu zaubern. Ich habe im Keller einen passenden Wein für den heutigen Abend gefunden: Château du Moulin Rouge 2016. Das ist ein guter, nicht allzu teurer Cabernet Sauvignon aus der Region Bordeaux, den Guido einmal von einem dankbaren Hundebesitzer bekommen hat.
Jetzt decke ich den gemütlichen Eichentisch in der Küche: Tischdecke, Servietten, Kerzen, die schönsten Gläser, das Silberbesteck von Schwiegermutter Lotti.
Im Radio singt Helene Fischer, und ich singe sie lautstark nieder, weil das Lied im Moment *mein* Lied ist, *unser* Lied.

> Das ist unser Taaag
> Der perfekte Taaag
> Der allerbeste Augenblick
> Denn jedes Wunder wird auf einmal waaahr
> Das ist unser Taaag
> Willst du wissen, ob ich glücklich bin, dann frag
> Ich sage jaaaaaa

Ein klein wenig Angst habe ich schon, dass Guido meine spontane Planung etwas übergriffig finden könnte. Vielleicht hat er in dieser Zeit auch schon irgendwelche Termine. Aber was könnte wichtiger

sein, als dass wir endlich unsere Hochzeitsreise machen? Wo sie jetzt sogar ein Geschenk ist? Und alles vom Feinsten!
Guido kommt pünktlich heim, was ich als gutes Zeichen werte. Das klappt nämlich eigentlich fast gar nie, wenn er es auch noch so sehr verspricht. Irgendein krankes Tier kommt unseren Abmachungen immer in die Quere.
Guido steckt die Nase in die Luft und schnuppert.
»Mmmmmh! Habe ich irgendein wichtiges Datum verpasst? Geburtstag, Hochzeitstag, irgend so was? Hat man dich befördert?«
Ich lächle: »Nein, nein, alles gut.«
Er will kurz duschen und sich umziehen. Als er fertig ist, bin auch ich bereit, das Essen zu servieren. Ich bin keine besonders gute Köchin, aber ein paar Gerichte, die gelingen mir immer. Den Wein habe ich schon geöffnet und atmen lassen.
Guido sitzt am Tisch und wundert sich.
»Was ist los?«, fragt er.
»Lass uns zuerst essen«, schlage ich vor.
Mein Mann ist bester Laune und erzählt von seinem Tag. Von einem Meerschweinchen namens Lars mit Ekzem am Fuß.
»Pia, die Tochter vom Amstutz Peter, stand mit dem Tierchen in der Praxis und hat Rotz und Wasser geheult. Als müsste Lars jetzt sterben. Lars sei ihr bester Freund. Ich habe dem Meerschweinchen ein Tröpfchen Blut abgenommen. Pia kippte fast um.« Schließlich habe er ihr eine Salbe mitgegeben, und er könne sich gut vorstellen, dass der arme Lars jetzt andauernd eingesalbt werde. Guido grinst und meint: »Hoffentlich findet Pia im Lauf der Jahre noch andere Freunde als dieses Meerschweinchen.«
Ich weiß, dass Guido wunderbar mit Menschen umgehen kann, auch wenn er sich immer wieder darüber auslässt, dass es mühsam sei, als Tierarzt ständig die Begleiter betreuen zu müssen. Er hat sich sicher ebenso gut um Pia wie um Lars gekümmert.

Guido erzählt dann noch von einem Notfalleinsatz: »Ich musste zum Bauer Immoos ausrücken, weil eine Kuh Abfall gefressen hatte. Doch es war zu spät. Die Kuh starb. Eine weggeworfene Getränkedose war wohl in den Mähdrescher geraten und so im Futter gelandet. Im Magen der Kuh wurden die spitzen Splitter dann hin und her gewälzt und verletzten die Bauchwand. Schlimm.« Er habe mit Immoos noch einen Schnaps getrunken, schließt er den Bericht über die Kuh und schimpft dann einmal mehr über die Menschen, die einfach alles achtlos wegschmeißen. »Erziehung wäre auch heute noch eine feine Sache. Unsere Claire hätte das nie gemacht – Abfall so einfach irgendwo liegen lassen, meine ich.«
Stimmt. Wir haben unserer Tochter Verhaltensregeln erklärt und vorgelebt.
Da wir schon von ihr sprechen, erinnere ich Guido: »Du weißt noch, dass wir Claire nächste Woche ins Fernsehen begleiten werden? Das darfst du auf keinen Fall vergessen, sie braucht uns da!«
»Aber sicher. Das ist Ehrensache!«, verspricht er.
Das ist schon etwas Besonderes: Claire soll in der von Röbi Koller moderierten Fernsehsendung »Happy Day« überrascht werden. »Überrascht« ist natürlich ein Witz, denn sie weiß es schon. Jemand hat sich verplappert. Claire ist Aktivierungsfachfrau im Altersheim Sonne in Malters. Doch eigentlich ist sie mehr als das: Sie ist dort die gute Seele des Hauses. Sie tut viel mehr, als sie müsste. Sie organisiert unermüdlich musikalische Darbietungen, Lesungen, Filmvorführungen. Sie versucht, persönliche Wünsche der Bewohner zu erfüllen, und setzt dafür alles in Bewegung, findet immer einen Weg. Sie spielt Klavier und Gitarre und singt mit den Bewohnerinnen. Jetzt will man ihr dafür in »Happy Day« Danke sagen. Ich glaube, die kommen alle und singen für sie.
Claire bearbeitete uns richtiggehend: »Ich will da nicht allein hingehen, ihr müsst mich unbedingt begleiten! Bitte. Das wird mein

größter Tag. Aber ohne euch wäre das nichts. Ich habe um drei Tickets gebeten und sie bekommen. Ihr dürft mich nicht im Stich lassen – das ist wieder so ein Anlass, wo es mich unsagbar traurig macht, dass Erwin nicht mehr bei mir ist.«

Wenn Claire die Erwin-Keule schwingt, dann machen wir sowieso immer alles, was sie will. Nie mehr möchte ich meine Tochter so am Boden zerstört sehen, wie sie es nach dem Tod von Erwin war.

»Versprochen ist versprochen«, sagt Guido noch einmal, »und das könnte ja auch ganz interessant werden, hinter die Kulissen einer so großen Fernsehsendung zu schauen.«

»Hoffentlich kann Claire dann auch wirklich die Überraschte spielen«, gebe ich zu bedenken. »Lügen ist nicht so ihre Stärke.«

Nach dem Essen, beim dritten Glas Wein, sagt Guido schließlich: »Also, jetzt aber raus mit der Sprache.«

Er wirkt nun doch ein wenig beunruhigt, wohl weil er merkt, dass ich selber ziemlich angespannt bin.

Ich räume aber erst den Tisch ab, das Geschirr in die Spülmaschine und setze mich dann wieder zu ihm. Ich überreiche ihm den Umschlag, den ich vorbereitet habe, und er öffnet ihn vorsichtig. Mit spitzen Fingern holt er die diversen Unterlagen und Buchungen heraus, die er wortlos studiert.

Dann fragt er: »Paris? Im September? Ein Fünfsternehotel? Und mit riesigem Rundumprogramm! Hast du im Lotto gewonnen?«

Das ist natürlich nur eine rhetorische Frage, denn Guido weiß ja, dass ich keine Spielerin bin.

Ich aber antworte: »Ja.«

Einfach so.

»Ja«, wiederhole ich.

»Wirklich? Echt? Kein Witz?«, fragt Guido verblüfft.

Ich nicke und strahle dabei übers ganze Gesicht.

Guido wundert sich und bohrt: »Aber du spielst doch gar nicht!«
»Jetzt habe ich halt mal eine Ausnahme gemacht und bei Bärbel ein Glückslos gekauft.«
Guido rätselt: »Und hast etwas gewonnen? Tausend Franken?«
»Viertausend Franken...«, antworte ich, mache genüsslich eine ausgiebige Kunstpause, atme tief durch – und ergänze erst dann: »... jeden Monat ... und das zwanzig Jahre lang!«
Guido schweigt.
Es hat ihm die Sprache verschlagen.
»Bist du ganz sicher?«, fragt er.
»Ganz sicher!«
Er ist immer noch still, scheint so geschockt zu sein, wie ich es im ersten Moment war. Hinter seiner Stirn arbeitet es wie verrückt. Gut, ich kann warten, bis er anfängt, sich mit mir zu freuen. Ich brauchte ja selber eine Weile, bis ich mein Glück realisiert hatte.
»Ich bin abgesichert. Lebenslänglich, sozusagen«, erwähne ich, damit ihm die Tragweite des Ganzen so richtig bewusst wird.
Guido schweigt noch immer und knetet seine Serviette. Jetzt dürfte er langsam etwas sagen, zur Reise, zum Gewinn, zu mir, finde ich.
»Hallo? Guido? Wir gehen nach dreißig Jahren endlich auf Hochzeitsreise!«
Er schweigt weiter, und so stupse ich ihn an.
»Erde an Guido?!?«
Er ist mir unheimlich, wenn er so still ist. Das ist doch gar nicht seine Art.
Schließlich setzt er sich kerzengerade hin und erklärt mit ernstem Gesicht: »Wir müssen reden.«
Von diesem Moment an ist mir völlig klar, dass etwas schiefläuft. Dass alles schiefläuft. Dass mein Leben zum Fiasko wird. Er müsste gar nichts mehr sagen, ich spüre es, fühle es, sehe es. Da ist ein

Abgrund, ein riesiger Schlund, und ich rase darauf zu, habe keine Chance, mich zu wehren.

Mein Fundament wackelt.

Mir wird schlecht.

»Also im September, da kann ich nicht. Da mache ich ein Praktikum im Zoo Zürich, bei meinem Kollegen Balz.«

Guido spielt nervös mit der Serviette.

»Im Zoo? Warum denn das?«

Er atmet schwer, und dann kommts: »Ich hätte längst mit dir reden müssen«, sagt er, und seine Hände »erwürgen« die Serviette.

Gloria! Also doch. Trotz der Pferde.

»Gloria?«, gebe ich ihm ein Stichwort.

»Nein!«, sagt er, fast ein wenig ärgerlich, und ich schöpfe wieder Hoffnung.

»Judith, ich möchte weggehen, weg von hier. Du weißt, Harry, mein ehemaliger Studienkollege, hat eine Farm in Namibia. Er hat mir schon mehrmals angeboten, bei ihm einzusteigen. Harry besitzt ein riesiges Grundstück mit unzähligen Tieren. Ich habe dir ja schon oft von ihm erzählt. Ich könnte dort so viel lernen, so viel mehr in der Natur draußen sein, weg von Hamster, Hund und Katze. Es wäre ein gigantisches Abenteuer, und jetzt bin ich gerade noch jung genug – in ein paar Jahren würde ich das nicht mehr schaffen.«

Ich schweige.

Er schweigt.

Dann spricht er weiter: »Jetzt, mit dem Geld, kannst du dir deine Träume erfüllen. – Ich würde mir gern meine erfüllen.«

Er schweigt.

Ich schweige.

»Du willst nach Namibia auswandern?«, frage ich sicherheitshalber noch einmal.

»Ja«, sagt er und schaut mir dabei direkt in die Augen.

»Und deine Praxis?«, frage ich fassungslos.

Immerhin hat er sie von seinem Vater und der wiederum von seinem Vater und Großvater geerbt und in unseren gemeinsamen Ehejahren seine ganze Energie hineingesteckt, unser ganzes Geld. Sie wurde immer größer, immer besser. Inzwischen arbeiten vier Tierärzte da.

»Ich werde sie nicht verkaufen, nur verpachten. An Claude.«

Wow. Er hat schon seinen Nachfolger bestimmt.

»Und du dachtest einfach, ich käme dann so mir nichts, dir nichts auch mit?«, frage ich, nachdem ich ein paarmal leer geschluckt habe.

Er schüttelt den Kopf und sagt leise: »Ich werde mit Anita gehen.«

Anita!?!

Anita arbeitet seit bald zwanzig Jahren als Praxisassistentin bei Guido. Ich kenne sie sehr gut, kannte auch ihren Mann, von dem sie sich vor drei Jahren getrennt hat. Während der Scheidung, die alles andere als leicht war, wohnte sie sogar ein paar Tage bei uns, weinte sich bei mir aus.

Anita?!?

Man erzählt doch oft, dass Sterbende ihr ganzes Leben wie im Schnelldurchlauf vor ihrem inneren Auge vorbeiziehen sehen, wie einen Film. Mir geht es gerade genauso. Ich frage mich einfach – und diese Frage ist riesengroß und wiegt Tonnen –, wann genau ich den Anschluss und den Zugang zu Guidos Gedanken- und Gefühlswelt verloren habe. Sein Fernweh und seine Lust auf Abenteuer habe ich überhaupt nie wahrgenommen, auch nicht ansatzweise. Er schien ein glücklicher Tierarzt zu sein. Mehr oder weniger. Und seit wann hat er ein Verhältnis mit seiner Assistentin?

Ich habe nichts gemerkt.

Nichts gespürt.

Nie!

Mir sitzt ein Fremder gegenüber. Ein völlig Fremder, der mir bis vor kurzem noch vorgegaukelt hat, alles sei in Ordnung und er sei mein mich liebender Ehemann.
Wann wollte er mit mir reden?
»Sag etwas, Judith!«, fleht mich Guido an.
Ja, ich sehe, dass er leidet.
Was erwartet er von mir?
Verständnis?
Absolution?
»Hast du ein Verhältnis mit Anita? Seit wann?«, frage ich mit schwacher Stimme und will die Antwort eigentlich gar nicht hören.
»Ich wollte das nicht … es ist passiert … wir wollten das beide nicht … ganz sicher«, antwortet er stockend.
»Wie lange schon?«, frage ich beharrlich.
»Etwa ein Jahr.«
Ein Jahr!
Dreihundertfünfundsechzig Tage!
Guido sieht elend aus. Sicher schmerzt es ihn, mir wehzutun. Fast tut er mir ein wenig leid. Und gerade, als ich diese Gefühlsregung in mir wahrnehme, kommt eine starke, völlig andere Emotion in mir hoch: Wut. Böse, wohltuend befreiende Wut.
Ich werde doch nicht den Fehler bei mir suchen!
Wer bin ich denn!
Guido hat mir gerade den Boden unter den Füßen weggezogen. Einfach so. Er hat mich abgehakt, ausgetauscht und sich Ziele gesetzt, ohne auch nur einmal mit mir darüber zu reden.
Im Moment weiß ich grad nicht, was schlimmer ist: dass er seine Koffer packen will oder dass er mich betrügt.
Ich stehe auf, hole meine Jacke und meine Umhängetasche.
»Wohin gehst du?«, fragt Guido. »Sollten wir nicht in Ruhe über alles reden?«

Ja, wohin gehe ich eigentlich?
Und warum?
Eigentlich habe ich gar keine Lust, jetzt in die Nacht hinauszugehen und heulend vor Bärbels Haustür zu stehen. Die Wut weist mir den Weg.
Ich stelle mich vor Guido hin und sage leise, aber bestimmt: »Geh du!«
»Aber wieso … was meinst du … es ist doch schon so spät…«, stammelt Guido, erschrocken über eine Seite an mir, die er so wohl zum ersten Mal erlebt.
»Das ist mir egal. Geh zu Anita oder in die Praxis. Geh einfach! Reden können wir noch lange genug. Aber nicht jetzt.«
»Aber ich wohne hier«, bäumt sich Guido noch einmal auf.
»Du hast hier gewohnt«, korrigiere ich ihn.
Guido schaut in meine Augen und sieht darin wohl, dass ich es ernst meine, unerbittlich bin. Er kramt noch kurz im Haus herum, sammelt ein paar Sachen ein und geht dann, ohne ein Wort, ohne einen Gruß, wie ein geprügelter Hund.

Sobald ich höre, wie die Haustür ins Schloss fällt, schießen die Tränen aus mir hervor. Ich weine, ich schluchze, ich breche zusammen. Ich lege mich auf das Sofa, wickle mich in eine warme Decke ein und heule. So fühlt es sich also an, wenn das Herz bricht. Es nimmt einem die Luft zum Atmen. Ich bin ein Bündel aus Schmerz. Ich liege unter den Trümmern meines Lebens, dreißig gemeinsam mit Guido gelebte Jahre haben sich soeben in nichts aufgelöst, und das fühlt sich an, als sei ein Berg über mir zusammengebrochen. Ich sterbe ein wenig, hier und jetzt.
Man kennt solche Situationen doch nur aus dem Fernsehen und vom Hörensagen: unerwartete, plötzliche Trennungen. Ich dachte dann jeweils, dass man doch mit Blindheit geschlagen sein müsse,

wenn man vorher keine Anzeichen sah, keine Warnsignale bemerkte. Eine Trennung kündige sich doch immer an, Wochen oder Monate zuvor. Ich dachte, man müsse schon sehr unsensibel und empathielos sein, wenn man von einer Trennung derart überrascht werden könne.

Und jetzt?

Guido hat sich ganz sicher nicht erst heute dazu entschlossen, mich zu verlassen. Die Entscheidung köchelte wohl über Monate auf kleiner Flamme. Und ich? Ich merkte *nichts*.

Was sagt das über mich aus?

Was über Guido?

Was über unsere Beziehung?

Guido hat nie auch nur andeutungsweise erwähnt, dass sein Job ihn nicht mehr glücklich mache. Stans war ihm bisher nie zu klein oder zu eng. Er gab mir nie das Gefühl, ihm nicht mehr zu genügen, ihm nichts mehr zu bedeuten. Ja, er war viel unterwegs, ließ mich oft allein, aber ich dachte, sein Job nehme ihn derart in Beschlag.

Und dann das.

Einfach so.

Fertig – aus und vorbei.

Ein Ende ohne ein Vielleicht, ohne Hoffnung, ohne Notausgang, ohne Fallschirm.

Eine Krise könnte man überstehen, Probleme könnte man lösen, einen Konflikt bewältigen, einen Streit beilegen, eine Auszeit nutzen.

Guido aber hat uns keine Chance gegeben. Er hat mich einfach auf den Schleudersitz gesetzt und den Knopf gedrückt. Ich bin weg aus seinem Leben, gehöre nicht mehr dazu, bin kein Teil seiner Pläne, spiele in seiner Zukunft keine Rolle mehr.

Später tigere ich unruhig durch unser Haus. Werde ich auch mein Zuhause verlieren? Er wird das Haus nicht mehr brauchen. Und für mich wird es schnell zu sehr mit Erinnerungen an ihn verbunden sein.
Irgendwann stehe ich im Arbeitszimmer von Guido, das ich eigentlich nie betrete, außer wenn ich dort alle Schaltjahre einmal staubsauge. Neugierig schaue ich mich um, als könnte ich hier eine Erklärung für alles finden. Und in der Tat: An der Wand hängt ein riesiges Bild einer Gnuherde in Afrika. Auf dem Schreibtisch türmen sich Fachbücher über Wildtiere. Einen separaten Stapel gibt es mit Büchern über Strauße, ihre Aufzucht, über Straußenfarmen in Namibia. Mehrere Prospekte über Inkubatoren zum Ausbrüten von Eiern liegen herum. Mit Preislisten. Will er eine Straußenfarm eröffnen?
Ich werde nicht an der Frage vorbeikommen, ob ich Guido einfach nie richtig zugehört habe. Hat er all diese Vorbereitungen und Studien immer im Geheimen betrieben? Hat er nicht schon letztes Jahr im Garten auf dem Liegestuhl ständig zoologische Fachbücher gelesen?
Und ich habe nie gefragt, warum.
Strauße sind doof.
Namibia übrigens auch.
Wir waren einmal da, vor etwa zwanzig Jahren, Guido, Claire und ich. Wir fuhren mit dem Mietwagen über wunderbar gepflegte Straßen von Gästefarm zu Gästefarm. Die Landschaft war zwar beeindruckend und unvergleichlich schön. Doch ich traf in diesem Land auch auf unvergleichlich viele Rassisten. So erklärte ich Guido anschließend, dass Namibia für mich als Reiseland nicht mehr infrage komme. Rassismus war das eine, das mir zuwider war – und er begegnete mir ständig –, das andere, was ich unerträglich fand, war das Jagen.

Es gibt in Namibia Farmen, da kann man gegen Bezahlung Giraffen und Löwen abschießen. Man findet dazu Preislisten im Internet. Auf einer der Farmen darf zum Beispiel ein Zebra für rund tausend Euro abgeknallt werden, dafür sind Paviane fast gratis. Ein Löwe könnte immerhin schon zwanzigtausend kosten, wobei ein weiblicher erheblich günstiger wäre. Laut der Tier- und Naturschutzorganisation Pro Wildlife reisen jährlich rund achtzehntausend Trophäenjäger nach Afrika und töten mehr als hunderttausend Tiere. Als wir auf dem Flughafen in Namibia ankamen, entdeckte ich einen Spezialschalter, an dem man bei der Ankunft die mitgeführten Jagdwaffen auslösen konnte. Da hätte ich eigentlich schon rechtsumkehrt machen müssen. Natürlich erklärte man mir dann, dass mit den Abschussgebühren die Wildtiere auch für die Behörden in Namibia ein wertvolles Gut geworden seien und sie daher viel besser geschützt würden als früher. Man behauptete, das Geld aus dem Jagdtourismus werde zum Artenschutz und zur Verbesserung der Lebensbedingungen der Einheimischen eingesetzt. Wieder daheim, bestätigten mir meine Recherchen, dass die Weltnaturschutzunion (IUCN) das ganz und gar nicht so sah.
Geglaubt habe ich es während unseres Aufenthalts in Namibia schon nicht. Und als uns dann auch noch ein deutschsprachiger Farmer beim Abendessen, das von einheimischen Mitarbeitenden gekocht und aufgetragen wurde, von den Zeiten vorschwärmte, als die Deutschen im Land noch das Sagen hatten, nicht diese »Halbaffen« – ja, er hat es tatsächlich so gesagt –, die man jetzt sogar in der Regierung dulden müsse, da war mir die Freude an unseren Ferien in Namibia endgültig vergangen.
Aber ich will mich jetzt nicht über Namibia aufregen. Dass es mir dort nicht gefiel, hat ja nichts damit zu tun, dass Guido mich nun verlässt und mit Anita da hinziehen will.

Es würde genauso wehtun, wenn er nach Dschibuti auswandern würde oder nach Timbuktu. Es würde sogar genauso sehr schmerzen, wenn er mit Anita nur nach Alpnachstad ziehen würde.
Ich verlasse Guidos Büro wieder, will da nicht herumspionieren. Ich habe das noch nie getan. Vielleicht kann man das als fehlendes Interesse gegen mich auslegen.
Auch egal.
Es ist zu spät.
Ich lege mich wieder auf das Sofa, hole mir aber vorher die angebrochene Flasche Wein, deren Rest ich mir jetzt sozusagen als Medizin gönne. Ruhelos zappe ich durch die verschiedenen Fernsehprogramme und bleibe schließlich an einem brutalen Thriller hängen, weil ich in meiner Verfassung weder einen Liebes- noch einen Tierfilm ertrage. Und ich weine.
Ich werde nie, nie mehr aufhören zu weinen. Niemalsnie.
Es ist alles aus.

5 Ein Schatten deines Schattens

Am Morgen – ja, es gibt einen nächsten Morgen, weil die Erde sich weiterdreht, immer, egal, was passiert – werde ich erbarmungslos aus dem Schlaf geklingelt. Dabei war schlafen so wunderschön, so gnädig, so jenseits von allem, so weich und samtig. Kaum bin ich wach, ist alles wieder da, das ganze Elend, die volle Tragik. Dazu Kopfschmerzen. Heftige Kopfschmerzen. Ich bin nach wie vor ein einziger Schmerz. Ich ziehe die Decke über meinen Kopf, aber das Klingeln will nicht aufhören, und langsam ärgert mich das. Es lässt sich nicht weiter ignorieren. Ich bewege mich vorsichtig Richtung Haustür, schaue durch das Guckloch und sehe Bärbel, wie sie gerade wieder auf den Klingelknopf drückt. Bärbel kann ich leider nicht draußen stehen lassen.

»Na endlich«, sagt sie und stürmt herein. »Gleich hätte ich die Polizei geholt.«

»Auch dir einen guten Morgen«, sage ich mürrisch und gehe wieder zurück ins Bett.

Bärbel zieht die Vorhänge zur Seite und öffnet dann die Fenster. Sperrangelweit.

»Von wegen Morgen! Es ist bald Mittag«, korrigiert sie mich.

Stimmt, die Sonne scheint herein. Das Wetter ist wunderschön. Ein herrlicher Sommertag mit viel Vogelgezwitscher. Es riecht nach frisch geschnittenem Gras und meinem Lavendel. Total unpassend. Jetzt bräuchte ich wirklich sieben Tage Regen. Das würde meine Gemütsverfassung perfekt untermalen. Aber eben: Ich bin im falschen Film gelandet, der im Übrigen auch ganz schlecht ist.

»Was ist los?«, fragt Bärbel. Sie sitzt auf meiner Bettkante, und ihr ganzes Gesicht zeugt von großer Besorgnis.

»Warum bist du hier?«, frage ich zurück.

Es ist nämlich durchaus nicht üblich, dass Bärbel unangemeldete Hausbesuche macht und so hartnäckig klingelt, wenn ich nicht sofort reagiere.

»Du fragst mich? Du hast mir doch mitten in der Nacht eine SMS geschickt! Völlig unverständlich zwar. Ich habe sie allerdings erst vorhin gelesen. Und ich bin sofort gekommen. Hast du getrunken?«

Ich greife an meinen Kopf, überlege einen Moment und antworte: »Ja, ich glaube schon. Am Ende sogar Schnaps. Williams. Ja. So wird es sein. Darum habe ich auch so Kopfweh.«

»Geschieht dir recht«, sagt Bärbel, die sehr allergisch auf übermäßigen Alkoholkonsum reagiert, da ihr Vater Trinker war. »Ich mache uns Kaffee. Ich habe eine Linzertorte mitgebracht, die magst du doch so gern. Geh du mal unter die Dusche. Und dann will ich wissen, was los ist. Alles.«

Es erfordert viel Kraft, Bärbels Befehle umzusetzen. Nicht einmal die Aussicht auf Linzertorte kann mich beflügeln. Im Gegenteil. Bevor ich unter die Dusche gehe, muss ich erbrechen, und als ich über der Kloschüssel hänge, spucke und würge, denke ich: »Jetzt bin ich ganz unten. Tiefer kann man nicht mehr fallen.«
Dieser Gedanke hat irgendwie etwas Beruhigendes. Genauso wie die Tatsache, dass ich Bärbel in der Küche herumhantieren höre. Mir wird klar, dass ich nicht allein bin, und das ist immerhin ein großes Geschenk, eines, wofür mich viele Menschen beneiden würden.
Ich dusche mit der Seife mit dem rosa Schaum und rieche danach wie ein Himbeerbonbon. Ja, Guido liebte diesen Duft und beschnupperte gern ausgiebig meine Haut, wenn ich sie benutzt hatte. Vergangene Zeiten. Schwungvoll schmeiße ich die Seife in den Müll. Es hat sich ausgeduftet – Guido ist verduftet.
Ich schlüpfe in Jeans und Bluse und gehe dann zu Bärbel in die Küche. Kaum hat sie den Kaffee vor mich hingestellt, bedrängt sie mich mit Fragen.
Ich brauche eigentlich nur zwei Sätze, um die ganze Misere auf den Punkt zu bringen: »Guido wandert nach Namibia aus. Mit Anita.«
Das Gesicht von Bärbel hätte ich fotografieren sollen. Sie ist so baff und fassungslos, wie ich es gestern war und heute noch bin.
Natürlich muss ich dann doch noch weiter ausholen und genauer erzählen, denn auch Bärbel weiß ja noch nichts von meinem Gewinn, auch wenn sie mir das Los verkauft hat. Ich erzähle also ausführlich, natürlich auch von der Buchung der Parisreise, und während ich so berichte, muss ich selber immer wieder den Kopf schütteln. Ich kann irgendwie nicht glauben, was mir passiert ist.

Bärbel hängt an meinen Lippen, freut sich mit mir – und teilt meinen Schmerz.
»Unglaublich!«, kommentiert sie am Ende das Ganze und doppelt gleich nach: »So ein Arsch! Der hat wohl einfach eine hundskommune Midlife-Crisis. Guido hält es doch kein Jahr aus in Afrika! Und dafür schmeißt er alles hin, macht alles kaputt, was ihr euch zusammen aufgebaut habt!«
Es tut gut, dass meine Freundin sich so für mich empört und ereifert. Ich selber bin viel zu verletzt, finde gar keine Worte für meine Gefühle.
»Und dann Anita! Ausgerechnet!«, echauffiert sich Bärbel weiter. »Da haben sich ja zwei gefunden! Nun, immerhin hat sie Geld. Geerbtes Geld. Blöde Kuh!«
Während Bärbel weiterschimpft, esse ich vorsichtig ein wenig Linzertorte. Könnte ja sein, dass sie mir guttut und meine Stimmung hebt. Aber sosehr ich sie auch mag: Sie ist jetzt keine Hilfe.
Irgendwann fragt Bärbel: »Was sagt eigentlich Claire dazu?«
Ich verschlucke mich am trockenen Kuchen und huste, brauche eine Weile, bis ich mich wieder erholt habe.
»Claire habe ich irgendwie total vergessen«, gebe ich beschämt zu. Und sofort steht die Frage riesengroß im Raum: Wie soll ich ihr das bloß beibringen? Sie fällt sicher genau wie ich aus allen Wolken. Und unser Enkel Moritz? Ich reiße mich zusammen, sage: »Ich mag Guido, diesen miesen Kerl, eigentlich gar nicht mehr sehen, doch wir werden Claire das gemeinsam beibringen müssen. Aber da ist ja auch noch ›Happy Day‹ – wir können es ihr noch nicht sagen.«
Bärbel nickt nur, sie weiß um den anstehenden Fernsehauftritt.
Ich erkläre Bärbel, dass Claire immer wieder betont hat, wie wichtig wir in ihrem Leben seien, als sichere Anlaufstelle, als ständiger Halt, als Vorbilder.

»Das waren wir auch. Speziell vor fünf Jahren, als Erwin starb. Sie konnte sich voll auf uns verlassen. Wir sagten ja auch unsere Parisreise ab und kümmerten uns praktisch rund um die Uhr um sie und um Moritz«, erinnere ich Bärbel.

»Ich weiß«, sagt sie nur.

Claire.

Das wird schwierig.

»Sie ist erwachsen«, versucht Bärbel mich zu beruhigen.

Nachdenklich sage ich: »Ja, sie ist erwachsen. Wie wir alle. Guido ist auch erwachsen. Ich ebenso. Nützt aber nicht viel. Erwachsensein schützt vor gar nichts.«

Ich werde mit Guido reden müssen. Ob ich will oder nicht. Und wir werden gemeinsam mit Claire reden müssen – nach dem Fernsehauftritt. Allein schon die Vorstellung, dass ich mit Guido nach Zürich zu dieser »Happy Day«-Show fahren muss, bereitet mir Bauchschmerzen.

»So ist das halt. Eltern bleibt ihr trotzdem«, kommentiert Bärbel meine Gedanken. »Ihr müsst irgendwie einen Weg finden, euch begegnen zu können, ohne dass ihr euch gleich in die Haare kriegt. Ihr müsst reden. Im Auto geht das bestimmt gar nicht so schlecht.«

»Ja, ja, wie viel reden bringt, hast du ja selber erst grad erfahren«, sage ich ein bisschen gereizt. »Wie geht es eigentlich mit dir und Berti?«

Sie zuckt mit den Schultern und erklärt: »Noch wohnen wir immerhin zusammen. Aber ich möchte das ändern.«

Oh. Die Lage ist ernst. Bleibt ernst.

Auch Bärbel fiel es schwer, ihrer Tochter zu erklären, dass sie sich überlegt, sich von Berti zu trennen, nach all den gemeinsamen Jahren.

»Unsere Josy hat es einigermaßen gefasst aufgenommen. Aber gell, sie ist ja ohnehin nicht mehr oft hier, meldet sich selten, ist immer in ihrer eigenen Welt beschäftigt. Seit sie dieses Hotel in Arosa führt, erwartet sie, dass wir zu ihr kommen, wenn wir sie mal sehen wollen.«

Erst jetzt bemerke ich, dass Bärbel ein wenig mitgenommen aussieht. Nicht nur ich, auch sie leidet. Herzschmerz ist Herzschmerz. Wir trinken eine weitere Tasse Kaffee, und bevor sie mich wieder verlässt, nimmt sie mir das Versprechen ab, keine Dummheiten zu machen. Wir umarmen einander.

»Immerhin haben wir uns«, sage ich, fast feierlich.

»Und so soll es auch bleiben«, antwortet sie. »Wir werden uns irgendwie neu erfinden. Zusammen schaffen wir das.«

Judith und Bärbel erfinden sich neu. Könnte glatt ein Romantitel sein. Oder eben der Titel eines schlechten Films.

»Jede dritte Schweizer Ehe wird geschieden.« Bärbel war schon aus der Tür und hat sich noch mal umgedreht. »Rund siebzehntausend Scheidungen pro Jahr! Und fast die Hälfte dieser Ehepaare war immerhin schon fünfzehn Jahre zusammen.«

Ich kenne die Zahlen. Nur hatten sie bisher rein gar nichts mit mir zu tun. Nichts mit *uns* zu tun. Ich will nicht Teil dieser Statistik sein!

Dingdongdung.

Kaum ist Bärbel weg, meldet sich mein Skype. Besser gesagt, Pierre aus Paris macht sich bemerkbar. Und wieder habe ich meine Französischstunde vergessen.

»Ach, Pierre, entschuldige. Heute kann wirklich keine Französischlektion stattfinden. Ich bin krank. Schwer krank. Innerlich schon fast gestorben.«

Je suis morte à l'intérieur …

Aber Pierre wickelt mich um seinen französischen Finger. Er fragt mich aus, reagiert verständnisvoll, tröstet mich. Er schlägt mir vor,

ein paar passende Chansons zu übersetzen. Ich weiß ja, dass er das Geld, das er mit den Lektionen verdient, braucht. Er erzählte mir einmal so nebenbei, dass die Lehrer, die nicht genug Schüler hätten und nicht genügend Lektionen verabreden könnten, aussortiert würden. Also lasse ich mich überreden.
Zuerst kommt Pierre mit Vicky Leandros, der Griechin, die gern auch französisch singt: »Ich liebe dieses Lied. Es erzählt von tragischem Liebeskummer.«

Qu'après toi
Je ne pourrai plus vivre, non plus vivre
Qu'en souvenir de toi
Après toi
J'aurai les yeux humides
Les mains vides, le cœur sans joie
Avec toi
J'avais appris à rire
Et mes rires ne viennent que par toi!
Après toi, je ne serai que l'ombre
De ton ombre
Après toi

Ich beginne zu weinen, während Vicky Leandros wunderschön jammert. Streicher, Pauken, Trompeten und Chöre helfen ihr dabei. Es ist schön, wenn andere Worte finden für das, was man empfindet. Selbst wenn es französische sind. Pierre und ich übersetzen zusammen Zeile für Zeile.

Nach dir
Kann ich nicht mehr leben, nicht mehr leben
Ohne mich an dich zu erinnern

Nach dir
Werd ich feuchte Augen haben
Leere Hände, ein Herz ohne Freude
Mit dir
Lernte ich, wie man lacht
Und ich kann nur mit dir lachen
Nach dir werde ich nur noch ein Schatten
Deines Schattens sein
Nach dir

Pierre fügt an, dass dieser Text natürlich nur eine momentane Gefühlslage beschreibe. Selbstverständlich würde ich selber zum Beispiel niemals nur noch ein Schatten sein von irgendwem.
Jamais.
Aber in besonderen Momenten der Trauer, des Liebeskummers, seien diese Chansons oft hilfreich.
Le chagrin d'amour.
Liebeskummer.
Wieder einen Begriff gelernt, den ich gar nie lernen wollte.
Jamais.
Wozu auch?
Pierre erzählt: »Vicky Leandros hat mit diesem Lied 1972 den Grand Prix Eurovision de la Chanson gewonnen – für Luxemburg, soviel ich weiß.«
1972 war ich noch ein Kind und dachte, das Leben würde für mich ein Spaziergang werden. Bis gestern noch hat mir dieser Spaziergang ganz gut gefallen, war ich eigentlich zufrieden damit. Mehr oder weniger. Aber jetzt artet er zu einer gefühlten Mount-Everest-Besteigung aus. Und mir fehlt die Erfahrung für die Steilwand. Wahrscheinlich bin ich einfach ein verwöhntes Frauenzimmer. Eben eine Spaziergängerin.

Dann will Piere noch ein zweites Chanson mit mir übersetzen. Es sei von Joe Dassin, einem französisch-amerikanischen Sänger, der lange in Paris gelebt habe.
»Dieses Chanson ist hilfreicher als das von Vicky Leandros. Du kannst es immerzu singen. Es ist *dein* neues Lied.«
Mein neues Lied? Ich hatte doch überhaupt noch nie ein Lied. Nicht einmal ein altes. Muss man ein Lied haben?
»Hier singt Joe Dassin, wie er gerade von einer Frau verlassen wird. Eine Frau könnte das Lied aber genauso gut singen. Es ist wirklich ein ausgesprochen schönes Chanson. Es hat trotz des Schmerzes etwas Leichtes. Etwas von Paris.«

Ça va pas changer le monde
Ça va pas le déranger
Il est comme avant, le monde
C'est toi seule qui as changé
Moi, je suis resté le même
Celui qui croyait que tu l'aimais
C'était pas vrai, n'en parlons plus
Et la vie continue

Wir übersetzen gemeinsam.

Das wird die Welt nicht verändern
Es wird sie nicht einmal stören
Sie ist wie vorher, die Welt
Nur du allein hast dich verändert
Ich bin immer noch der Gleiche
Der, der geglaubt hat, du würdest ihn lieben
Es war nicht so, reden wir nicht mehr darüber
Und das Leben geht weiter

Stimmt. Das Leben geht weiter. Die Erde hört nicht auf, sich zu drehen.
»Das Chanson ist ein angenehmer Ohrwurm«, gebe ich gern zu. »Ich liebe es jetzt schon.«
»Es ist mein Lieblingslied«, verrät mir Pierre. »Ich singe es zu allen passenden und unpassenden Gelegenheiten. Es gibt so viele Dinge, die uns so bedeutend erscheinen, die aber die Welt so ganz und gar nicht verändern. *Et la vie continue.* Wir sind doch beide nicht mehr jung, Judith, und wir wissen inzwischen eines ganz bestimmt: Dieser furchtbare Schmerz, dein furchtbarer Schmerz, er wird leichter, er wird nachlassen, Tag für Tag ein kleines Stück mehr. Es ist nur im Moment so furchtbar schlimm – *ça va pas changer le monde*!«
Ich schnäuze meine Nase und sitze jetzt tatsächlich ein wenig aufrechter vor meinem Laptop.
»Danke, Pierre«, sage ich und versuche, ihm zum Abschied noch ein schönes Lächeln nach Paris zu schicken. »Ich lerne wirklich immer sehr viel bei dir. Nicht nur Französisch. Merci!«
Trotzdem weiß ich am Ende dieser Lektion: Ich werde aufhören, Französisch zu lernen. *C'est assez.* Es ist genug. Für das Stanserhorn reichen meine Französischkenntnisse inzwischen. Und Paris ist gestrichen. Dieses Wort ist ab sofort tabu. Dort, wo früher Paris war, ist jetzt nur noch ein Loch in der Weltkarte. Ein tiefes, düsteres, schwarzes Loch.
Ich werde mir ein neues Hobby suchen.
Warum nicht töpfern?
Und ein neues Traum-Reiseziel.
Tokio?

Ich rufe im Reisebüro Reisefreund bei Lydia an und erkläre ihr, dass ich nicht nach Paris reisen werde. Niemalsnie.
Sie könne mir die Spesen für ihre Arbeit verrechnen.

»Was ist passiert?«, fragt Lydia erschrocken.
Ich lasse mich nicht auf ein Gespräch ein, plappere etwas von »besonderen Umständen«, bleibe freundlich, aber knapp und reserviert. Dann schreibe ich Bärbel einen kurzen Gruß, damit sie sich nicht unnötig Sorgen macht, wenn sie heute nichts mehr von mir hört. Jetzt will ich nämlich nur noch eines: mich für den Rest des Tages wieder ins Bett verkriechen. Vielleicht stehe ich auch gar nie mehr auf.
Ça va pas changer le monde.
Ça va pas le déranger.
Das mag ja sein.
Aber meine kleine Welt ist zerbrochen. Sie liegt in kleinen Stücken am Boden. Das können Pierre aus Paris und Joe Dassin ja nicht wissen, nicht verstehen.
Die haben keine Ahnung!

6 Arbeiten hält die Welt zusammen

»Arbeiten hält die Welt zusammen.«
So hatte es Bärbel einmal gesagt. Es ist noch gar nicht lange her. Und Bärbel hat fast immer recht. Natürlich klingt so eine Aussage nicht annähernd so poetisch, als dass Joe Dassin ein Chanson daraus gemacht hätte. Es ist mehr so ein Ausspruch, den sich starke, verzweifelte Frauen auf die Fahne schreiben würden.
Arbeiten hält die Welt zusammen.
Darum fahre ich wieder Bähnchen. Bergauf und bergab. Egal, was passiert, was passiert ist und was passieren wird: Das Stanserhorn

steht noch. Es ist ein sicherer Wert. Berge haben mit ihrer unerschütterlichen Beständigkeit etwas extrem Tröstliches.
Ça va pas changer le Stanserhorn.
Ça va pas le déranger.
Nein, das Horn bleibt. Auf irgendetwas muss doch in dieser Welt, in diesem Leben noch Verlass sein.

Die Sonne scheint, die Touristen stehen Schlange. Heute habe ich Dienst 5. Das heißt, dass ich zuerst die öffentlichen Toiletten im Tal putze. Das ist eine dieser Arbeiten, die kein Gast sieht. Und die Leute, die immer wieder fragen, ob ich denn für meinen Bähnlerjob Geld bekomme, würden das möglicherweise nicht so gern machen. Wenn an einem Tag tausendfünfhundert Menschen aufs Stanserhorn fahren und – vorsichtig geschätzt – ein Drittel davon in Bussen von weit her angereist kommt, dann kann man sich vorstellen, wie stark die Toiletten frequentiert werden. Und viele dieser Gruppen kommen aus Ländern, die – vorsichtig ausgedrückt – ein anderes Verständnis für das Benutzen von Toiletten haben als wir Europäer. Es gibt tatsächlich Erdenbürger, die auf den Toilettensitz steigen und so ihr Geschäft verrichten.
Für die einen ist das lustig.
Für die anderen Arbeit.
Da ich nachher wieder Bahn fahre, muss ich zum Putzen einen dünnen, weißen Overall anziehen, der wie eine Sauna wirkt. Ich sehe dann aus wie eine Kriminalpolizistin am Schauplatz eines Mordes. Und mordlustig könnte man manchmal schon werden, wenn man am frühen Morgen schon so viel Dreck und Unrat entfernen muss. Manchmal könnte man denken, die Gäste würden absichtlich … Aber nein, das tun sie natürlich nicht.
Ich atme so flach wie möglich, versuche, die verschiedenen Farben und Funktionen der Putzlappen nicht durcheinanderzubringen,

benütze möglichst viel von dem wohlriechenden Reinigungsmittel und mache meinen Job. Dann male ich mein Kürzel in die öffentlich aufgehängte Putzliste.
Ansonsten ist der Dienst 5 voll in Ordnung. Und ich bin heute Ablöserin auf beiden Bahnen, habe also viel Abwechslung.

»Wie alt wird eine Kuh?«, fragt eine Amerikanerin auf meiner nächsten Fahrt – darüber habe ich noch nie nachgedacht, und ich kann ihr keine Antwort geben.
Unsere Kühe liefern immer wieder Gesprächsstoff. »Warum tragen Kühe Glocken?« ist sogar die meistgestellte Frage überhaupt. Das Gebimmel verzückt die ausländischen Touristen. Ich liebe es ja auch, gehe gern bei offenem Fenster ins Bett und höre beim Einschlafen den Kuhglocken zu. Ein Neuseeländer lachte mich neulich aus und erklärte, bei ihnen seien die Rinderherden so riesig, dass kein Mensch mehr schlafen könnte, hätte jedes Tier eine Glocke.
Ich mag die Fragen meiner Gäste. Manchmal weiß ich keine Antwort und recherchiere abends im Internet, damit ich beim nächsten Mal mehr weiß, denn natürlich möchte ich alle Fragen beantworten können. So lerne ich ständig dazu. Bärbel meinte zwar neulich, das sei doch bloß Wissensmüll, unnötiges, unnützes Wissen. Aber das sehe ich anders.
Fragen über Kühe. Das tut mir gerade gut. Es geht einfach darum, an etwas anderes zu denken als an das, was ich im Moment schlicht nicht verkraften kann. Ich führe Gespräche mit meinen Gästen, als würde ich für jede zusätzliche Konversation extra bezahlt, wirke wahrscheinlich ein wenig überdreht, wenn ich in jedem Tunnel jauchze wie eine, die gerade einen Viertausender bezwungen hat.
Ich bin richtig froh, dass ich heute arbeiten darf.
Und morgen.
Und übermorgen.

Ich halte mich am Stanserhorn aufrecht. Ich übernehme sogar noch eine Schicht eines Studenten, der ein wichtiges erstes Rendezvous hat. Soll ich ihn warnen? Liebe kann verdammt wehtun. Allerdings, wenn ich ehrlich bin, hat meine Liebe mir ja dreißig schöne Jahre beschert. Wenn man jetzt also rein statistisch und mathematisch denken würde, müsste man zugeben, dass dieser momentane Herzschmerz in keiner Relation zu den vielen glücklichen Jahren steht. Aber Gefühle passen in keine Statistik.

Ab und zu kommt Guido heim und holt irgendwas: das Ladekabel für den Rasierapparat, irgendwelche Akten aus dem Büro, die Ersatzgummistiefel. Wenn ich ihn antreffe, dann fragt er vorsichtig, ob ich reden möchte. Ich vertröste ihn auf unsere gemeinsame Fahrt nach Zürich.
»Oh, Zürich …«, sagt er, als hätte er es vergessen.
»Wir sind immer noch Eltern, Guido! Und Claire hat uns eindringlich um unsere Begleitung gebeten«, wiederhole ich wie schon vor ein paar Tagen. »Wir können ihr dann anschließend unsere Trennung und deine abenteuerlichen Pläne beibringen.«
Das findet er gut, mein Noch-Ehemann.
Mein Redebedarf ist nicht besonders groß.
… n'en parlons plus …
Genau: Reden wir nicht mehr darüber.
Jetzt gibt es eigentlich nur noch Organisatorisches zu klären. Finanzielles.
Es ist aus. Vorbei. Das Porzellan ist zerschlagen. Da helfen keine Worte mehr.

Bärbel und ich halten zusammen. Wir gehen zusammen aus, denken uns alle möglichen Ablenkungsmanöver aus. Wir haben bereits aus reiner Verzweiflung einen Vortrag eines Imkers besucht,

der dann aber viel lehrreicher war als vermutet. Wir schauten uns den langen, beeindruckenden Kinofilm über Bruno Manser an, der allerdings unsere Stimmung auch nicht gerade aufhellte.
Und heute gehen wir im »Höfli« essen. Bärbel hat Geburtstag, und ich lade sie ein. Der Abend ist friedlich, sonnig, ruhig, die Atmosphäre total entspannt. Am Himmel sieht man ein paar Schäfchenwolken. Das »Höfli« ist der perfekte Platz für ein sommerliches Dinner.
Es wäre der perfekte Platz.
»Man würde es nicht für möglich halten, dass man trotz all dem Schönen hier ein so schweres Herz haben kann«, sage ich.
»Judith!«, warnt mich Bärbel.
… n'en parlons plus …
»Du hast ja recht«, lenke ich sofort ein. »Es hat überhaupt keinen Sinn, ständig an Wunden zu rühren. Aber morgen fahre ich mit Guido nach Zürich. Das beschäftigt mich halt schon.«
»Es könnte ja auch sein, dass es dir nachher besser geht«, mutmaßt meine Freundin.
Ich lache kurz und trocken auf, denn solche Hoffnungen habe ich nicht. Im Gegenteil.
»Es könnte auch sein, dass ich aus dem fahrenden Auto herausspringe, weil ich seine Nähe nicht mehr ertrage.«
»Nein, Judith, das wirst du nicht. Du wirst an Claire denken.«
Ich nicke.
Und dann sehe ich ihn.
Nein, nicht Guido. Das wäre schlimm und würde mir die Stimmung verderben. Doch was ich sehe, haut mich fast vom Stuhl.
»Bärbel, du glaubst es nicht. Ich glaube es auch nicht …«
Fast bekomme ich meinen Mund nicht mehr zu, so groß ist die Überraschung.
»Hmm??«

Bärbel hat sich gerade ein Stück Erdbeertorte in den Mund geschoben.
»Ich muss mich täuschen. Ganz bestimmt«, sage ich, schüttle mich ein wenig und trinke einen großen Schluck Wein. Vielleicht habe ich ja schon zu viel davon getrunken. Das würde alles erklären. Aber das habe ich nicht. Keineswegs.
Er ist es! Er ist da!
Er sitzt drei Tische weiter, mit dem Rücken zu uns und plaudert charmant mit einer schönen Frau. Zu ihren Füßen liegt ein weißer Wuschelhund. Mehr Fell als Hund. Nun schaut er nochmals Richtung Berge, und ich bin sicher, er ist es.
»Was ist los? Lebt Michael Jackson doch noch?«
Bärbel macht sich über mich lustig und schaut sich ungeniert um.
»Pierre aus Paris!«, platze ich jetzt heraus. »Da drüben! Im weißen Hemd.«
»Was?«, flüstert jetzt Bärbel, »*der* Pierre aus Paris?«
»Genau.«
»Was macht er hier?«, fragt sie verwundert.
»Das frage ich mich auch.«
»Hatte er dir erzählt, dass er in die Schweiz kommt?«
»Nein. Ich habe morgen wieder eine Lektion. Dann müsste er wieder in Paris sein.«
»Hm …« Bärbel legt ihre Stirn in Falten.
Ich wühle in meiner Handtasche und finde schließlich meine Sonnenbrille, die ich sofort aufsetze.
»Was hast du vor?«, will meine Freundin wissen.
»Ich gehe mal an ihm vorbei, ich muss einfach noch seine Stimme hören, um sicher zu sein. Ganz sicher. Es kann doch gar nicht sein. Eigentlich …«
Ich spaziere also langsam an den Tischen vorbei und erkenne seine Stimme klar und deutlich. Es *ist* Pierre aus Paris. Nur – und das

ist wirklich der absolute Hammer –, Pierre spricht perfekt Schweizerdeutsch.
Dieser Schlawiner!
Ach was, Schlawiner – was für ein Betrüger!
Der lebt am Ende ganz in der Nähe, in Ennetbürgen oder Hergiswil, und gibt sich als Pariser aus.
Und ich bin auf ihn reingefallen.
Sicher hat er sich köstlich amüsiert über Frauen wie mich, die seinen französischen Akzent lieben und ihn darum immer wieder buchen.
Als ich wieder am Tisch bei Bärbel sitze, jammere ich los: »Ich glaube, nun habe ich den Zugang zur Männerwelt völlig verloren. Ich durchschaue nichts mehr, merke es nicht einmal, wenn ich verarscht werde.« Ich kann meine Tränen nicht mehr zurückhalten. »Vielleicht hätte ich vor ein paar Wochen noch darüber lachen können. Aber das ist jetzt einfach zu viel. Was ist eigentlich mit den Männern los?!?«
Auch Bärbel ist empört.
»Los! Tu etwas! Steh auf, geh rüber, mach ihn fertig!«, stachelt sie mich an. »Das ist eine gute Gelegenheit, mal allen Frust loszuwerden. Er ist das geeignete Opfer, und er hat es verdient. Los!«
Sie meint das ernst.
»Okay«, sage ich, und es klingt sehr kampfbereit.
Ich fülle mein Glas Wasser nach. Großzügig. Dann stehe ich auf.
Auch Bärbel erhebt sich von ihrem Platz.
»Was willst du?«, frage ich.
»Ich filme das Ganze«, erklärt sie grinsend.
Und dann mache ich es einfach. Zu viel ist in letzter Zeit passiert. Da kann auch eine anständige, wohlerzogene, brave Frau mal kurzzeitig zur Furie werden. Ich gehe rüber zu Pierre aus Paris, der wahrscheinlich bloß Balz aus Ennetbürgen ist.

»*Salut Pierre, mon ami! Quelle surprise!*«, flöte ich hinter seinem Rücken. Als er sich erschrocken umdreht, schütte ich ihm mein Glas Wasser ins Gesicht. »Du bist wirklich das Letzte! Ich werde dafür sorgen, dass du bei deiner Firma keinen einzigen Schüler mehr bekommst!«

Er schreckt hoch, total schockiert, zieht im Aufstehen das Tischtuch mit, und so bekommt sein hübsches Gegenüber eine volle Ladung Rotwein auf ihr schönes hellbeiges Sommerkleid. Gläser sind umgefallen, eine Blumenvase umgekippt. Die Frau gibt einen erschreckend hohen Laut von sich, fast sirenenartig. Ich mache schnell einen Schritt zurück, denn der kleine weiße Wuschelhund bellt unerwartet laut und knurrt gefährlich, als würde er mich zerfetzen, wenn er nicht am Tischbein angebunden wäre. Er hat auch ein wenig Rotwein abbekommen und sieht aus, als wäre er von einem Auto angefahren worden und bräuchte dringend einen Tierarzt. Man kann in einer Hundertstelsekunde eine ordentliche Sauerei anrichten, stelle ich mit Genugtuung fest.

»Pierre« ist ganz blass geworden und stammelt unzusammenhängende Worte: »Oh … du bist es … ich wusste nicht … es tut mir leid – wir müssen reden … bitte … Judith …«

Die Wirtin kommt an den Tisch und macht sich einen Überblick über die Bescherung. Mich schaut sie strafend an.

Pierres Begleitung keift: »Diese Frau hat uns angegriffen! Einfach so!«

Aufgebracht stochert sie mit dem Zeigefinger in meine Richtung. Bärbel filmt noch immer.

»Frau Flury, ich bitte Sie!«, sagt die Wirtin kopfschüttelnd. Sie kennt mich natürlich. »Bitte gehen Sie. Und nehmen Sie Ihre Freundin mit. Bitte! So etwas geht einfach nicht. Nicht hier bei uns.«

Entgegen ihren Worten habe ich das Gefühl, als würden sich ihre Mundwinkel ein wenig nach oben bewegen, ein winziges, verstecktes Lächeln andeuten. Welche Frau hätte nicht auch schon gern einem ganz bestimmten Mann mal ein Glas Wasser ins Gesicht geschüttet? Und ich habs gemacht. Ich kann es selber kaum glauben. Möglicherweise kennt mich die Wirtin auch gut genug, um zu wissen, dass ich so eine Aktion nicht aus purem Übermut veranstalte.

Bärbel und ich holen unsere Taschen und Jacken und treten den Rückzug an. Die Wirtin weiß ja, wohin sie die Rechnung schicken kann, oder ich gehe dann später mal vorbei. Vielleicht bezahlt ja auch der Emil aus Ennetmoos, der Beat aus Beckenried, der Dölf aus Dallenwil – oder wie auch immer Pierre heißen mag…

Kaum sind wir aus der Schusslinie, müssen wir beide lachen. Laut, fröhlich, hemmungslos, heftig, ausgelassen. Wir lachen Tränen.

»War das gut oder war das gut?«, fragt Bärbel irgendwann außer Atem.

»Es war sehr, sehr gut. Ich hätte das bei Guido auch machen müssen. Unbedingt.«

Wieder und wieder schauen wir uns das Filmchen an, das Bärbel von der ganzen Szene gemacht hat. Sehr gelungen! Mehr als das. Es ist ein Dokument dafür, dass ich mich wehren kann, wenn ich will.

»Ich werde das Video für immer und ewig aufheben«, schwöre ich feierlich.

»Aufheben? Du kannst es ›Pierres‹ Arbeitgeber schicken, und, zack, gibt es ›Pierre‹ aus Paris nicht mehr«, meint Bärbel.

Herrlich, wie sie »Pierre« betont. Genau mit diesem ach so süßen Akzent.

Doch ich wehre ab: »Nein, nein. Das geht mir für den Moment dann doch zu weit. Ich lasse ihn ein wenig schmoren und schaue mal, was von ihm als Nächstes kommt. Ich möchte ihm die Chance geben, sich zu entschuldigen und zu erklären.«

»Judith, du lernst es einfach nie.« Bärbel schüttelt den Kopf. »Jetzt warst du mal für drei Minuten aufmüpfig, und schon fällst du wieder in deine alte Rolle zurück.«

Ich entgegne kleinlaut: »Die alte Rolle – das bin ich, so bin ich.«

Bärbel legt ihren Arm um mich und sagt: »Dafür mag ich dich ja auch so sehr. Schon gut, Judith. Aber diesen Abend werde ich nie vergessen. Du bist über deinen Schatten gesprungen. Ich hatte so viel Spaß wie schon lange nicht mehr.«

Bei mir ist die Euphorie bereits etwas verflogen. Ich mache mir wieder Gedanken darüber, was ich da gerade erfahren habe: Mein Französischlehrer, der mir über die Jahre so lieb geworden war, der alles, wirklich alles über mich weiß, hat mich total verarscht. Wenn ich jetzt noch das Guido-Drama dazurechne, dann ist das einfach genug für heute. Ich will nur noch heim und mir die Decke über die Ohren ziehen.

Ça va pas changer le monde.
Ça va pas le déranger.

Leise singe ich auf dem Heimweg mein Lied. Ich weiß, Pierre hat es mir gegeben, mein Lied, und auch wenn er nun in Ungnade gefallen ist, werde ich das Lied trotzdem weiter mögen.

7 Oh Happy Day!

Heute kommt nun also der Tag der Tage.

Claires »happy day«.

Ich werde weniger happy sein, denn ich muss mich mit Guido treffen und mich mit ihm auseinandersetzen. Wir fahren in seinem Jeep nach Zürich. Ich bin unglaublich nervös. Ich weiß, dass wir

irgendeine Art von Miteinander finden müssen, kann es mir aber einfach nicht – oder noch nicht? – vorstellen. Wären wir nicht Eltern und Großeltern, würde ich jede Beziehung zu ihm abbrechen. Rigoros. Das wäre viel leichter als so ein Schrecken ohne Ende.
Guido sieht gut aus. Er trägt den Leinenanzug, den ich so mag.
»Du hast ein neues Hemd?«, frage ich nach einer Weile, um das Schweigen zu brechen.
»Ja«, sagt er nur.
»Sieht gut aus«, gebe ich ungern zu.
»Danke«, antwortet er mit leichter Überraschung in der Stimme.
Ich trage heute das blaue Sommerkleid. Es lasse meine Augen strahlen, meinte Guido früher, obwohl diese gar nicht etwa blau sind, eher grün-grau-irgendwas. Das Kleid kaschiert wunderbar ein paar Problemzonen, und ich liebe es, weil es so leicht und luftig um mich herumflattert. Das brauche ich jetzt: etwas äußerliche Leichtigkeit, wenn im Innern das Herz derart schwer ist.
Guido meint nach einer Weile: »Heute wird Claire also für ihre Arbeit im Altersheim Sonne geehrt. Das ist schon ein wenig so, als würden wir beide auch als Eltern geehrt, offenbar haben wir eine gute Arbeit gemacht.«
Ich stimme ihm zu: »Ja, und es freut mich, dass sie uns so unbedingt an ihrem Ehrentag dabeihaben will. Das war ihr unglaublich wichtig. Sonst wäre ich sicher nicht hier.«
Ach, diese letzte Spitze, die ist mir so rausgerutscht. Es ist halt nicht leicht, so zu tun, als wäre alles in Ordnung, wenn rein gar nichts in Ordnung ist. Guido übergeht meine Bemerkung. Vielleicht hat er sie nicht einmal richtig wahrgenommen.
Er redet jedenfalls locker weiter: »Jetzt haben wir ›Happy Day‹ schon so oft geschaut, aber nie im Leben hätte ich gedacht, wir würden da mal mitspielen, wenn auch nur als Randfiguren.«
»… und die halbe Schweiz schaut zu!«

»Claire wird berühmt werden. Das ist eine der beliebtesten Sendungen. Müller, Meier, Hinz und Kunz schauen ›Happy Day‹.«
Wir haben uns die Sendung mit Röbi Koller tatsächlich auch schon oft angeschaut. Da werden hauptsächlich Menschen überrascht oder zusammengeführt. Meist ist man vom Zuschauen so gerührt, dass man ein Taschentuch braucht, was sicher auch das Erfolgsrezept der Sendung ist: Sie löst Gefühle aus.
Schweigend fahren wir weiter in Richtung Zürich. »Fernsehstrasse 1« hat Guido programmiert. Laut Navigationsgerät werden wir pünktlich ankommen.
»Hast du die ID dabei?«, frage ich Guido irgendwann, als ich die Stille nicht mehr aushalte.
Er nickt. Man lässt uns tatsächlich nur mit Ausweis in diese Live-Sendung. Und ich darf nicht einmal meine Handtasche ins Studio mitnehmen. Diese »Spielregeln« teilte man uns sogar schriftlich mit.
»Du hast gestern einen Amoklauf im ›Höfli‹ gemacht?«, fragt Guido irgendwann; in seiner Stimme schwingt Belustigung mit.
Das hat sich ja wirklich schnell herumgesprochen. Stans ist ein Dorf. Ein Nest. Jeder weiß alles vom anderen. Sicher wissen auch schon alle, dass Guido mich verlassen hat. Ein unangenehmer Gedanke.
»Ach, ich habe nur ein wenig Wasser verschüttet«, versuche ich abzuwiegeln.
»Oha, da muss ich wohl auch aufpassen«, sagt Guido und grinst, »so kenne ich dich ja gar nicht.«
Ach, wenn er wüsste, wie es in mir aussieht. Ich wünschte mir, ich könnte wütend sein, ich könnte mit ihm streiten, ich könnte ihm literweise Eiswasser ins Gesicht schütten … Könnte ich das? Im Moment muss ich einfach all meine Kräfte zusammennehmen, um diesen gemeinsamen Anlass zu überstehen. Ich mache das für

Claire. Ich merke gerade, dass ich auch absolut nicht bereit bin für tiefer gehende Gespräche. Daher drehe ich das Radio an, und wir hören eine uralte Hitparade von 1980. Mit vielen Stücken verbinden uns gemeinsame Erinnerungen. Status Quo und Queen halte ich noch gut aus. Bei »Woman in Love« von Barbra Streisand breche ich in Tränen aus.

»Was ist los?«, fragt Guido, den Emotionen schon immer aus dem Gleichgewicht gebracht haben.

»Nichts«, antworte ich. »Was soll schon sein?«

Zugegeben, das klang ein wenig genervt. Guido fragt jedenfalls nicht mehr weiter, sondern schaut auf seine Armbanduhr. Es ist wirklich eine unangenehme Fahrt. Es gäbe so viel zu besprechen, zu regeln, zu sagen. Aber keiner von uns ist in Stimmung dazu. Keiner von uns möchte hier in diesem Auto sitzen. Keiner von uns hat ein »happy day«-Gefühl. Die Situation ist grotesk.

»Hast du Mama Bescheid gesagt, damit sie heute auch sicher ›Happy Day‹ schaut?«, fragt Guido irgendwann.

»Warum ich?«, frage ich unfreundlich zurück.

Ich habe mich immer sehr um Guidos Mutter Lotti gekümmert und wenig dafür zurückbekommen. Ich weiß, das meinte sie nie persönlich. Keine Frau der Welt wäre gut genug für ihren Guido gewesen. Dazu kommt, dass Lotti eine Frau ist, die immer viel Aufmerksamkeit brauchte. Plötzlich nicht mehr die Hauptrolle in Guidos Leben zu spielen, das hat sie nur schwer verkraftet. Ein gewisses Verständnis dafür habe ich durchaus. Trotzdem verspielte sie irgendwann meine Zuneigung. Zu viele Kränkungen und Demütigungen musste ich ertragen. Aber sie war immer gut zu Guido und hat Claire vergöttert. Lotti ist ein Teil meiner Familie und wird es wohl auch immer bleiben.

»Ich rufe sie dann noch an«, erklärt Guido.

»Tu das«, sage ich.

Wir treffen Claire gegen halb sieben beim blauen Publikumseingang. Sie sieht bezaubernd aus. Ihren schlanken Körper hat sie in ein rotes Etuikleid gesteckt. Dazu trägt sie High Heels in der gleichen Farbe. Auch der Lippenstift passt. Die blonden Haare hat sie locker hochgesteckt. Sie trägt die Korallenhalskette, die ihr Erwin einmal geschenkt hatte.
»Wunderschön siehst du aus!«, sagt Guido.
»Wie ein Fernsehstar«, dopple ich nach.
Claire strahlt. Heute ist ihr Tag.
»Ich freue mich so, dass ihr da seid. Ihr glaubt gar nicht, wie sehr!«, betont sie mehrmals.
Natürlich ist sie nervös und hibbelig. Daher merkt sie auch nicht, was zwischen mir und Guido los ist. Das ist gut so. Sie soll sich auf ihren Abend konzentrieren.
Wir betreten das Fernsehgebäude und zeigen unsere Ausweise. Unsere Namen werden mit jenen auf einer Liste verglichen, und wir bekommen ein Armband. Wir sind identifiziert. Guido kauft mir ein Sandwich – er weiß, dass es mir immer übel wird, wenn ich aufgeregt bin und nichts im Magen habe. Getränke offeriert das Fernsehstudio. Vorsichtig nippe ich an einem Glas Wein. Der Empfangsbereich füllt sich, und es wird laut. Es kommen ja auch rund zweihundert Besucher in die Live-Sendung. Wie viele von ihnen werden wohl überrascht werden und ahnen nichts davon? Ich schaue mich neugierig um.
»Kannst du denn heute so tun, als wüsstest du von nichts? Hast du geübt?«, fragt Guido Claire.
»Kein Problem, ich bin so nervös, dass ich eh so wirke, als würde ich überrascht. Das nimmt mir jeder ab«, erklärt unsere Tochter und zeigt, wie ihre Hände zittern.
Wir reden ihr gut zu und geben uns alle Mühe, selber ruhig zu wirken.

»Wie geht es Moritz?«, frage ich.
Claire erzählt ausführlich, bei welchem Nachbarn er dieses Wochenende verbringe und welche Abenteuer geplant seien: schlafen im Stroh, Ponyreiten … Mir ist nur wichtig, dass es ihm gut geht. Mehr Infos kann ich im Moment irgendwie gar nicht aufnehmen.
»Komm, wir machen uns noch etwas frisch«, fordert mich Claire nach einer Weile auf, und wir gehen zu den Toiletten.
Claire zieht vor dem großen Spiegel ihre Lippen nach und pudert sich die Nase, während ich verloren danebenstehe. Sie fordert mich auf, mein Make-up zu erneuern.
Da ich nicht reagiere, weil ich einfach keine Lust habe, mich anzumalen, sondern eigentlich am liebsten genauso mies aussehen möchte, wie ich mich fühle – falls das überhaupt möglich ist –, pudert sie frech meine Nase und meint: »Sicher ist sicher; bestimmt sieht man dich auch mal kurz im Fernsehen, wenn sie mich auf die Bühne holen!«
Widerwillig wühle ich also in meiner Handtasche und finde einen alten Lippenstift, den ich auftrage. Ich versuche, meine Haare ein wenig zu organisieren, und Claire zaubert bereits ein Haarspray aus ihrer Tasche.
»Etwas Rouge?«, schwatzt sie mir noch mehr Farbe auf.
Am Ende sehe ich tatsächlich besser aus, als ich wollte. Claire sowieso. Sie ist zufrieden. Mir ists egal.
Wir gehen zurück zu Guido und zum Empfang, wo Claire und ich unsere Handtaschen abgeben, die wir ja nicht ins Studio mitnehmen dürfen. Bald bewegt sich die Masse vorwärts, und wir folgen dem Menschenstrom durch lange Gänge. Die Spannung steigt. Und dann betreten wir das »Happy Day«-Studio, das größer ist, als ich erwartet habe. Das Publikum wird halbiert. Man sitzt sich gegenüber. Dazwischen ist viel freie Fläche, und in der Mitte steht

das große, goldfarbene Rundsofa. Wir sehen auch das rote Sofa, das jeweils für besondere Gäste bereitsteht. Sobald wir unsere Plätze gefunden haben, umklammert Claire meine Hand. Ihre eigene ist eiskalt. Wenn das nur alles gut geht! Langsam mache ich mir Sorgen. Ich versuche, sie zu beruhigen, rede ihr gut zu.
»Ich bin so stolz auf dich, Claire. Und dass wir dabei sein dürfen, wenn man dich für deine Arbeit mit alten Menschen ehrt, das ist ein großes Geschenk für uns. So viele Menschen bekommen nie die Anerkennung, die sie verdienen. Umso schöner, dass du diesen Augenblick heute genießen kannst. Freu dich drauf!«
Die Sendung beginnt, und es ist spannend, zu beobachten, was hier im Studio – für die Fernsehzuschauer unsichtbar – alles los ist. Ich beobachte die vielen Kameras, die teilweise von Kameraleuten getragen werden, teilweise zu schweben scheinen, auf fahrbaren Untersätzen befestigt sind, an einem langen Arm von oben herabschwenken. Der Einsatz von Applaus wird vom Aufnahmeleiter jeweils angezeigt, und wir machen gern mit, klatschen im richtigen Moment. Wenn ein bereits vorproduzierter Einspieler gezeigt wird, wird die Zeit genutzt, um in Windeseile ganze Bühnenkulissen umzugestalten. Röbi Koller, der Moderator und Gastgeber der Sendung, studiert in dieser Zeit seine Textkarten und spricht dann auch alle Gäste mit ihrem richtigen Namen an, ohne sich zu verhaspeln. Eine ganze Weile vergesse ich, warum wir hier sind. Ich bin einfach nur fasziniert davon, wie viele Menschen hinter den Kulissen mitarbeiten.
Jetzt nimmt eine Frau in Begleitung einer Gebärdendolmetscherin Platz auf dem roten Sofa Platz. Die gehörlose Frau hatte sich eine Sendung mit Übersetzung gewünscht – und bekommt sie jetzt. Also lenkt mich nun auch noch die Gebärdendolmetscherin ab, die – gut sichtbar für uns – jedes gesprochene Wort mit ihren Händen und Gesten ausdrückt. Fasziniert schaue ich ihr zu.

Gekonnt führt Röbi Koller durch die Sendung und bleibt immer völlig locker und entspannt. Zumindest wirkt er so. Sehr routiniert und doch durch und durch empathisch. Er hat ja auch schon unzählige Sendungen moderiert, im Radio wie im Fernsehen, und so bringt ihn wohl nicht so schnell etwas aus der Ruhe. Ich verstehe, warum ihn die Schweizer so mögen. Er ist kein bisschen aufgeblasen oder affektiert, sondern so herrlich »normal«, wie wir Schweizer unsere Promis mögen. Man könnte sich durchaus vorstellen, ihn mal irgendwo in Wanderhosen in einem Bergrestaurant anzutreffen und dann mit ihm Kaffee zu trinken und übers Wetter zu reden. Ein charmanter, wortgewandter Mann.
Hanna aus Gerlafingen darf mit Marc Sway singen. Sie scheint sein größter Fan zu sein, besuchte schon zwanzig seiner Konzerte, obwohl sie erst siebzehn ist. Rolf aus Ennetbürgen sieht seine Tochter wieder, die vor fünfunddreißig Jahren nach Neuseeland ausgewandert ist. Das Wiedersehen war sein einziger Geburtstagswunsch. Er wurde in diesen Tagen achtzig. Kein Wunder, dass er auch noch Enkel und Urenkel vorgeführt bekommt, die er noch nie gesehen hat.
Jetzt kommt Röbi Koller in unsere Richtung.
Steht kurz darauf direkt vor uns.
Höchstpersönlich.
Nun geht es los.
»Hier sitzt eine junge Frau, die wunderbar mit alten Menschen umgehen kann. Sie arbeitet im Altersheim Sonne in Malters und veranstaltet dort regelmäßig ›happy days‹ für die Heimbewohner, versucht also immer wieder, ihnen ihre persönlichen Wünsche zu erfüllen. Das finden wir großartig. Herzlich willkommen, Claire Gasser!«
Alle klatschen. Claire strahlt in die Kamera, als hätte sie nie etwas anderes gemacht.

»Neben ihr sitzen ihre Eltern Judith und Guido Flury-Lussi aus Stans.«
Mein Lächeln sieht sicher extrem künstlich aus, erschrocken, steif. Ich bin einfach kein Star. Holt mich hier raus!
»Darf ich Sie alle drei auf unser Sofa bitten?«
Wieder Applaus.
Alle d-r-e-i?
So war das nie und nimmer abgemacht!
Mein Herz rast.
Aber wir stehen gehorsam auf, Claire in unserer Mitte, und folgen Röbi Koller zu dem riesigen Sofa. Der Weg erscheint mir lange, denn meine Knie arbeiten nicht mehr ganz zuverlässig, und in meinem Kopf überschlagen sich die Gedanken. Die Gefühle schlagen Purzelbäume. Warum tun wir das? Guido wirkt blass. Ob man als Fernsehzuschauer das Entsetzen in unseren Gesichtern erkennen kann?
Schließlich sitzt Röbi Koller zwischen mir und Guido. Neben mir sitzt Claire. Meine Panik wird immer größer. Es ist, als würde in mir eine eisige Kälte aufsteigen, die alles gefrieren lässt. Gleichzeitig schwitze ich unter den Scheinwerfern. Ich versuche, gleichmäßig zu atmen und mit Gewalt eine Art lockeres Lächeln in mein Gesicht zu bekommen.
»Judith und Guido Flury aus Stans haben heute ihre Tochter Claire ins Studio begleitet, weil diese ihnen vorgegaukelt hat, sie selber würde heute überrascht und geehrt werden. Das hätte Claire für ihre Arbeit mit Seniorinnen und Senioren wohl auch verdient. Aber es ist alles ganz anders. Claire war nur der Lockvogel. Sie hatte uns geschrieben. Erzählen Sie doch mal, Claire!«
Claire wirkt jetzt sehr sicher. Wahrscheinlich hat sie geübt.
»Vor fünf Jahren ist mein Mann Erwin gestorben. Ganz plötzlich und unerwartet. Unser Sohn war damals ein Jahr alt. Ich hatte

gerade meinen neuen Job im Altersheim angetreten, und wir waren kurz zuvor in ein neues Haus gezogen. Ich war völlig überfordert. Und das ist wohl noch untertrieben. Meine Eltern hatten damals eine Reise nach Paris gebucht und sie ohne zu zögern abgesagt. Sie sind kurzfristig gewissermaßen bei mir eingezogen und haben mir einfach geholfen, bis ich wieder mehr oder weniger funktioniert habe. Sie waren immer für mich da. Immer. Und ich habe sie sehr gebraucht. Dafür möchte ich meinen Eltern heute einmal danken. Ihr seid die Besten!«

Jetzt laufen Claire ein paar Tränen über die Wangen. Dankbar nehme ich das Taschentuch, das Röbi Koller mir entgegenstreckt, und reiche es meiner Tochter weiter.

Dieser fragt nun Guido: »Stimmt es, dass Sie eine Parisreise abgesagt haben, um Ihrer Tochter beizustehen?«

Guido bestätigt: »Das war doch selbstverständlich.«

Röbi Koller fragt weiter: »Stimmt es auch, dass das eigentlich Ihre Hochzeitsreise gewesen wäre?«

Guido nickt, peinlich berührt.

Der Fernsehmann will wissen: »Und wie lange sind Sie schon verheiratet?«

Guido antwortet: »Bald dreißig Jahre.«

Es gibt für die dreißig Jahre einen tosenden Applaus, und ich suche dringend nach dem berühmten Mauseloch, in das ich mich verkriechen könnte. Aber da ist natürlich keines, und wenn eines da wäre, würde ich ja eh nicht hineinpassen.

»Waren Sie denn inzwischen in Paris? Sie hatten ja seither doch wieder fünf Jahre Zeit?«, fragt Röbi Koller.

»Nein, das waren wir nicht«, antwortet Guido.

Mensch!

Das wird heute nicht gut enden!

Mir wird richtig übel.

Jetzt wendet sich der Moderator mir zu: »Frau Flury, ich habe hier ein paar Fotos, die wir uns zusammen anschauen können. Vielleicht sagen Sie uns etwas dazu?«
Es ist wirklich unfassbar: Auf einer Großleinwand erscheinen nun Fotos aus unserem Haus. Man sieht meine Eiffelturm-Bettwäsche, meine Halskette mit Eiffelturm-Anhänger, die Sammlung von Schneekugeln mit Eiffelturm. Auch das große Bild im Wohnzimmer wird gezeigt, und sogar ein Foto von meiner Bibliothek mit Romanen und Sachbüchern über Paris dürfen jetzt gerade rund siebenhunderttausend Menschen in der ganzen Schweiz bewundern. Der Höhepunkt aber ist ein Blick in mein Fotoalbum. Da wird in Großaufnahme ein Kinderfoto von Claire mit dem dämlichen aufblasbaren Eiffelturm gezeigt, den Guido ihr mal geschenkt hat, gefolgt – wie könnte es auch anders sein – von unserem Hochzeitsfoto, auf dem wir so überglücklich in die Kamera strahlen.
»Sie träumen noch immer von Paris, wie man sieht. Sie nehmen sogar Unterricht bei einem Pierre aus Paris?«
Was soll ich da sagen?
Ich kann doch unmöglich hier erklären, dass das vor ein paar Tagen noch so war und dass ich jetzt an alles andere denke als an Paris, dass ich all diese vorgezeigten Dinge demnächst in einen Müllsack stopfen werde, dass Pierre aus Paris ein verdammter Lügner ist und dass es unsere ach so vorbildliche Ehe gar nicht mehr gibt … Das geht einfach nicht. Nicht hier und jetzt. Damit würde ich alle brüskieren, vor allem Claire.
Ich muss mitspielen.
Es ist die Hölle.
»Ja«, sage ich daher einsilbig. Immerhin nur ein einziges Wort. Es ist also nur eine kleine Lüge. Wir sind sicher der Albtraum für den Moderator, weil wir so gar nicht gesprächig sind und völlig anders

reagieren, als er es sich ausgerechnet hat. Nur kann ich im Moment kein Mitleid für ihn aufbringen – ich brauche es für mich selbst.

Röbi Koller fragt weiter: »Wieso hat das mit dieser Parisreise denn all die Jahre über nie geklappt? Sie haben ja, wie ich hörte, bereits mehrere Anläufe genommen, hatten auch schon mehrmals gebucht.«

Guido kommt mir zu Hilfe: »Es kam immer wieder etwas Wichtiges dazwischen. Anfangs – wir wurden ja sehr schnell Eltern – wollten wir mit einem Kleinkind nicht in eine Großstadt. Dann habe ich meine Praxis umgebaut und vergrößert. Dann gab es Todesfälle, die uns von unseren Plänen abgebracht haben. Es war wie verhext.«

Röbi Koller schüttelt lachend den Kopf und sagt dann: »Liebes Ehepaar Flury-Lussi, Ihre Tochter Claire und wir alle von ›Happy Day‹, wir finden, dass man nicht länger als dreißig Jahre auf seine Hochzeitsreise warten sollte. Vor allem, wenn man so eine gute Ehe führt, so wunderbar für seine Familie da ist, als sicherer Wert, auch als Vorbilder. Und wir haben da eine kleine Überraschung für Sie!«

Es gibt einen lauten Tusch, der mich zusammenzucken lässt, und die Scheinwerfer beleuchten eine kleine Treppe. Ein Junge in Anzug und Krawatte kommt auf uns zu. Es ist Moritz! Unser inzwischen sechsjähriger Enkel. Er sieht zum Küssen süß aus. Stolz betritt er die Fernsehbühne. Die Kameras und Scheinwerfer scheinen ihn überhaupt nicht zu beeindrucken. Man hat ihm die Haare nach hinten gegelt, und er sieht aus wie ein kleiner Fernsehstar – das ist er ja heute auch.

»Omi und Opi, ihr seid die Besten«, sagt er und überreicht mir einen großen Umschlag. Dann setzt er sich zu Claire, als würde ihn das Ganze nun doch irgendwie einschüchtern. Ganz nahe

drückt er sich an seine Mutter, und sie legt schützend den Arm um ihn, flüstert ihm etwas ins Ohr.
Jetzt liegt der Umschlag auf meinem Schoß. Ich halte ihn mit zittrigen Händen. Man müsste schon völlig bescheuert sein, um nicht zu ahnen, was sich darin befindet.
Wie komme ich nur aus dieser Nummer raus?
Gar nicht.
»Liebe Judith, lieber Guido, Sie brauchen den Umschlag nicht zu öffnen. Wir haben da etwas für Sie vorbereitet«, erklärt Röbi Koller voller Vorfreude, als wäre er der Weihnachtsmann persönlich.
Ja, es ist natürlich eine Reise nach Paris, die man uns großzügig schenkt.
In einem Kurzfilm dürfen wie uns nun anschauen, was man alles für uns gebucht hat. Das Publikum tobt. Ich sitze da wie ein begossener Pudel und kann einfach nicht mehr anders: Ich weine tausend Tränen. Ich bin so traurig und enttäuscht. Die Situation ist so absurd. Vor zwei Wochen noch wäre das ein wunderbarer, großartiger Moment für uns gewesen – jedenfalls für mich. Ein echter »happy day«. Ein Tag, wie man ihn nur einmal im Leben erlebt. Heute ist es ein Albtraum. Nicht genug, dass das Fernsehen von nichts weiß. Auch Claire wird sich völlig veralbert vorkommen, wenn wir ihr nach der Sendung alles erklären müssen. Unsere Trennung könnte eine super Schlagzeile in jeder Illustrierten werden.
Und trotzdem: Uns hat ja keiner gefragt. Wir wurden nicht vorgewarnt. Wir wollten das nicht. Weder Guido noch ich haben im Moment die Möglichkeit, etwas aufzuklären und richtigzustellen. Nicht in einer Live-Sendung. Nicht vor den Augen der halben Schweiz.
Ich schluchze.
Es schüttelt mich richtig.

Claire legt ihren Arm um mich.
»Happy Day« hat alles getan, um uns eine Traumzeit in Paris zu ermöglichen. Das Beste vom Besten. Die Reise hätte tatsächlich mit der von mir geplanten Reise mithalten können.
»Das ist wirklich sehr großzügig und großartig!«, findet nun wenigstens Guido ein paar Worte. »Vielen herzlichen Dank!«
Ich weine noch immer, kann die Tränen nicht mehr stoppen.
Röbi Koller kommentiert: »Das rührt uns jetzt aber sehr, Frau Flury, dass Sie sich derart freuen. Weinen Sie ruhig. Man darf schon mal die Fassung verlieren, wenn man so schön überrascht wird. Sie haben eine ganz tolle Tochter und einen wunderbaren Enkel.«
Ja, so ist es: Ich habe die Fassung verloren. Ich habe die Kontrolle über mein Leben verloren, die Kontrolle über mich.
Ich kann nicht mehr.
Ich will nicht mehr.
Aber ich muss.
»Selbstverständlich werden wir Ihnen in der nächsten Sendung ein paar Bilder von der Parisreise der Flurys zeigen. Ich freue mich selber schon darauf«, verspricht Röbi Koller nun den Zuschauerinnen und Zuschauern.
Das dürfte schwierig werden, aber ich erhebe keinen Einspruch.
Und schon moderiert Röbi Koller den nächsten Beitrag an: »Happy Day« war zu Besuch bei einem Teenager, der nach einem Unfall Paraplegiker ist und dringend einen besseren Rollstuhl bräuchte, ein sportliches Modell, mit dem er eine Art Unihockey spielen könnte.
Während ein vor Wochen aufgezeichneter Film gezeigt wird, werden wir von einer Assistentin in einen Aufenthaltsraum für Mitwirkende gebracht. Von hier aus können wir die Sendung weiterhin mitverfolgen. Könnten wir, wenn wir wollten. Ich kann nun nicht einmal mehr stehen. Ich sinke in den erstbesten Sessel. Eine

gute Seele vom Sanitätsdienst bringt mir ein Glas kaltes Wasser, das ich dankbar annehme. Die Frau fragt, ob sie etwas für mich tun könne. Ich stehe auf und will mich in einer Toilette verkriechen, aber mein Kreislauf macht nicht mehr mit. Nach zwei Schritten falle ich um wie ein gefällter Baum und bin weg. Ich habe also doch ein Mauseloch gefunden. Irgendwie.

Ich bin nur kurz weggetreten, aber die beiden Frauen vom Sanitätsdienst haben mich in einen kleinen Raum bringen lassen.

»Bleiben Sie einen Moment liegen«, bitten sie mich, als ich die Augen aufschlage und reflexartig sofort aufstehen will.

Ich fange an, mich zu entschuldigen, stottere irgendwas herum. Aber die beiden beruhigen mich.

»Wir sind in jeder Sendung hier auf Pikett und haben nie etwas zu tun. Jetzt freuen wir uns, wenn uns mal jemand braucht.«

Sie checken mich kurz durch, fragen nach Schmerzen, messen den Blutdruck.

»Es ist gut. Danke. Es war nur einfach alles zu viel«, versichere ich ihnen.

»Ja, ja, auch große Freude kann einen manchmal umhauen«, meint eine der Frauen verständnisvoll.

Ich lache bitter auf und sage: »Mein Mann hat mich vor kurzem verlassen … meine Tochter weiß es nicht … und dann diese Überraschung … dieses Theater …«

Die Frauen schauen sich betreten an. »Oh. So ist das. Wir verstehen«, sagen sie. »Sehr gut sogar verstehen wir.«

Sie reichen mir ein süßes, klebriges Getränk, das mich wieder »aufs Fahrrad bringen« werde. Ich trinke. Auch wenn ich nicht aufs Fahrrad will.

Irgendwann kommt Claire ins Zimmer gestürmt.

»Alles okay!«, sage ich sofort, weil sie so aufgelöst und hysterisch wirkt.

»Nichts ist okay!«, schimpft sie. »Papa hat mir gerade die ganze Geschichte erzählt.«

Ich frage nach: »Alles?«

»Ich hoffe es wenigstens«, antwortet sie. »Hättet ihr doch früher mit mir gesprochen! Dann hätten wir uns das alles schenken können.«

Ich verteidige mich: »Aber wir wollten doch … es hätte doch dein Tag …«

Claire winkt ab: »Ich weiß. Papa hat es mir erklärt.« Sie setzt sich neben mich und seufzt. »Was für ein Schlamassel. Bist du sicher, dass du keinen Arzt brauchst?« Sie mustert mich kritisch.

Ich beruhige sie: »Die beiden Frauen hier sind Profis. Keine Sorge! Ich bleibe nur noch einen kleinen Moment liegen. Dann ist es vorbei.«

Leider ist dann vielleicht mein Schwächeanfall vorbei, sonst aber gar nichts.

… et la vie continue …

Jetzt kommt auch Guido in das kleine Zimmer.

Er sieht aus wie das personifizierte schlechte Gewissen, hält kurz meine Hand und sagt: »Es tut mir leid. Alles. Sehr.«

Ich glaube ihm tatsächlich. Aber das hilft mir jetzt auch nicht weiter. Auch Claire hat wohl gerade gar keine Lust, sich mit Guido auseinanderzusetzen.

»Papa, fahr doch einfach heim. Ich nehme Mama mit zu mir. Moritz ist ja schon weg mit seiner Patentante. Er bleibt über Nacht bei ihr. Was meinst du?«, fragt Claire in meine Richtung.

Ich nicke.

Und so fährt Guido allein los, heim zu Anita, die sich die Sendung sicher auch angeschaut hat. Unterwegs wird ihn seine Mutter mit Anrufen bombardieren, und er wird ihr einiges erklären müssen. Fast könnte er mir leidtun. Blöd von mir, ich weiß.

Sobald ich wieder sicher auf den Beinen bin, »auf dem Fahrrad« sozusagen, begleiten die Frauen vom Sanitätsdienst Claire und mich durch einen separaten Ausgang aus dem Gebäude heraus, direkt in die Tiefgarage.
Ein komischer Abschied.
Eine kleine Flucht.
Das Ende eines »un-happy day«.

8 La tristesse

je suis triste	ich bin traurig
j'étais triste	ich war traurig
je serai triste	ich werde traurig sein
j'aurai été triste	ich werde traurig gewesen sein

Das Konjugieren französischer Verben kann ich mir jetzt langsam abgewöhnen. Es bringt eh nichts mehr. Ich bin so abgrundtief traurig. Nein, ich weine nicht mehr. Ich habe bloß Mühe, überhaupt die Augen offen zu halten. Dafür sehe ich Tränen in Claires Augen. Sie fährt langsam Richtung Malters, und ich würde sie so gern trösten, habe aber keine passenden Worte. Es ist, wie es ist. Traurig eben.
Als mein Handy klingelt, schaue ich kurz aufs Display. Es ist Lotti. Sofort schlägt mein Puls schneller, und ich befürchte, dass etwas passiert ist. Darum drücke ich meine Schwiegermutter nicht weg, sondern höre, was sie zu sagen hat.
»Hallo, Judith!«, schreit sie in mein Ohr. »Ich wollte mit Guido sprechen, aber er hat wohl sein Handy ausgeschaltet. Ich gratuliere

euch. Ich war total gerührt. Alle meine Bekannten im Altersheim haben geweint. Wir haben zusammen geschaut, im großen Saal.«
»Danke, Lotti. Danke. Ja, Claire hat das großartig eingefädelt«, antworte ich.
»Kann ich Guido kurz sprechen?«
Das musste ja kommen. Ein Gespräch mit mir reicht natürlich nicht.
»Er ist auf dem Weg nach Stans. Ich fahre mit Claire nach Malters.«
»Warum das denn?«
»Frag Guido«, antworte ich kurz angebunden.
»Gut, das mache ich. Tschüüüss.«
Jetzt ist ihre Neugierde sicher geweckt, und sie wird so lange versuchen, Guido anzurufen, bis sie ihn mit ihren Fragen löchern kann, notfalls mitten in der Nacht. Ein ganz klein wenig Schadenfreude macht sich in mir breit, wenn ich mir vorstelle, wie schwer Guido dieses Gespräch fallen wird. Aber Lotti wird – egal, was er sagt – am Ende schon zum Schluss kommen, dass ich allein die Schuld an dem Drama trage. Warum auch immer.
Die Nacht wird kurz, denn Claire will noch reden. Für sie ist alles absolut unfassbar. Wir kuscheln uns ins Sofa und trinken eine heiße Schokolade. Die habe ich meiner Tochter immer gemacht, wenn es ihr schlecht ging. Jetzt brauchen wir sie beide. Aber sie hilft nicht, auch wenn sie süß und heiß ist. Claire sucht nach Antworten, die ich nicht habe. Sie würde gern vermitteln, sieht aber keinen Weg. Wir weinen zusammen.
»Wir hatten eine gute Zeit«, sage ich.
Claire bestätigt: »Ja, ich bin in einer wunderbaren Familie aufgewachsen.«
Darauf gebe ich zu bedenken: »Vielleicht müssen wir akzeptieren, dass das schon verdammt viele glückliche Jahre waren. Mehr als manch einer je hatte. Und jetzt ist es eben vorbei.«

Claire ergänzt böse: »Jetzt ist halt Anita glücklich.« Wir stoßen mit einem bitteren Lachen mit unseren Tassen auf Anita an, und Claire fährt weiter: »Als Erwin starb, da versuchte ich auch, dankbar zu sein für die Zeit, die wir miteinander hatten. Dankbarkeit sei Medizin, hörte ich von überall. Dankbarkeit bringe einen in eine positive Stimmung. Aber es funktioniert eben nicht immer.«
»Versuchen wir es«, sage ich, »immer wieder. Danke. Und danke, Claire, dass du eine so wunderbar liebenswerte Tochter bist.«
Wir umarmen uns.
»Papa soll sich nur nie mehr hier blicken lassen«, schimpft Claire und bringt mich damit in die unmögliche Situation, mich für Guido einsetzen zu müssen.
»Du wirst ihm schon ein kleines bisschen verzeihen müssen. Nicht heute, aber vielleicht überübermorgen. Er bleibt dein Vater. Und er liebt dich und Moritz wirklich sehr. Irgendwann besucht ihr ihn in Namibia und habt eine gute Zeit dort. Du wirst sehen.«
Die Vorstellung dieses gemütlichen Zusammenseins in Namibia – ohne mich – schmerzt gerade ungemein. Auch Claire mag sich das noch nicht vorstellen. Aber diese Zeit wird kommen. Da bin ich sicher.
Zu ihrer Erheiterung erzähle ich Claire noch von Pierre aus Paris und zeige ihr das von Bärbel gedrehte Video. Das bringt sie immerhin ganz kurz zum Lachen.
»Männer!«, sagt sie und verdreht die Augen.
Dabei betet sie ihren Erwin nach wie vor an, und ich sehe auch nach fünf Jahren noch ständig eine Prise Traurigkeit in ihrem Blick, spüre ein bisschen Verlorenheit in ihrem Wesen. Das macht es ihr leider unmöglich, sich auf eine neue Beziehung einzulassen, was mir sehr, sehr leidtut. Claire ist jung und schön und bleibt trotzdem allein. Hätte Erwin sie verlassen, könnte sie wütend sein oder ihn hassen. Das würde vielleicht helfen.

Ha! Ich wundere mich über meine eigenen Gedanken. Wer bin ich, das eine Schicksal gegen das andere aufzuwiegen? Man kann lieben und hassen gleichzeitig, und das tut besonders weh. Ich kann mir nicht vorstellen, jemals über Guido hinweg zu sein.
Niemalsnie.
»Claire, hat dir Guido auch von meinem Lotteriegewinn erzählt?«, frage ich schließlich noch. »Den hat er ja zum Anlass genommen, sich zu verabschieden.«
Claire nickt und sagt: »Fast hätte ich das vergessen. Mama, das ist wirklich ein großes Glück. Das freut mich riesig. Und diese Freude solltest du dir auch nicht verderben lassen.«
»Stimmt, bisher hat sich die Freude darüber irgendwie in Grenzen gehalten. Dabei gewinne ich ja eigentlich nie etwas. Ich kannte bisher nicht einmal jemanden, der etwas gewonnen hat. Und jetzt das!«
Nach einer Weile fragt Claire: »Und gell, das Haus gehört doch auch dir?«
Darüber habe ich noch gar nicht richtig nachgedacht. Aber es stimmt: Guido hat, als seine Praxis immer größer wurde, irgendwelche Transaktionen gemacht, um sich und mich abzusichern. Damals hat er das Haus auf mich überschrieben. Warum auch immer. Ich schenkte dem Ganzen wenig Bedeutung, denn ich hatte ja vor, für immer und ewig mit Guido zusammenzubleiben. Das war nur Papierkram für mich damals. Doch jetzt ist dieses eine Papier durchaus von Bedeutung.
Ich habe ein Haus.
Möglicherweise.
Das muss ich abklären.
»Ja, finanziell habe ich wirklich keinen Grund zur Sorge. Ich werde gut leben können, auch wenn ich nur im Sommer am Stanserhorn arbeite. Das ist wirklich schön.«

Irgendwann werde ich mich darüber freuen.
Vielleicht überübermorgen.
Geld allein ist nicht alles.
Aber es beruhigt.

Kurz vor dem Einschlafen meldet sich Bärbel per SMS und fragt, ob sie anrufen darf. Wir telefonieren eine volle Stunde miteinander. Sie hat die »Happy Day«-Sendung natürlich auch gesehen und furchtbar mit mir gelitten. Ihr Mitgefühl tut mir gut. Dass wir gerade beide unsere Männer verlieren, ist wohl ein Wink des Schicksals, vielleicht sogar ein Glück, weil wir es zu zweit besser überleben, uns gegenseitig stützen können. Es wird sich zeigen.

Am Morgen weckt mich Moritz mit seiner ungestümen Art. Seine Patentante muss ihn ganz früh schon gebracht haben.
»Hallo, Omi, das Frühstück ist fertig!«, schreit er in mein rechtes Ohr.
Ich muss mich zuerst kurz orientieren. Wo bin ich? Wer schreit? Was habe ich getan?
Die Erinnerung kommt leider viel zu schnell wieder. Eine kleine vorübergehende Amnesie wäre ein kostbares, willkommenes Geschenk gewesen.
Claire hat offenbar schon mit Moritz geredet und ihn – ganz sicher kindgerecht – über die neuen Familienverhältnisse informiert. Was lernt ein Junge aus einer Situation wie dieser für sein Leben? Dass es normal ist, sich als Mann auch mal umzuorientieren? Dass Liebe ein vergängliches Gut ist? Dass man sich auf nichts und niemanden verlassen kann? Ich hoffe, er stellt noch gar keine so nachhaltigen Überlegungen an. Kinder können eine neue Situation manchmal einfach annehmen, ohne ein riesiges Drama daraus zu machen. Manchmal.

»Omi, du kannst bei uns wohnen, hier in Malters. Hier ist es schön. Wir haben die Kirche mit dem höchsten Turm! Und die Guetslifabrik Hug! Und Stöckli-Ski!«
Er redet, als wäre er Tourismusminister von Malters.
Ich wehre mich: »Halt! Halt! Der höchste Kirchturm steht in Bern. Das Berner Münster.«
Moritz entgegnet unbeeindruckt: »Omi, ist ein Münster denn auch eine Kirche?«
Dieser Streit um den höchsten Kirchturm ist ein altes Spiel zwischen uns. Ich weiß inzwischen sogar, dass der Turm des Berner Münsters 100,6 Meter hoch ist und der Kirchturm von Malters nur drei Meter kürzer. Das habe ich alles mit Moritz recherchiert und ausgerechnet. Nur seinetwegen habe ich mich auch erkundigt, wie hoch der Kirchturm von Stans ist – mit dessen lausigen 67 Metern konnte ich ihn allerdings gar nicht begeistern.
Von der Firma Hug bringt mir mein Enkel immer Willisauer Ringli und Nussherzli mit, wenn er zu Besuch kommt, stolz, als würden die Fabriken ihm gehören oder als hätte jeder Einwohner von Malters Hug-Aktien. Moritz hat mir auch schon mehrfach die Erfolgsgeschichte der Firma Hug erzählt: Joseph Hug schob im Jahr 1877 eines Tages – versehentlich! – geschnittenes Brot statt Laibe in den Ofen. Ich habe allerdings keine Ahnung, wie man so etwas »versehentlich« tun kann. Ich habe noch nie etwas versehentlich gebacken. Das lässt mich an der Geschichte zweifeln. Aber egal: Damit habe Joseph Hug den Zwieback erfunden. Das Gebäck wurde veredelt, und der Aufstieg der Bäckerei Hug begann.
Abgesehen davon: Ich kenne Malters. Es ist nett. Trotzdem werde ich hier nicht wohnen.
»Danke, Moritz«, sage ich also, »aber ich wohne in Stans. Da gefällt es mir. Und meine Freundin Bärbel lebt auch in Stans. Und meine Bahnen und das Stanserhorn sind auch in Stans.«

Moritz wirkt nachdenklich.
»Ich werde dich aber bestimmt etwas häufiger besuchen. Immer wenn ich mich allein fühle, komme ich einfach zu euch nach Malters.«
Jetzt strahlt er wieder und macht schon Pläne: »Das ist gut. Dann fahren wir zusammen mit den Velos an den Schwellisee.«
»Genau. Darauf freue ich mich schon«, verspreche ich.
Der Schwellisee ist nur ein Wasserstaubecken der Kleinen Emme, das der Stromerzeugung und dem Hochwasserschutz dient, aber rundherum gibt es ein schönes Naherholungsgebiet, mit Spielplatz, Grillstellen und Kiosk, und das völlig autofrei. Ja, ich kenne mich aus. Guido und ich haben ja eine Weile quasi in Malters gewohnt, damals, als es Claire so schlecht ging.
Gerade wird mir klar, wie sehr ich nach dreißig Jahren in Stans verwurzelt bin. Auch jetzt, wo Guido kein Grund mehr ist, dortzubleiben, habe ich noch keine einzige Sekunde darüber nachgedacht, diesen schönen Flecken Erde zu verlassen.
Ich verbringe den Sonntag mit Claire und Moritz. Wir spielen »Elfer raus!« und lachen viel. Aber das Lachen erreicht mein Herz nicht mehr. Und ich weiß, dass Claire das spüren kann. Am Nachmittag spazieren wir im Eigenthal, und gegen Abend fahre ich mit dem Zug heimwärts. Heim in mein Zuhause, das jetzt leer ist. Ich werde damit leben müssen.

Am Montag steht das Telefon nicht mehr still. Es gibt Bekannte, die sich schon Jahrzehnte nicht mehr bei uns gemeldet haben, die jetzt anrufen, weil sie uns im Fernsehen gesehen haben. Müsste ich ihnen jetzt erklären, dass es kein »uns« mehr gibt? Nein! Das soll gefälligst Guido erledigen. Ich blocke die Gespräche ab, benutze dazu irgendeine Ausrede. Sogar die Lokalzeitung und das Lokalradio rufen an. Sie gratulieren und möchten ein Interview machen, am besten sofort. Der Journalist würde gern gleich einen Fotografen vorbeischicken. Ich werde langsam richtig wütend. Auf Guido. Er hat mich in diese unmögliche Lage manövriert. Er sollte also auch die Erklärungen abgeben müssen. Ich zupfe die Gebrauchsanweisung unseres Haustelefons aus der Schublade und leite ab sofort alle Anrufe auf Guidos Handy um. Es war gar nicht so schwierig. Und ich habe jetzt meine Ruhe. Meine Handynummer kennen nur wenige.

Neuer Tag – neues Glück.
Ich gehe am Dienstag wieder arbeiten.
Der Tag ist sonnig und warm. Kein einziges Wölkchen stört die Postkartenidylle. Das Stanserhorn steht da, als wäre nichts gewesen: unerschütterlich, stark, beständig. Das haben Berge so an sich. Außer vielleicht am Axen, wo der Berg immer wieder auf die Straße bröckelt.
Die Menschenmassen warten an der Talstation und wollen auf den Gipfel gefahren werden. Das ist okay so. Mit der Uniformjacke schlüpfe ich auch in mein anderes Ich, in das der Bähnlerin, und erlaube mir nur noch ab und zu ein paar traurige Gedanken.
Sonne tut mir gut.
Nicht nur mir. Was viele nicht wissen: Wir haben auf dem Berg eine Fotovoltaikanlage, sozusagen ein kleines Solarstrom-Kraftwerk. Jährlich generieren wir fast zwanzigtausend Kilowattstunden und können pro Jahr etwa viertausend Franken an Stromkosten einsparen. 2015 wurde diese Energieanlage in Zusammenhang mit dem ganzen ökologischen Konzept und dem Umgang mit Ressourcen auf dem Berg sogar mit dem Schweizer Solarpreis ausgezeichnet.
Gern würde ich über Solaranlagen reden, notfalls auch über Kühe, nur werde ich ständig auf die »Happy Day«-Sendung angesprochen. Immer wieder. Von Schweizer Gästen. Von meinen Mitar-

beitenden und dem übrigen Stanserhorn-Personal. Beim Mittagessen kommt sogar der Chef vorbei. Ja, auch er hat die Fernsehsendung gesehen.

»Du kannst natürlich jederzeit freinehmen, Judith, wenn ihr nach Paris reisen wollt. Das ist Ehrensache. Das schaffen wir schon irgendwie«, sagt er großzügig.

Ich bedanke mich und betone, dass ich nie nach Paris fahren werde. Niemalsnie. In wenigen Worten erkläre ich ihm die Situation. Einige Bähnlerkameraden hören mit. So wird sich das herumsprechen, und ich werde mich nicht ständig erklären müssen. Mein Chef macht ein ganz betretenes Gesicht. Ihm fehlen die Worte. Mir ist durchaus bewusst, dass sich sehr viele am Samstagabend extrem für mich gefreut haben. Jetzt verderbe ich ihnen im Nachhinein die Freude und lasse sie ratlos zurück. So ratlos, wie ich selber bin.

Ich werde ihnen demnächst von meinem Los-Gewinn erzählen, damit ich nicht ständig nur Mitleid in ihren Blicken sehen muss.

Ich fahre rauf und runter, rauf und runter. Heute bin ich bei der Seilbahn eingeteilt. Ich fliege und schwebe zwischen Mittelstation und Gipfel. Bei jeder Fahrt klettere ich die Wendeltreppe hoch aufs Dach und begrüße meine Gäste, wenn immer möglich in ihrer Sprache. Es gibt eine lange Liste von Fakten, die wir Bähnler den Passagieren gegenüber erwähnen müssten, aber ich schaue mir jeweils zuerst die Leute an, die auf den Berg wollen. Nicht jedem muss ich das gastronomische Angebot des Restaurants verkünden. Nicht jeden muss ich mit Infos überschütten. Mit manchen Gästen rede ich einfach ein paar lockere Sätze und freue mich darüber, dass ich da oben auch eine Weile die Sonne im Gesicht spüren kann. Was die Gäste wirklich schätzen, ist die persönliche Ansprache.

Auf einer Fahrt habe ich eine Gruppe Inder an Bord. Ich glaube jedenfalls, dass es Inder sind. Vielleicht sind sie auch aus Pakistan. Es ist nicht immer einfach, die Menschen in die richtigen Schubladen zu stecken – Schubladen sind eh langweilig. Jedenfalls, die Frauen, die jetzt in der Bahn sind, tragen bunte, um den Körper gewickelte Tuchgewänder. Englisch versteht niemand. Und dann beobachte ich zu meinem Entsetzen, wie bei einer alten Frau, die im Innenraum auf einer Bank sitzt, ein winziges Bächlein unter dem Rock hervorrinnt. Es muss Urin sein. Ich schaue sie an. Sie schaut zurück, ohne irgendeine Reaktion. Rundherum reagiert keiner. Ob sie das normal findet? Ob das alle normal finden? Ob es ein Unfall ist? Ob sie weiß, dass ich das nachher putzen muss? Ich funke dem Maschinisten und bitte ihn, mir beim nächsten Halt die nötigen Putzutensilien bereitzustellen.

»Mensch, ärgere dich nicht – wundere dich bloß«, sagte mein Vater jeweils, wenn wieder eine ganz besondere Spezies der Menschheit seine Apotheke heimgesucht hatte.

Ja, ich wundere mich. Ich beschließe, zugunsten meines eigenen Wohlbefindens anzunehmen, dass die Frau ein echtes Problem hatte und sich nicht anders zu helfen wusste.

Ich glaube, die Gäste, die jeweils fragen, ob mein Job bezahlt ist, kommen kaum auf den Gedanken, dass ich im Extremfall ohne zu murren den Boden aufwische, weil da jemand hingepinkelt hat. Nein, bestimmt nicht.

Einmal musste ich sogar am frühen Morgen ein Blutbad beseitigen. Nein, es gab keine Messerstecherei in der Seilbahn. Viel schlimmer: Es gab eine Leiche. Zwei Jäger stiegen in meine Kabine und hatten eine erlegte Gämse dabei. Sie waren stolz, und ich versuchte, nicht zu genau hinzuschauen.

Ja, ich gebe es gern zu, mich ärgert es, wenn ein Kind ein Eis isst und vor den Augen seiner Eltern mit klebrigen Händen genüsslich die Scheiben vollschmiert, ohne dass die Erziehungsbevollmächtigten irgendetwas sagen. Neulich hat eine Mutter nicht einmal interveniert, als ihr Junge seinen Kaugummi auf einer Bank verteilte, bis am Ende alles verklebt war. Bei so jemandem ginge ich gern einmal zu Besuch. Ich glaube nicht, dass die Kinder sich dort daheim auch so austoben dürfen.

Heute jedoch bin ich so oder so froh um meinen vielseitigen Job. Ich bin beschäftigt, körperlich und geistig. Und ich muss so viel lächeln, dass mein Gehirn längst zur Überzeugung gelangt ist, mir gehe es gut, was sich auf meine Stimmung auswirkt. Das ist wissenschaftlich erwiesen. Echt. Lachen macht glücklich. Man muss es nur intensiv genug tun. Eine kleine Andeutung, die kaum ein Lachfältchen hervorruft, ist natürlich nicht ganz so effizient.

»Judith, du magst vielleicht deine Touristen. Aber es sind doch einfach zu viele. Viel zu viele. Ich wollte heute kurz aufs Horn, um ein wenig abzuschalten, durchzulüften, aber ich hätte ewig anstehen müssen«, jammert Bärbel am Abend.

Sie ist bei mir zu Besuch, und wir haben einen Wurst-Käse-Salat gemacht, den wir jetzt genussvoll im Garten verspeisen, umgeben von meinen Lavendelbeeten, die ich so liebe.

Ich verteidige mich: »Du hättest ja deinen Platz vorher reservieren können. Dafür haben wir doch unser Boarding-System.«

Sie lacht nur und gibt zurück: »Aber Spontanität ist schon etwas anderes, gell. Nein, wirklich. Gestern war ich in Luzern. Man kam fast nicht durch die Stadt. Chinesen, Inder, Japaner. Menschen in allen Farben und Formen. Bei aller Gastfreundschaft: Es sind definitiv zu viele.«

Achtung: Vermintes Gelände! Bei diesem Thema streiten wir uns immer, und mir ist manchmal selber nicht wohl dabei, dass ich ständig den touristischen Standpunkt vertrete, nur weil ich bei

einer Bergbahn arbeite. Auch ich sehe sehr wohl die Probleme. Es gibt Zeiten, da fühlen sich die Schweizer bei uns auf dem Stanserhorn als Minderheit. Oft wird Unmut laut. Die Hochschule Luzern soll nun sogar im Auftrag der Stadt Luzern eine größere Tourismusstudie machen, und ich weiß jetzt schon, was die Umfrage ergeben wird. Alle, die im Bereich Tourismus arbeiten, finden die Gästezahl durchaus vertretbar, doch die Einheimischen erwarten Lenkungsmaßnahmen, wie Regulierungen beim Carverkehr, vielleicht sogar Obergrenzen. Aber – das wird nicht machbar sein.
Bärbel ist nicht zu bremsen: »Gerade habe ich gelesen, dass es bei gleichbleibender Entwicklung in Luzern bis im Jahr 2030 bis zu vierzehn Millionen Besucher pro Jahr geben wird. Dann können wir uns einreihen in Städte wie Venedig oder Barcelona, in denen man eigentlich gar nicht mehr leben will oder kann.«
Ich verzichte darauf, zu betonen, dass wir ja in Stans wohnen und somit in etwa vierzehn Kilometern Entfernung zu Luzern. Wir leben sozusagen auf dem Land. Kein Grund zur Panik also. Ich schenke Bärbel lieber noch etwas Wein nach. Ich habe eine Flasche von Guidos besonderen Weinen aus dem Keller geholt.
Ich beobachte Bärbel, während sie lamentiert und argumentiert. Immer, wenn sie sich so ereifert, hat sie in Wahrheit ein ganz anderes Problem, eines, über das zu reden ihr schwerfällt. Meine Freundin ist leicht zu durchschauen, wenn man sie einmal kennt.
Ich warte also, bis sie alles losgeworden ist, nicke höchstens ab und zu oder schüttle den Kopf, wenn sie besonders übertreibt. Irgendwann ist sie still. Ich bleibe auch still und warte ab.
»Judith?«
»Ja?«
Jetzt kommts!
Bärbel druckst ein wenig herum.
»Los, spuck es aus, Bärbel!«

»Ich suche eine Wohnung, aber finde einfach keine, die ich bezahlen könnte. Dabei möchte ich einfach nur ausziehen. Zu Hause ist es nicht mehr auszuhalten, seit ich gesagt habe, ich wolle gehen. Wirklich.«

»Weil ihr euch ständig streitet?«, frage ich mitfühlend.

Bärbel lacht bitter und meint: »Wenn wir uns wenigstens streiten würden. Nein, zwischen uns findet gar nichts mehr statt. Die Stille ist eisig. Man könnte bei uns zu Hause glatt erfrieren, mitten im Sommer.«

»Oh!«

Ich überlege. Nur ganz kurz.

Dann mache ich ihr ein Angebot: »Komm zu mir! Ich habe ein ganzes Haus. Wir spielen Wohngemeinschaft. Was meinst du? Ich weiß nicht, ob es mit so einer WG klappt, aber für eine Weile doch ganz bestimmt! Wollen wir es versuchen?«

Bärbel lacht erleichtert und sagt: »Ich habe gehofft, dass du das sagst. Glaube mir, ich suche mit Hochdruck nach einer neuen Bleibe. Es gibt ja immer wieder günstige Angebote. Aber leider sind die meisten Wohnungen hier extrem teuer. Dafür liegt Stans dann halt doch zu nahe an Luzern.«

»Ich weiß«, gebe ich zurück.

»Aber unsere Freundschaft wird daran nicht zerbrechen?«, fragt Bärbel nun und weint ein paar Tränen.

»Das liegt an dir. Wenn du eine rücksichtslose, laute Chaotin bist, dann vielleicht schon ...«

Bärbel verspricht, sich Mühe zu geben.

Wir stoßen also auf unsere temporäre WG an. Und dann wird unser Gespräch plötzlich immer an- und aufgeregter. Wir planen und überlegen, wie wir alles machen wollen. Wie Teenager albern wir herum. Nach dem Essen streifen wir durchs Haus und überlegen, wo Bärbel schlafen könnte und was vorher noch gemacht werden muss. Guidos Schlafzimmer, also eigentlich unser Eheschlafzimmer, werde ich selber in Beschlag nehmen. Es ist der schönste und größte Raum, mit viel Sonne und einem kleinen Balkon. Bärbel bekommt das Gästezimmer.

»Ich werde Guido herbeizitieren. Er muss seine Sachen holen. Es geht nicht anders. Und sonst räumen wir alles, was uns in die Quere kommt, in sein Büro. Dort hat es noch viel Platz«, verkünde ich schließlich.

Wir geben uns bis zu Bärbels Einzug noch zehn Tage Zeit.

Diese Zeit brauchen nicht nur sie und ich, ich will sie auch Guido geben.

Auf meine entsprechende Nachricht, die ich ihm übers Handy schicke, ruft er mich an und lärmt total ungehalten drauflos: »Sag mal, spinnst du? Wer sagt denn, dass du das Haus für dich allein beanspruchen kannst?«

Ich lache und erkläre ihm erstaunlich ruhig, was er vielleicht vergessen hat: »Du hast das Haus auf mich überschrieben.«

Er schluckt kurz und schimpft dann weiter: »Jetzt spiel dich nicht auf! Du weißt genau, das war nur ein administrativer Akt. Es ging da um Steuern und um Absicherung!«

»Ich weiß. Und jetzt bin ich froh, dass du mich abgesichert hast.«

Er schnaubt: »Damit kommst du nie durch, Judith! Ich hätte wirklich gedacht, wir könnten uns in Frieden trennen. Aber du willst das anscheinend nicht.«

»Stopp, stopp, lieber Guido. Selbstverständlich will ich das. Aber nachdem du alles kaputtgemacht hast, musst du in Gottes Namen auch die Scherben wegräumen. Ich bitte dich darum. Was du nicht abholst, werde ich, wenn es mich stört, in deinem Büro unterbringen. Dort hats noch viel Platz. Ich setze dich also nicht wirklich unter Druck.«

»Wir müssen reden«, faucht er ins Telefon.

»Gern. Ruf einfach vorher an, wenn du kommst.«
Nach dem unerfreulichen Gespräch gehe ich schnurstracks in Guidos Büro und wühle hemmungslos in seinen Papieren. Alle Akten, die das Haus betreffen, nehme ich an mich und kopiere sie. Sicher ist sicher.
Dann gehe ich langsam durch »mein« Haus, das lange Zeit »unser« Haus gewesen ist. Und plötzlich bekomme ich erstmals Lust darauf, nach vorn zu schauen. Ich könnte hier einiges verändern, verschönern, umgestalten. Ich werde mir ein schönes Zuhause machen. Und ich werde immer offene Türen für Freunde und Familie haben.
Zum ersten Mal, seit Guido weg ist, gehe ich schlafen, ohne vorher zu weinen. Ich habe jetzt mein eigenes Abenteuer. Das erfüllt mich mit Freude.

9 Das Leben ist ein Abenteuer

l'aventure	das Abenteuer
un parfum d'aventure	ein Hauch von Abenteuer
je m'embarque dans une aventure	ich lasse mich auf ein Abenteuer ein
l'aventurière	die Abenteurerin

Ja, ich weiß, ich will – eigentlich! – kein Französisch mehr lernen. Trotzdem habe ich schnell ein paar Wörter nachgeschaut, weil ich das halt so gewohnt bin und mein Französischbuch noch auf dem Nachttisch liegt. Immerhin soll Lernen ja auch das Gehirn trainieren und ein geistiger Jungbrunnen sein.

Un parfum d'aventure gefällt mir extrem gut.
Nein, ich muss wirklich nicht nach Namibia auswandern, muss meine Abenteuer nicht in der Ferne suchen.

Es ist, als hätte ich eine Lawine losgetreten, eine Ereignislawine, die jetzt über mich hinwegschwappt. Mein Leben ist aus den Fugen geraten.
Die Überraschung heute Morgen: Es klingelt, und Röbi Koller steht vor der Tür. Zuerst sehe ich zwar nur Blumen und denke, ein Kurier verstecke sich dahinter. Und dann ist es der charmante Fernsehmoderator höchstpersönlich! Natürlich lade ich ihn zu einer Tasse Kaffee ein, auch wenn mein Haushalt aussieht, als hätte eine Bombe eingeschlagen, weil ich entrümple, aussortiere und packe, Möbel von da nach dort verschiebe.
»Ziehen Sie aus?«, fragt Röbi Koller, der sich interessiert ein wenig umsieht und fast über eine Zügelkiste stolpert, während ich nach einer passenden Vase für den gigantischen Blumenstrauß suche.
»Nein, nein«, rufe ich aus der Besenkammer. »Ich räume nur um.«
Als der Blumenstrauß dann endlich auf dem Küchentisch steht und der Duft von frischem Kaffee uns um die Nase weht, ergreift Röbi Koller das Wort: »Ich habe natürlich inzwischen Ihre Geschichte gehört, und es tut mir unendlich leid, wie das bei ›Happy Day‹ gelaufen ist. Das war wirklich eine ganz unglückliche Angelegenheit. Ich möchte mich entschuldigen. Sie müssen sehr gelitten haben. Ich habe mir die Sendung noch einmal angeschaut und musste selber fast weinen, als ich Sie da so gesehen habe, total verzweifelt und unglücklich, aber ohne Chance, sich zu wehren.«
Ich schüttle heftig den Kopf und sage: »Nein, das war nun wirklich nicht Ihr Problem. Es ist einfach total dumm gelaufen. Alle wollten nur das Beste. Sie brauchen sich nicht zu entschuldigen. Auf keinen Fall.«

Ich bin gerührt über Kollers Besuch bei mir zu Hause. Gut, dass er sich nicht angemeldet hat. Ich hätte sonst stundenlang aufgeräumt. Jetzt ist er halt ins totale Chaos hineingeplatzt.
»Das Paris-Bild hängt nicht mehr im Wohnzimmer …«, sagt Koller und schaut mich fragend an.
»Entsorgt«, antworte ich ihm, »genauso wie alle Pläne bezüglich Paris! Ich werde die Reise nicht antreten. Guido sowieso nicht. Der wandert ja aus. Sie können also viel Geld sparen.«
Er fragt, ob ich denn nicht vielleicht mit meiner Tochter nach Paris reisen möchte.
Ich antworte mit einem bitteren Lächeln: »Paris ist gestorben. Paris ist ein Loch in meiner persönlichen Weltkarte. Ein tiefes, dunkles, schwarzes Loch.«
Ich erzähle ihm die Geschichte von Pierre aus Paris. Nur damit er wirklich alles weiß und die ganze Tragödie erfassen kann. Er seufzt. Dann holt er aus der Innentasche seines Sakkos einen dicken Umschlag.
Nein!
Ich will keine Umschläge mehr!
Jetzt wird Röbi Koller förmlich. Fast wie in der Live-Sendung sagt er feierlich: »Liebe Judith, wir von ›Happy Day‹ haben uns überlegt, dass es auf keinen Fall sein darf, dass jemand unhappy aus unserer Sendung hinausgeht. Und keine Angst: Wir konnten uns schon denken, dass Paris vielleicht nicht mehr auf Ihrem Wunschzettel steht. Das ist okay. Darum haben wir die ganze Summe, die wir für Ihre Reise kalkuliert hatten, einfach in bunten Banknoten in diesen Umschlag gesteckt.«
Wow!
Ich sags ja: Ereignislawine!
»Danke, danke, das ist … irgendwie verrückt … und Sie kommen extra her dafür … und ohne Kamera, einfach so …«

Eigentlich hätte mir schon das Kaffeetrinken mit Röbi Koller als Entschädigung für den »unhappy day« gereicht. Doch dieser Umschlag ist wirklich eine großartige Sache. Ich bin beeindruckt. Und eben: Kein Fernsehteam hat Röbi Koller begleitet. Es ist eine Geste der Menschlichkeit, ohne Werbeeffekt. Schön.
Wir machen dann doch noch ein Selfie am Küchentisch.
»Sonst glaubt mir das ja keiner«, erkläre ich. Und Röbi Koller macht gern mit.
»Sie können es ohne weiteres auf Facebook oder wo auch immer hochladen«, sagt er lachend. Sein Team werde zu meiner Geschichte auf Anfragen keine Kommentare abgeben. »Es ist aber meines Erachtens wichtig, dass Sie aus dieser sehr unerfreulichen Lage kein Geheimnis machen. Es ist, wie es ist. Bei einer Live-Sendung müssen wir mit allem rechnen. Ich bin froh, dass Sie schon wieder besser aussehen und sich von allem etwas erholt zu haben scheinen.« Er habe sich oft überlegt, wie er reagiert hätte, wenn ich aufgestanden wäre und vor laufender Kamera verkündet hätte, Guido habe mich verlassen. Dann wäre wohl Claire in Tränen ausgebrochen, und Moritz wäre völlig verstört gewesen. »Eigentlich muss ich froh sein, dass Sie nichts gesagt haben. Die Situation wäre eine echte Herausforderung gewesen, auch wenn ich das jetzt schon so lange mache«, gibt er zu.
Als sich Röbi Koller verabschiedet, sind wir beim Du angelangt und umarmen uns herzlich. Ich gehöre mit sofortiger Wirkung zu seinem persönlichen Fanklub.

Als Guido am frühen Nachmittag mit einem Umzugswagen vorfährt und seine schlechte Laune im ganzen Haus verbreitet, obwohl seine fleißigen Helfer die ganze Arbeit machen und er eigentlich nur organisiert, sortiert und Befehle erteilt, bleibe ich ziemlich ruhig und gelassen. Immerhin hat er nicht auch noch Anita mitgebracht. Ich zucke mit keiner Wimper, als er Dinge verpacken lässt, die ich eigentlich behalten wollte, wie beispielsweise die kleine Kommode, die wir zusammen aus dem Sperrmüll gerettet und liebevoll restauriert hatten. Was will er damit in Namibia? Er nimmt sie doch nur mit, weil er weiß, dass ich daran hänge. Ich hole schnell ein paar Sachen aus den Schubladen und atme tief durch, als das Möbelstück abtransportiert wird.

Ich will keinen Kampf. Ich will einen möglichst schnellen, sauberen Schlussstrich. Ich will vorwärtsschauen und meine eigenen Abenteuer beginnen.

Darum bleibe ich ruhig.

Als die Umzugsleute wieder weg sind, verbringt Guido fast drei Stunden in seinem Büro. Da muss er natürlich sorgfältiger aussortieren und alles in Kisten packen. Irgendwann bringe ich ihm eine Tasse Kaffee und ein belegtes Brot. Er schaut überrascht auf, hatte gerade Papiere gestapelt.

»Danke, Judith!«, sagt er und beißt hungrig in das Schinkenbrot.

Ich bleibe einen Moment lang bei ihm stehen, schaue mich um. Bald hat er alles in Kisten gepackt. Die Regale sind fast alle leer.

»Wo sind die Papiere, die das Haus betreffen?«, fragt er, bevor er einen weiteren Bissen nimmt.

Ich antworte: »Ich habe sie zu mir genommen, kann dir aber Kopien davon geben.«

Nachdenklich schaut er mich an.

»Hast du mit Lotti geredet?«, frage ich.

Guido nickt nur, und seine Körpersprache sagt alles. Das war sicher keine leichte Übung. Wenn er seiner Mutter von der geplanten Auswanderung mit Anita erzählt hat, wird sie ihm ziemlich offen gesagt haben, was sie davon hält. Und das ist sicher wenig bis gar nichts.

Er ist wohl froh, dass die Umzugsleute zurückkommen und darauf warten, die letzten Kisten und seine Büromöbel in den Wagen

laden zu können. So fühlt er sich nicht verpflichtet, mir Näheres preiszugeben.
Während die Männer die Kisten raustragen, frage ich einen, ob sie auch für mich freie Kapazitäten hätten. Sie haben – und werden schon morgen vorbeikommen und alles, was ich nicht mehr haben möchte, zum Entsorgen abholen: das komplette Eheschlafzimmer, das uralte Sofa, zwei gefühlt hundertjährige Teppiche, die sicher von Millionen Hausstaubmilben bewohnt werden, und einiges mehr.
Wenig später kommt Guido in die Küche, wo ich am Eichentisch sitze und Zeitung lese.
»Ich bin fertig. Das wars jetzt wohl.« Er sagt es mit traurigem Unterton. »Alles, was ich dagelassen habe, kannst du behalten oder entsorgen. Die Rechnung für das Entsorgen kannst du mir selbstverständlich schicken.«
»Hast du deine Hausschlüssel irgendwo hingelegt?«, frage ich unbeeindruckt, obwohl innerlich komplett aufgewühlt.
Erschrocken schaut er mich an. Dann wühlt er in der Hosentasche und legt die Schlüssel auf den Tisch. Es ist, als würde der Abschiedsschmerz ihn übermannen. Völlig verloren steht er da, fast so, als wünschte er sich, ich würde ihn zurückhalten. Und ja, da ist ein Impuls, ihn in den Arm zu nehmen, aber ich bin alt genug, zumindest manchmal, um Gefühle einordnen zu können. Lieber einen kurzen Abschied.
»Wir bleiben in Kontakt?«, fragt er mit brüchiger Stimme.
»Natürlich, Guido. Du weißt: Wir bleiben Eltern und sind Großeltern. Wir werden versuchen müssen, normal miteinander umzugehen. Das wird uns sicher irgendwann wieder gelingen. Nur nicht gerade heute«, antworte ich versöhnlich.
Und dann umarmt er mich, ganz überraschend, ziemlich heftig. Er drückt mich fest an sich, und ich rieche seinen mir so vertrauten

Duft, eine Mischung aus Schweiß, Tieren und Rasierwasser. Ich könnte schwach werden, hier und jetzt. Es zerreißt mir das Herz, zu spüren, wie viel ich ihm immer noch bedeute. Aber eben nicht genug, um seine Abenteuerlust zu befriedigen und seinen Puls zu beschleunigen, und das braucht Guido anscheinend. Ich löse mich von ihm und bringe etwas Abstand zwischen uns.

»Alles Gute, Guido! Werdet glücklich in Namibia, dann hat sich das alles wenigstens gelohnt.«

»Dir auch, Judith, alles Gute. Und bitte verzeih mir ... irgendwann ... wenn du kannst.«

»Geh jetzt!«, sage ich, weil mir die Tränen kommen und ich nicht mehr vor ihm weinen will.

Und so dreht er sich um und verlässt unser Haus, das jetzt nur noch mein Haus ist. Ich setze mich an den Küchentisch und weine, schluchze, heule.

Das wars.

L'aventurière – die Abenteurerin – ist nur noch ein Häufchen Elend.

Am Abend kommt Bärbel vorbei und findet mich beim verbissenen Aus-, Ein- und Umräumen. Sie krempelt sofort die Ärmel hoch, und so wird es ein fröhliches Arbeiten mit Musik aus dem Radio und kleinen Pausen am Küchentisch.

»Vielleicht werden Männer überbewertet, und echte Freundschaften sind wichtiger?«, gibt Bärbel bei einem Glas Wein zu bedenken. Ja, Guido hat mir seinen Weinkeller überlassen. Die ganze Sammlung edler Tropfen. Er war bei seinem Auszug kleinlich und großzügig zugleich. Bärbel sieht das anders.

»Na ja, das war doch irgendwie euer gemeinsames Geld, das er in diesen Weinkeller gesteckt hat«, meint sie ungerührt und füllt die Gläser großzügig nach.

Wir stoßen dann doch auf Guido an.
»Möge er glücklich werden zwischen Antilopen und Zebras«, sagt meine Freundin feierlich.
»Jawohl, so sei es«, kommentiere ich nur.
Die Gläser, übrigens alte Kristallgläser von Guidos Mutter, klingen wundervoll. Wir lassen sie nach jedem Schluck erklingen.
»*Bravo aux aventurières!* – Ein Hoch auf die Abenteurerinnen!«
Das ist unser neuer Trinkspruch, nachdem wir auf Elefanten, Impalas, Weißkopfadler, Strauße und jegliches afrikanische Getier angestoßen und das Arbeiten längst aufgegeben haben.

Nach zwei Wochen erkenne ich mein Haus nicht mehr wieder. Ich habe, außer in der Küche und in Claires altem Zimmer, alles auf den Kopf gestellt. Manches einfach aus Prinzip und nicht, weil es etwa vorher nicht schön gewesen wäre. Aber ich wollte partout eine Veränderung, eine große, eine sichtbare.
Mein Schlafzimmer ist ganz in Weiß und Lila gehalten. Es gibt keine schweren Vorhänge mehr, denn ich liebe Licht und brauche kein dunkles Loch, um zu schlafen. Ich habe einen Laminatboden verlegen lassen, um den alten Spannteppich loszuwerden, vor dem es mich grauste. Mit einigen Pflanzen habe ich Leben in den Raum gebracht, und an der Wand hängt ein Bild von einem riesigen südfranzösischen Lavendelfeld. Es ist so dominant, dass man sich einbilden kann, Lavendel zu riechen. Kann ich ja auch. Manchmal. Wenn die Fenster geöffnet sind. Das große Lavendel-Zimmer ist jetzt mein Reich.
Bärbel will sich ihr Zimmer eher provisorisch einrichten, denn sie möchte ja nicht ewig bleiben. In einer Ecke wird sie die Kisten stapeln, die sie gar nicht erst auspacken will. Guidos Büro ist jetzt leer und kann auch noch eine Weile leer bleiben. Vielleicht wird ein Fitnessraum daraus, ein Lesezimmer, ein Yogaraum, ein Bügel-

zimmer. Das lasse ich noch offen. Das Wohnzimmer habe ich mit alten und neuen Möbeln kunterbunt neu gestaltet. Ein riesiges, braunes Ledersofa lädt zum Verweilen ein. Dort, wo früher das große Eiffelturm-Bild war, hängt nun ein Waldfoto, das mit seinem Grün und dem durch die Bäume scheinenden Sonnenlicht eine gemütliche Atmosphäre zaubert.
Ich bin zufrieden.
Immerhin.
Und nicht mehr ganz so unglücklich und verzweifelt.
Stabiler.
Den Umständen entsprechend.

10 Nach der Trennung kommt das Glück

Der erste August ist ein heißer Tag. Und der Wetterbericht ein Klassiker: Gegen Abend soll es kräftige Gewitter geben, wie so oft an unserem Bundesfeiertag. Aber das ist mir heute egal. Ich arbeite in der ersten Schicht, fahre unermüdlich mit der alten Standseilbahn Leute ins Kälti, die sich dann später die Höhenfeuer und Feuerwerke vom Gipfel aus anschauen wollen. Einige fahren aber auch vor dem Eindunkeln wieder nach unten.
Ein amerikanisches Ehepaar steht auf der Rückfahrt bei mir auf dem Führerstand. Die beiden schauen auf das herrliche Tal hinunter, staunen und schwärmen. Dann fragt der Mann unvermittelt, ob wir auch Ureinwohner vertreiben mussten, bevor wir uns hier niederlassen konnten.
Ureinwohner vertreiben?

Einen Moment lang bin ich sprachlos und fühle mich ziemlich unwohl in meiner Haut. Ich erkläre ihm freundlich, dass ich gewissermaßen zur Urbevölkerung gehöre und dass es auch viele Amerikaner gebe, die Vorfahren von hier hätten.
Gibt es denn in den amerikanischen Schulen keinen Geschichtsunterricht, oder hatte der Mann einfach einen Fensterplatz?
Laut unserer Firmenphilosophie sollen wir Gästen keine Antwort schuldig bleiben, und für schwierige Fälle sind wir mit Funkgeräten ausgerüstet, damit wir uns Unterstützung holen können. Aber für Fragen wie diese ist alle Unterstützung überflüssig, und ich würde sie am liebsten überhören.
Glücklicherweise stimmt immerhin die Frau des Mannes in mein Lachen ein, und so ist die Situation nicht ganz so peinlich. Als wir kurz darauf die Talstation erreichen, verabschiede ich mich schnell und eile davon, um die Gäste aus ihren Abteilen zu befreien.
Nein, wirklich! Da rede ich doch lieber über Kühe.
Anfangs konnte man mich am schnellsten aus dem Konzept bringen, wenn man mir technische Fragen gestellt hat. Diese kamen natürlich von Männern. Eine Frau würde wohl kaum nach dem Gewicht der Seilbahntragseile fragen. Jedenfalls kenne ich keine solchen Frauen.
Die vier Tragseile der Cabriobahn wiegen zusammen 266 Tonnen, jeder einzelne Meter 25 Kilo. Der Durchmesser eines Tragseils beträgt 66 Millimeter. Eine voll besetzte Seilbahn, man redet da auch von Wanderlast, wiegt 16 340 Kilo. Das alles muss man natürlich nicht wissen, um so eine Fahrt mit der Cabrioseilbahn genießen zu können. Auch nicht, um die Bahn erfolgreich auf den Berg zu steuern. Trotzdem sind das beeindruckende Zahlen, und ich kann sie inzwischen im Schlaf aufsagen.
Neulich fuhr eine Klasse junger Lehrlinge aus Meiringen, wo die einzige Berufsschule für Seilbähnler und Seilbahn-Mechatroniker

der Schweiz ist, mit nach oben. Sie wollten mich natürlich ein wenig herausfordern und auf die Probe stellen. Was sie allerdings nicht wussten: Ich sehe in unserem Buchungssystem immer genau, welche Gruppen angemeldet sind, und war auf sie vorbereitet. Und so habe ich den zukünftigen Fachleuten einige Fragen gestellt, bevor sie mich prüfen konnten.
Mir als Fahrgast wären Fragen wie diese nie in den Sinn gekommen, und ich hätte mich stattdessen doch eher nach dem Namen von diesem oder jenem Berg oder See erkundigt. Aber auch diese kann ich inzwischen wie aus der Pistole geschossen nennen.

Aber zurück zum ersten August. Es ist unglaublich heiß heute, und der Maschinist sorgt dafür, dass wir viele Pausen haben und viel trinken können, damit ja keiner aus der Standseilbahn kippt. Um halb fünf lasse ich mich gern von einem Kollegen ablösen.
»Ich habe dich im Fernsehen gesehen. Warst du denn inzwischen endlich in Paris?«, fragt Hans-Peter, der die nächste Schicht übernimmt.
»Nein. Und ich fahre auch nicht hin«, antworte ich und erkläre ihm: »Guido hat mich verlassen und wandert mit Anita nach Namibia aus.«
Mein Kollege nimmt mich kurz in den Arm. Ganz kurz. Denn schon meldet sich über Funk der Maschinist, der im Kälti auf den Bildschirmen alle Stationen sehen kann, und mahnt: »Kein Gruppenkuscheln, bitte. Weiter gehts!«
Wir lachen beide, ich übergebe Hans-Peter das Funkgerät, trage mich auf der Liste mit der Stundenkontrolle aus und marschiere heimwärts.
Dieser Tag ist etwas Besonderes. Na ja, ist ja klar: Der erste August ist unser Nationalfeiertag. Aber das ist nicht mein Thema heute. Während ich gearbeitet habe, ist Bärbel bei mir eingezogen. Ich

bin ein wenig aufgeregt. Ich freue mich und fürchte mich gleichzeitig. Hoffentlich verstehen wir uns gut. Hoffentlich sind wir nicht zu alt für so was. Eine Wohngemeinschaft! Allerdings habe ich ja nie allein gelebt. Bärbel auch nicht. Das könnte also gut gehen.
Bärbel hat viel mehr mitgebracht als erwartet. Jetzt steht sie etwas ratlos vor dem Haus, als ich heimkomme, und betrachtet die Kisten, die sie eigentlich nicht auspacken wollte.
»Ich weiß nicht mehr, wohin damit«, sagt sie verzweifelt. Wir bringen die Kisten in Guidos ehemaligem Büro unter, während Bärbel erzählt: »Ich wollte nur das Nötigste mitnehmen. Aber als Berti sah, dass ich packe, wurde er unglaublich wütend. Dabei habe ich ihm schon vor zehn Tagen gesagt, dass ich heute ausziehe. Das hielt er wohl für eine leere Drohung. Er schrie und tobte und bestand darauf, dass ich wirklich alle meine Sachen mitnehme. Gleichzeitig beobachtete er mich genau und schaute darauf, dass ich nicht zu viel einpacke.«
Ich nehme meine Freundin kurz in den Arm und kommentiere dann erbarmungslos: »Du stinkst.«
Sie lacht, lässt sich auf die letzte Kiste sinken, die wir ins Büro getragen haben, und meint: »Kein Wunder, ich bin fix und fertig.« Sie sieht auch so aus: müde und niedergeschlagen.
»Also Schluss jetzt mit Umziehen«, schlage ich deshalb vor. »Was hältst du davon: Wir duschen, ziehen uns um, setzen uns dann in den Garten und köpfen eine von Guidos Weinflaschen, um auf die Schweiz anzustoßen?«
Gesagt, getan.
Wir feiern.
Die Schweiz. Das Leben. Den Neuanfang.
»Bravo aux aventurières!«
Wir sitzen noch im Garten und essen Brot und Wurst und Käse, als rundherum Höhenfeuer entzündet und Feuerwerke in den

Himmel geschossen werden, Heuler und Böller uns erschrecken. Als dann recht spät das angesagte Gewitter losbricht und um einiges spektakulärer ist als jedes gekaufte Feuerwerk, gehen wir ins Haus.

Dieser Abend war ein würdiger Start für unser Zusammenleben.

Es klappt ganz gut mit uns in den nächsten Tagen. Man muss halt viel besprechen und reden und organisieren. Jede hat ihre Angewohnheiten, ihre Macken. Aber wir kennen uns ja gut genug und können offen miteinander umgehen. Ich habe inzwischen bei all meinen Bähnlerkollegen deponiert, dass ich für meine Freundin eine günstige Wohnung suche. Aber ganz ehrlich: Manchmal spiele ich schon mit dem Gedanken, wir könnten gut so weitermachen. Wir haben beide nie allein gelebt und sind beide nicht gern allein.

Eines Nachts werden wir geweckt, weil ein völlig betrunkener Berti in meinem Garten randaliert. Er schreit zu meinem Fenster hoch, dass ich undankbar sei und seine Liebe gar nicht verdient habe. Ich schreie aus dem Fenster, dass er sich gefälligst aus meinen Lavendelbeeten zurückziehen solle.

»Geh schlafen, Berti! Bitte, geh schlafen!«, lege ich ihm nahe und schicke hinterher: »Du lamentierst vor dem falschen Fenster.«

Jetzt beschimpft er mich in allen Tonlagen. Ich sei an allem schuld und eine ganz und gar abscheuliche Person. Ich schließe das Fenster mit einem lauten Knall und lege mich aufgebracht wieder ins Bett. Ich höre, dass Bärbel das Haus verlässt und wie sie leise auf Berti einredet. Ich spitze die Ohren, aber die Lage scheint nicht zu eskalieren, also schlafe ich beruhigt wieder ein.

Am Morgen ist Bärbel nicht da. Hat sie ihren alkoholisierten Mann heimbegleitet und ist grad dortgeblieben? Muss ich das verstehen? Will ich das verstehen?

Ich frage nicht nach, als sie gegen Mittag wieder unser gemeinsames Zuhause betritt, fürchte mich wohl vor der Antwort. Sie wird doch nicht wieder mit Berti anbändeln?

Aber nein, das tut sie nicht. Im Gegenteil. Bärbel sucht nicht nur nach einer Wohnung, sie sucht auch nach einem neuen Lebenspartner. Sie hat sich bei drei Partnerbörsen eingeschrieben. Und sie hat sich in Stans bei »Bücher von Matt« mit schlauen Büchern eingedeckt.

»Nach der Trennung kommt das Glück«.

»Akzeptieren, was ist«.

»Loslassen heißt sich selbst zurückbekommen«.

»Trennung überwinden«.

»Wenn der Partner geht«.

Ich amüsiere mich über den Titel »Nach der Trennung kommt das Glück«. Die Hoffnung stirbt zuletzt. Wobei ich in dieser Hinsicht wohl privilegierter bin als andere – ich war wenigstens vor der Trennung glücklich. Wie auch immer – so ein Buch verkauft sich ganz bestimmt gut, weil es ja viele Trennungen gibt und jeder dann nach einem Strohhalm sucht. Aber ist das jetzt nicht ein sehr, sehr dünner Strohhalm? Bärbel tun diese Bücher gut. Sie liest nun viel darin und zitiert dann Stellen, die ich durchaus abnicken kann. Klar, man muss loslassen, darf sich nicht im Schmerz oder gar im Hass verbeißen, man muss verzeihen, sonst tut man sich selbst am meisten weh. Für solche Weisheiten brauche ich doch keine Ratgeberbücher.

Die Theorie ist mir völlig klar.

Nur in der Praxis hapert es.

So ist es doch meist.

11 Und noch eine Reise

Ein paar Tage später sitze ich allein an einem späten Frühstück. Es klingelt, und ich öffne neugierig die Haustür. Da stehen ein mit Kamera-Utensilien behängter Mann und eine Frau mit der kürzesten Kurzhaarfrisur, die ich je gesehen habe, und einem klobigen Piercing in der Nase.

Sie lächelt freundlich und sagt: »Guten Morgen, Frau Flury!« Weil ich sie nur fragend mustere – gerade ist mein Blick an ihren groben Stiefeln hängen geblieben, die sie zu ihrem schwarzen Minikleid trägt –, stellt sie sich vor: »Wir hatten uns ja angemeldet. Ich bin Svenja Gallinelli vom ›Schweizer Magazin‹, und das ist Daniel Schriber, unser Fotograf.«

Der Mann sieht aus, als gehörte er selber vor die Kamera: Er sieht toll aus. Muskulös, feine Gesichtszüge, gut gekleidet, äußerst gepflegt.

Trotzdem: Ich schüttle den Kopf. Heftig, sodass es mir ein wenig schwindlig wird.

Ich wehre mich: »Davon weiß ich nichts!« Und davon will ich auch nichts wissen, möchte ich am liebsten anfügen.

»Wir haben Ihnen eine Mail geschrieben, Frau Flury!«, sagt Frau Gallinelli geduldig, als würde sie auf ein störrisches Kleinkind einreden.

»Ach?«, frage ich nur und bin skeptisch – da kann ja jede kommen!

Sie wühlt in ihrer übergroßen, neongrünen Handtasche und fischt einen Ausdruck hervor, den sie mir unter die Nase hält, als wäre es ein Durchsuchungsbefehl.

Es ist unglaublich, aber wahr: Ich habe den Wettbewerb des »Schweizer Magazins« gewonnen, eine Reise nach Paris!
Ich schaue fassungslos auf das Stück Papier. Und dann muss ich ganz furchtbar lachen. Und ein wenig weinen dazu.
Als der Fotograf seine Kamera auf mich richten will, wehre ich mich: »Nein, nein, nein! Nein, zu allem! Ich will keine Parisreise und keine Fotos und nichts.«
»Aber, Frau Flury« – die Journalistin wirkt etwas ratlos – »Sie haben gewonnen! Und: Jeder will doch nach Paris ...«
Ich schüttle wieder trotzig den Kopf und entgegne: »Ich aber nicht.«
Verständnislos fragt sie: »Aber Sie haben doch bei diesem Wettbewerb mitgemacht?« Ich bejahe widerwillig, worauf sie – fast schon siegessicher – erklärt: »Im Kleingedruckten stand, dass wir bei Ihnen eine kleine Homestory machen dürfen, falls Sie den Preis gewinnen.«
Kleingedrucktes? Wer liest denn so was! Und vielleicht hat sie dieses Kleingedruckte ja gerade eben erst erfunden.
Doch Svenja Gallinelli und ihr schöner Begleiter bleiben hartnäckig vor der Tür stehen, und mir wird klar, dass sie sich nicht so leicht abwimmeln lassen. Ich werde mich erklären und auf Verständnis hoffen müssen.
»Okay, dann kommen Sie kurz auf einen Kaffee herein. Wir müssen reden«, sage ich und bitte die beiden in die Küche.
Während ich die Kaffeemaschine bediene, fängt der Fotograf an, seine Lichtschirme aufzufalten.
»Nein, nein! Bitte nicht! Hören Sie mir zuerst einmal zu!«, stoppe ich ihn.
Dann erzähle ich den beiden die ganze Geschichte, von A bis Z, lasse nichts aus. Die Augen der Journalistin werden immer größer. Ja, das wäre natürlich eine spannende Story. Aber die wird sie niemals schreiben. Niemalsnie. Nur über meine Leiche.

Und so sage ich zum Schluss: »Also bitte, ziehen Sie einfach einen neuen Gewinner. Der wird sich freuen, und Sie bekommen Ihre Homestory. Ich bin raus aus der Sache, und alle sind zufrieden.«
»Nein, so geht es nicht, Ihr Name wurde schon bekannt gegeben.«
Ich beteure noch einmal, dass ich inzwischen eben gar keine Lust mehr hätte, jemals nach Paris zu reisen, erzähle ihnen jetzt auch noch vom Loch in meiner imaginären Weltkarte und dass ich alles entsorgt hätte, was mich an Paris erinnern könnte.
Frau Gallinelli findet das mehr als bedauerlich. Sie sei schon mehrmals allein nach Paris gereist.
»Diese Stadt ist nicht nur für Paare gemacht«, meint sie, »man kann sie auch allein genießen.«
»Ich nicht«, antworte ich bockig.
Die Journalistin wird etwas blass um die Nase. Sie merkt, dass sie bei mir auf Granit beißt, spürt aber gleichzeitig, dass meine Geschichte sich wunderbar in ihrer Illustrierten machen würde.
»Doch«, wiederholt sie, »Paris allein zu bereisen, ist durchaus ein Vergnügen, glauben Sie mir.«
»Nein, das glaube ich Ihnen nicht. Und eine Homestory kommt sowieso nicht infrage. Ihre Leser wollen doch keine Liebeskummerdramen lesen!«
Sie gibt nicht auf: »Da irren Sie sich. Sie wollen authentische Geschichten, Gefühle. Ihre Geschichte würde vielen Mut machen.«
Nun muss ich laut lachen.
»Warum Mut machen? Jede Frau müsste danach Angst haben, dass ihr Mann plötzlich mit einer Geliebten, die kurz vorher nur eine Angestellte war, auswandern möchte. Die Geschichte würde – wenn schon – Zweifel und Misstrauen säen.«
»Aber, liebe Frau Flury, Sie haben sich jetzt mit Ihrer Freundin zusammengetan und schauen wieder vorwärts. Das macht jeder Frau Mut.«

Ich schüttle den Kopf und erkläre bestimmt: »Für mich ist es absolut undenkbar, in der Öffentlichkeit dreckige Wäsche zu waschen. Mein Ex ist immer noch der Vater meiner Tochter. Wir müssen uns irgendwie arrangieren. Ich möchte keinen Krieg und keine Schlammschlacht.«

Jetzt nickt Svenja Gallinelli. Es scheint, als würde sie sich geschlagen geben.

»Ich würde wohl genauso handeln«, sagt sie jetzt. »Das ehrt Sie, liebe Frau Flury.«

Uff! Das war ein hartes Stück Arbeit. Aber ich glaube, ich habe es geschafft.

Doch dann kommt Bärbel.

Sie betritt das Haus und ruft durchs Treppenhaus: »Judith, du glaubst nicht, was deine Schwiegermutter im Dorf herumerzählt. Du … glaubst … es … nicht!«

Sie platzt in die Küche und schaut sich betreten um.

»Oh, entschuldige bitte, ich wusste nicht, dass du Besuch hast«, sagt sie.

Ich stelle meine Gäste vor und füge an: »Sie werden jetzt aber gehen, denn sie haben eingesehen, dass ich weder eine Story noch eine Reise will.«

Aber da scheint Bärbel anderer Meinung zu sein: »Vielleicht hörst du dir zuerst an, was ich zu erzählen habe? Vielleicht willst du dann doch mit der Presse reden?« Bärbel scheint sehr aufgebracht zu sein. Mir wäre lieber, sie würde schweigen, aber schon legt sie los: »Deine Schwiegermutter Lotti erzählt überall im Dorf, du hättest Guido rausgeschmissen, um mit mir zusammenzuleben. Du hättest dich in meine Ehe gedrängt. Wir zwei seien jetzt ein Paar.«

Bärbel zittert, als sie ihr Wasserglas, das ich ihr unterdessen hingestellt habe, zum Mund führt. Sie ist empört. Zu Recht!

Das Schlimme ist: Ich glaube ihr sofort. Mir war klar, dass es für Lotti undenkbar ist, dass ihr Guido an irgendetwas schuld sein könnte. Also hat sie sich eine Wahrheit zusammengezimmert, mit der sie leben kann.

»Sie hat es meiner Nachbarin erzählt. Sie hat es meiner Coiffeuse erzählt. Sie hat es auf der Post erzählt, so laut, dass es jeder hören konnte ...«

»... aber da stehen wir doch drüber. Ich habe nichts gegen lesbische Frauen«, versuche ich sie lachend zu beruhigen.

Bärbel schaut mich entgeistert an.

»Ich stehe da nicht drüber, Judith«, sagt sie kleinlaut. »Stans ist ein Dorf.«

Ich versuche weiter, die Wogen zu glätten: »Gerade deshalb, Bärbel. Du kennst doch die Leute hier. Die Wahrheit wird sich schnell durchsetzen.«

Doch Bärbel bricht nun in Tränen aus und sagt: »Die glauben das! Meine Coiffeuse hat mir gestanden, dass sie auch lesbische Neigungen habe. Und dass es doch gut sei, wenn ich in meinem Alter endlich dazu stehen könne. Meine Nachbarin hat erklärt, sie werde für mich beten, damit ich wieder auf den normalen Weg zurückfinde. Deine Schwiegermutter ist eine Hexe!«

Einen Moment lang schweigen alle.

Svenja Gallinelli wittert Morgenluft.

»Ich könnte – ganz behutsam – Ihre wahre Geschichte erzählen«, schlägt sie vor. »Ganz vorsichtig. Dabei könnten wir auch erwähnen, dass Ihre Freundin eine günstige Wohnung sucht. Das könnte helfen. Sie beide könnten die Story gegenlesen, und wir drucken sie erst, wenn Sie damit einverstanden sind.«

Es wird einen Augenblick lang ganz still im Raum. Jetzt überlege ich tatsächlich ernsthaft, ob ich da mitmachen soll. Bärbel bohrt ihre Augen in meine.

Die Journalistin erklärt: »Wir könnten die Reise neu verlosen und in diesem Artikel den neuen Gewinner bekannt geben. Das wäre eine herzige, runde Geschichte.«

Herzig. Rund.

Ich weiß nicht.

Bärbel stupst mich an.

»Meine Kollegin macht das sehr feinfühlig«, meldet sich nun der Fotograf erstmals zu Wort, »ich übrigens auch.«

Aha, auch er kann reden.

Schließlich stimme ich zu. Auch weil ich sehe, wie aufgewühlt Bärbel ist. Und weil mich das Ganze sauer macht. Und weil sie mir leidtut. Und weil wir das beide einfach nicht verdient haben.

Wir machen ganz genau klar, was wir im Text auf keinen Fall lesen wollen, stecken die Grenzen ab. Svenja Gallinelli scheint tatsächlich darauf einzugehen. Anschließend ziehen wir uns um, versuchen, uns etwas aufzuhübschen, und stehen dann dem Fotografen zur Verfügung.

»Es darf auf keinen Fall so aussehen, als wären wir ein Paar«, betont Bärbel.

Er macht denn auch nur wenige Fotos, auf denen wir gemeinsam posieren, will mich allein vor der Linse. Ich gieße meinen Lavendel, ich rücke mein Lavendelbild im Wohnzimmer zurecht, sitze im Wohnzimmer auf der Couch und schaue in ein Buch, ziehe meine Uniformjacke an und aus. Die Zeit vergeht im Flug, und ich muss zugeben, dass ich sogar Spaß am Shooting habe.

Als Frau Gallinelli und er gehen, sitzen Bärbel und ich mit gemischten Gefühlen am Küchentisch. Wir sind beide nicht sicher, ob es eine gute Idee war, uns in der Zeitschrift zu äußern.

»Wie viele Leser hat wohl das ›Schweizer Magazin‹?«, frage ich Bärbel.

Sie googelt schnell und erschrickt dann selber.

»Über eine halbe Million Leser!«, ruft sie laut, sodass sich ihre Stimme überschlägt.
Nur zwei Tage später, ich habe die erste Mail von Frau Gallinelli inzwischen im Spam-Ordner gefunden, schickt die Journalistin wie versprochen ihren Text zur Begutachtung. Ich drucke ihn aus, rufe Bärbel, und dann lesen wir, aufgeregt und gespannt.

»Paris ist ein Loch in meiner persönlichen Weltkarte«

Wir waren in Stans, zu Besuch bei Judith Flury, der Bähnlerin vom Stanserhorn, die unseren Paris-Wettbewerb gewonnen hat. Dass sie plötzlich auf keinen Fall mehr nach Paris reisen will, hat uns neugierig gemacht. Immerhin war Paris vor kurzem noch ihr Traumreiseziel.

sg ■ Judith Flury (55) will nicht nach Paris. Auf keinen Fall. Obwohl sie schon in der letzten »Happy Day«-Sendung von ihrer Tochter Claire mit einer Parisreise überrascht worden war. Damals saß sie mit ihrem Ehemann Guido auf dem Sofa, konnte sich nicht wehren, nicht äußern, dabei hatte sich der Veterinär aus Stans gerade von ihr getrennt. »Wir waren wegen Claire dort«, erklärt die sympathische Bähnlerin vom Stanserhorn. »Wir glaubten, sie werde überrascht. Und dann kamen wir aus dieser Nummer nicht mehr raus. Wir wollten unserer Tochter erst nach der Sendung von unserer Trennung berichten.« Judith Flurys Tränen auf dem Sofa waren keine Freudentränen, wie Röbi Koller und das Fernsehpublikum irrtümlich annahmen.
Eigentlich hat Judith Flury ja gerade eine Glückssträhne. Eigentlich. »Ich habe eine monatliche Rente von viertausend Franken für die nächsten zwanzig Jahre gewonnen«, erzählt sie, kann sich aber nicht wirklich darüber freuen. Als sie nämlich ihrem Mann davon erzählte, beichtete ihr der attraktive Tierarzt, dass er sich trennen wolle. Nach dreißig Ehejahren. »Er wird mit einer anderen Frau nach Namibia auswandern«, erklärt Judith Flury, noch immer fassungslos.
»Ich habe dreißig Jahre lang von der Parisreise geträumt. Wir mussten unsere Hochzeitsreise leider immer wieder verschieben«, erzählt die Bähnlerin traurig. Zum Trost bekam sie Geschenke: Bilder vom Eiffelturm, Schmuck mit Eiffelturm-Anhänger, Filme über Paris, Bettwäsche mit Eiffelturm-Print, Bücher und Kalender mit Pariser Sehenswürdigkeiten. »Meine Tochter hatte sogar einen aufblasbaren Eiffelturm.« Das alles sei inzwischen im Müll gelandet. Ohne

ihren Ehemann habe Paris die Anziehungskraft völlig verloren. »Paris ist ein Loch in meiner persönlichen Weltkarte«, erklärt Judith Flury.
Doch jetzt schaut sie wieder vorwärts. Ihre beste Freundin wohnt vorübergehend bei ihr. Auch Bärbel Barmettlers Ehe zerbrach am Thema Paris. »Ich fragte meinen Mann, ob er sich eine Hochzeitsreise nach Paris nach dreißig Ehejahren noch vorstellen könnte. Er lachte mich aus, fand das lächerlich, was mich sehr verletzte. Wir redeten lange und realisierten erstmals, dass wir uns völlig auseinandergelebt haben.« Darum zog die Stanser Kioskbetreiberin Konsequenzen und ist jetzt auf Wohnungssuche. »In Stans sind günstige Wohnungen rar«, erklärt Judith Flury und hofft, dass dieser Artikel dabei hilft, dass sie ihre Wohngemeinschaft bald beenden können. »Wir sind zu alt für so was.« Aber sie gibt zu, dass ihr die Gesellschaft ihrer Freundin im Moment ganz guttut. Beide Frauen sind nicht verbittert. Bärbel Barmettler will wieder eine neue, prickelnde Liebe finden und diese auch viel besser pflegen. Sie sagt: »Wenn ein Paar sich auseinanderlebt, dann waren wohl beide zu wenig achtsam.« Judith Flury trauert noch und versucht, sich mit Dankbarkeit zu trösten: »Ich hatte dreißig glückliche Jahre mit meinem Mann. Das ist eigentlich sehr viel mehr, als viele andere Menschen je erleben dürfen.«

Die Parisreise wurde auf Judith Flurys Wunsch noch einmal verlost. Die neue Gewinnerin heißt Andrea Infanger und kommt aus Oberuzwil SG. Judith Flury wünscht der Gewinnerin viel Vergnügen in Paris. ■

Mit diesem Artikel können Bärbel und ich beide leben. Svenja Gallinelli hat sich an alle Absprachen gehalten. Wir antworten sofort und geben unser Okay. Zurückkrebsen wollen wir sowieso nicht mehr, nachdem auch ich unterdessen mehrfach geneckt wurde. Bähnlerkollegen spötteln über meine neu erwachte Leidenschaft für Frauen, auch wenn sie es vielleicht nicht glauben. Das ärgert mich sehr, gerade weil ich weiß, woher die Gerüchte stammen.
Lotti habe ich übrigens angerufen und sie höflich gebeten, keine solche Geschichten herumzuerzählen. Sie tat natürlich so, als hätte sie keine Ahnung, wovon ich rede. Ich machte dann etwas Druck.

»Du willst doch weiterhin zur Familie gehören, Lotti, oder? Wir hätten dich schon gern auch in Zukunft bei den Familienfesten dabei. Aber wenn du das nicht mehr willst …«
Ich hoffe, sie hat die Drohung hinter meinen Worten verstanden. Ich fürchte allerdings, dass ich bei Gelegenheit noch deutlicher werden muss.

12 Leicht und flüchtig

Als ein paar Tage später das »Schweizer Magazin« erscheint, ruft mich Bärbel sofort an. »Wir sind drin!«, schreit sie in ihr Handy. Ich gehe vor der Arbeit bei ihr am Kiosk vorbei, mit klopfendem Herzen.
»Ein guter Artikel«, sagt Bärbel, die alles schon eingehend studiert hat und dafür alle anderen Arbeiten liegen ließ. Sie schiebt mir das offene Heft über die Auslage. »Wir sehen gut aus«, meint sie, als wäre das wichtig.
Aber sie hat recht. Die Fotos sind gut geworden und schmeicheln uns. Das größte Bild zeigt mich mit einem Buch in meinem Lesesessel, einem bunten Stück aus dem Brockenhaus. Leider habe ich aber einfach irgendein Buch in die Hand genommen, als der Fotograf mich darum bat, und jetzt ist der Titel sehr prominent sichtbar: »Nach der Trennung kommt das Glück«.
Bärbel lacht darüber und meint: »Das Buch kommt jetzt sicher in die Bestsellerlisten. Immerhin sehen wir auf den Fotos ziemlich glücklich aus.«
Wir lachen. Ich bin erleichtert, dass Svenja Gallinelli sich an alle Absprachen gehalten und nichts mehr verändert hat. Ich stecke

mir die Zeitschrift in die Umhängetasche und gehe arbeiten. Und zwar mit sehr gemischten Gefühlen.
Wie sagt Bärbel doch immer wieder? – Arbeiten hält die Welt zusammen.

Ich putze die Station, nehme den Boden der Eingangshalle feucht auf, gieße die Blumen. Ich bin kaum zu bremsen und verpasse fast den Start der ersten Bahn, die für das Personal schon um zwanzig vor acht startet.
Heute arbeite ich auf der Cabriobahn, Dienst 4. Es wird ein langer Tag. Ich versuche mich wirklich auf meine Arbeit zu konzentrieren, aber das Handy in meiner Jackentasche vibriert ständig. Gern würde ich es ausschalten, aber manchmal kommen auch dienstliche Meldungen über diesen Weg. Also schaue ich jeweils, wer gerade angerufen hat. Viermal Guido. Dreimal Claire. Einmal Lotti. Drei unbekannte Nummern je einmal. Gut, dass ich keinen Anrufbeantworter habe. Ich könnte mir schon vorstellen, was Guido darauf gesprochen hätte: »War das wirklich nötig? Bist du jetzt glücklich? Ich kenne dich gar nicht mehr. Du wolltest doch keinen Krieg?« Ähnlich würde sich wohl meine Tochter Claire äußern, der ich dann allerdings vorwerfen müsste, dass sie mich vielleicht verstünde, hätte sie sich in den letzten Tagen mal bei mir gemeldet und nach mir gefragt. Sie war ungewöhnlich still in letzter Zeit. Für Lotti ist der Bericht die Hölle, weil in ihrem Heim alle das »Schweizer Magazin« lesen und nun klar wird, dass sie gelogen hat. Mein Mitgefühl hält sich in Grenzen.
Ich versuche, mich auf die Arbeit zu konzentrieren.
Arbeiten hält die Welt zusammen.
Ich fahre bergauf und bergab, schwebe sozusagen, hänge fröhlich am Seil. Ich lächle mich in eine gute Stimmung hinein, zeige meine schönen Zähne und versprühe gute Laune.

Im Laufe des Tages gibt es ein paar sehr nette Rückmeldungen auf den Artikel in der Illustrierten: Stammgäste, die mir einfach die Hand geben und mir alles Gute wünschen, Bähnlerkollegen, die plötzlich ernsthaft nach meinem Befinden fragen. »Ich möchte das Kapitel jetzt einfach abschließen und versuchen, vorwärtszuschauen«, erkläre ich dann. Aber in jeder Pause reden wir darüber, und die Kollegen erzählen von ihren Tiefschlägen im Privatleben. Es ist eigentlich ganz gut, wie sich die Gespräche entwickeln. Selten genug sprechen wir über so Persönliches. Natürlich reden auch alle über meine monatliche Gewinnsumme und diskutieren darüber, was man mit dem Geld alles anstellen könnte. Jeder hat so seine Träume. Außer mir.
Geld allein macht nicht glücklich.
Das ist leider keine blöde Floskel.
Es ist die Wahrheit.

Am Feierabend kümmere ich mich um die nicht angenommenen Anrufe, schicke jedem, der meine Nummer gewählt hat, eine SMS und erkläre, dass ich jetzt wieder erreichbar sei.
Sofort meldet sich Guido. Bevor er sich groß ereifern kann, erkläre ich ihm den Grund für das Interview.
»Es gibt keine Schlammschlacht, Guido«, beruhige ich ihn. »Das war nur eine Richtigstellung. Und fertig.«
Er meckert zwar noch ein wenig herum, aber ich habe ihm den Wind aus den Segeln genommen, das wissen wir beide.
»Ich werde mit Mama reden«, verspricht er. »Es ist halt nicht einfach für sie.«
»Ach?«, wage ich spöttisch anzumerken. »Willkommen im Klub.«
Einfach!
Lotti ist doch alt genug, um zu wissen, dass das Leben oft alles andere als einfach ist.

Einfach kann jeder.
Jetzt könnte sie einmal Größe beweisen, Schwiegermutterliebe, und über ihren Schatten springen. Aber dieser Schatten ist wohl zu groß. Und das Springen ist nicht ihre Disziplin. War es nie.
Schade.
Auch das Gespräch mit meiner Tochter Claire ist kurz.
Als sie mir vorwirft, sie habe nicht einmal gewusst, dass Bärbel jetzt bei mir wohne, werfe ich ziemlich schroff ein: »Hättest du dich mal gemeldet, wüsstest du, was bei mir los ist.«
Solche Vorwürfe ist sie nicht gewohnt. Sie kommen normalerweise auch nicht über meine Lippen. Solche Sätze kenne ich von Lotti, und ich kann sie ganz und gar nicht leiden. Hier waren sie allerdings angebracht. Ich erzähle Claire kurz, warum ich das Interview gegeben habe, und sie klingt sofort wieder versöhnlicher.
»Oma kann einem manchmal wirklich den Rest geben«, meint sie und fragt dann: »Wars das jetzt? Oder kommen noch mehr Beiträge in den Medien?«
Ich verspreche ihr, in Zukunft zu schweigen wie ein Grab.
»Auch wenn ich noch mehr Reisen gewinne …«
Erst dann erfahre ich, warum Claire so still war in letzter Zeit. Sie hat einen Mann kennen gelernt, der sie interessiert. Claire ist ein wenig verliebt.
»Aber wir wollen es ganz langsam angehen«, betont sie. »Nicht, dass du denkst, ich stelle ihn dir morgen schon vor.«
Als hätte ich so etwas von ihr erwartet! Ich weiß doch, wie viel Mut sie diese neue Beziehung kostet. Sie soll sich alle Zeit der Welt nehmen.
In der Nacht trampelt wieder ein besoffener Berti in meinem Lavendelbeet herum und schreit böse Verwünschungen zu meinen Fenstern hoch. Ich schließe sie kommentarlos. Auch Bärbel steht nicht auf. Berti muss sich wieder einkriegen. Und zwar ganz allein.

In den nächsten Tagen bekomme ich noch einige Anfragen von Medienleuten. Ich könnte in einer Fernsehsendung zum Thema »Trennungen« mitmachen. Unsere Lokalzeitung gibt sich kämpferisch: Sie werde einfach ein paar Zeilen aus dem »Schweizer Magazin« übernehmen, wenn ich nicht bereit sei, mit einem Journalisten zu reden. Ich schweige. Ich habe genug. Zumindest von Zeitungen, Zeitschriften, Radio und Fernsehen. Das ist nicht meine Welt.
Ich muss jetzt anfangen, mir meine eigene zu schaffen. Das scheint mir schwierig genug zu sein.
Und dann kommt der Anruf von Gisela. Wir haben sie in der Berufsschule immer Giselle genannt, weil sie so wunderbar Französisch sprechen konnte. Dies hatte sie allerdings auf die harte Tour in einem welschen Internat lernen müssen. Giselle war ein zartes, blondes Wesen und wirkte immer wie nicht so ganz von dieser Welt, las und schrieb Gedichte, sogar in Französisch. Ihr Anderssein faszinierte mich.
»Bonjour, Judith, ma chère!«
Eine wirklich ganz und gar erfreuliche Überraschung.
»Ich habe den Artikel im ›Schweizer Magazin‹ gesehen. Meine Mutter mailte mir die Seiten über dich nach Paris. Ich lebe in Paris, wusstest du das?«
Das wusste ich natürlich nicht.
»Du musst nach Paris kommen. Unbedingt! *Absolument!* Du wirst Paris lieben, auch ohne deinen Mann. Erst recht ohne ihn, wenn er sich so unmöglich benimmt!«
Ich versuche, Giselle zu erklären, dass ich durchaus Lust hätte, nach Timmendorf, Reykjavík oder Timbuktu zu reisen, aber sicher nicht nach Paris.
»C'est dommage! Dommage pour toi!«
Sie erzählt, dass sie schon seit dreißig Jahren in Paris lebt und dort verheiratet ist. »Verheiratet mit Luc und mit seinem Hotel leider

auch. Ein Anruf, und du hast ein Zimmer bei uns. Und ein bisschen Familienanschluss. Ein Anruf, Judith! *N'oublie pas ça!*« Sie glaube daran, ganz fest sogar, dass ich mit Paris noch nicht fertig sei. »Das ist doch kein Zufall, dass du ständig solche Reisen gewinnst. Das ist vielmehr ein Zeichen!«
Nun, »ständig« gewinne ich ja nicht Reisen nach Paris. Das ist eine hübsche Übertreibung.
»Denk darüber nach, Judith!«, insistiert meine Freundin aus der Schulzeit. »Du steigst in den TGV und bist im Nullkommanichts bei mir in Paris. Anruf genügt. Und ich freue mich, wenn du kommst. Du bist nicht allein in der großen Stadt, versprochen. Ein Anruf, Judith! *N'oublie jamais ça!*«
Viel mehr erzählt sie nicht. Wenn ich mehr über sie wissen wolle, solle ich gefälligst meinen Hintern nach Paris bewegen, sagt sie lachend, und schon ist unser Gespräch wieder beendet. Ich bleibe immerhin mit einem Lächeln zurück.
Giselle.
Paris.
Ich schüttle den Kopf, und damit vertreibe ich auch die ganz, ganz winzige Versuchung, doch nach Paris zu reisen, aus meinem Geiste.
Paris ist gestorben.
Fertig.

Bärbel ist ein durchschlagender Erfolg in den diversen Single-Portalen im Internet. Stundenlang hängt sie an ihrem Laptop und ist nicht ansprechbar.
Bald stehen auch die ersten Treffen an. Die Spreu vom Weizen zu trennen, sei eine extrem heikle Aufgabe, klärt Bärbel mich auf. Viele disqualifizieren sich aber auch schnell selber: mit Anspielungen darauf, wie sexuell ausgehungert sie seien, mit dem Wunsch, möglichst bald wieder eine Frau im Haus zu haben, die koche und

putze, oder mit der Erklärung, dass sie eben genau das nicht suchten, sondern eine lockere Beziehung. »Friendship with benefits«, schrieb einer, und wir mussten googeln, um es zu verstehen. Freundschaft mit gewissen Vorzügen. Aha.

»Etwas mehr dürfte es dann schon sein«, meint Bärbel. Aber manchmal weiß sie auch nicht so genau, was sie eigentlich sucht. Neulich meinte sie: »Vielleicht ist es noch zu früh für etwas Ernstes, und etwas Leichtes würde für den Anfang reichen.«

Gut, dass ich mir solche Fragen gar nicht stellen will, solche Gedanken nicht machen muss.

Das Leichte begegnet mir ein paar Tage später ganz und gar unerwartet. Ich bin mitten in der Nacht aufgewacht und kann nicht mehr einschlafen. Es gibt immer wieder Zeiten, da quäle ich mich mit dem, was mal war, und mit dem, was nicht mehr ist. Da ich mich nicht länger im Bett herumwälzen will, beschließe ich, mir in der Küche einen Tee zu machen und Zeitung zu lesen.

Und dann steht er da.

Der Leichte.

Mehr als leicht bekleidet. Ein ansehnlicher Mann in einer knappen, knallroten Unterhose steht an meinem Kühlschrank. Natürlich erschrecke ich zuerst gewaltig, schalte dann aber schnell, da ja kaum ein Einbrecher halb nackt daherkommt.

»Hallo?«, sage ich und bin froh, wenigstens meinen schönsten Schlafanzug zu tragen und nicht den mit dem Teddybären-Muster, den ich von Moritz geschenkt bekommen habe.

»Hallo zurück!«, antwortet der Fremde und scheint kein bisschen verlegen zu sein. Er grinst mich an und zeigt mir seine attraktiven Lachfältchen und seine schönen Zähne. Mit einer lässigen Bewegung streicht er sich seine langen Locken aus dem Gesicht.

»Oben rechts steht ein Bier, wenn du das suchst«, erkläre ich großzügig.

»Mir war mehr nach Schokolade«, antwortet er ungeniert. Er tritt einen Schritt zurück, und ich reiche ihm das letzte Stück Schokolade, das übrigens mir gehört und das ich hinter dem Käse vor Bärbel versteckt hatte.
»Danke, das ist lieb«, sagt er, nimmt die Schokolade entgegen und verlässt die Küche.
Ich schaue ihm hinterher und denke, dass er wirklich hübsch ist. Knackiger Hintern. Doch. Das schon. Trotzdem: Einen fremden Mann in meiner Küche anzutreffen, das ist schon sehr gewöhnungsbedürftig. Ob er jetzt öfter zu Besuch kommt? Oder ob jetzt öfter andere Männer hier zu Gast sind? Darüber muss ich wohl mit Bärbel sprechen. Aber will ich es ihr verbieten? Was wäre ich dann für eine Freundin!
Beim Frühstück ist der Schöne weg. Leicht und flüchtig wie ein Gas, würde Büne Huber singen. Bärbel sitzt am Tisch, sieht ziemlich mitgenommen aus, grinst aber zufrieden vor sich hin.
»Sorry, Judith«, sagt sie nur und sieht gar nicht aus wie eine Frau, die irgendetwas bedauert.
Ganz im Gegenteil. Sie strahlt heute besonders. Beim Sex schütte der Körper Endorphine aus, habe ich neulich in einer Illustrierten, die Bärbel vom Kiosk heimgebracht hat, gelesen. Damit fühle man sich glücklich, und das Immunsystem werde gestärkt. Dazu komme das Kuschelhormon Oxytocin, das gegen Stress helfe. Schlau und fit und jung werde man mit mehr Sex, man habe weniger Schmerzen und schlafe besser. Da bin ich jetzt – so ganz ohne Partner und ohne irgendwelche Ambitionen in diese Richtung – total auf der Verliererseite.
»Kommt der Schöne jetzt öfter?«, frage ich beiläufig, obwohl ich vor Neugierde fast platze.
Bärbel antwortet schnell: »Nein, nein! Das war einmalig. In jedem Sinne einmalig.«

Sie errötet und rührt intensiv in ihrer Kaffeetasse, hoch konzentriert, was mich dazu veranlasst, die Frage, deren Antwort ich schon weiß, nicht zu stellen.
Ich bin glücklich, wenn Bärbel glücklich ist.
Das nennt man Freundschaft.

13 Das Leben ist eine Tomatensuppe

Es kommen tatsächlich noch andere – wenn auch längst nicht mehr so attraktive, junge – Männer in unser Haus. Nicht zu mir – Gott bewahre –, aber zu Bärbel. Einer nur zum Kaffee, ein anderer zum Essen. Zwei Männer kommen nur für ein paar nächtliche Stunden, nach einem langen Ausgang.
Ich trags mit Fassung, finde es sogar durchaus unterhaltsam. Alle Hochs und Tiefs von Bärbels Partnersuche erlebe ich live mit. Gern höre ich meiner Freundin zu, versuche, ihr keine ungebetenen Ratschläge zu geben, tröste sie auch, wenn ein Treffen ganz und gar schiefging.
Je mehr ich von ihren Geschichten mitbekomme, desto weniger habe ich Lust, jemals so auf Männersuche zu gehen. Dabei weiß ich wohl, dass es oft sehr gut klappt und dass man im höheren Alter nicht mehr so viele andere Möglichkeiten hat, Männer kennen zu lernen, die nicht schon in Beziehungen sind. Obwohl sich leider auch in diesen Kreisen viele Ehemänner tummeln. Tatsache ist: Bisher ist kein Mann zweimal hier aufgetaucht und Bärbel noch weit entfernt vom siebten Himmel. Nicht einmal in den vierten hat sie es bis jetzt geschafft.

Sie kommen und gehen: Langweiler, Stinker, Bindungsunfähige, Überhebliche, Egomanen, Freigeister, Freaks, Nette. Einige gehen nicht, ohne vorher Schmerzen zuzufügen. Sie beleidigen, verletzen. Andere sind entflammt und wollen Bärbel nicht loslassen, rufen an, schreiben, tauchen am Kiosk auf. Ich bewundere den Mut meiner Freundin. Ich bewundere ihren Durchhaltewillen. Ihre Unerschütterlichkeit. Ihren festen Glauben daran, dass irgendwo noch eine große Liebe auf sie wartet.
Ich für mich bin eher der Ansicht, dass ich meine große Liebe hatte und dass die Chance, wieder einen passenden Partner zu finden, gering ist. Jedenfalls zu gering, um sich dafür derart anzustrengen, wie Bärbel das jetzt tut. Diese Erkenntnis macht mich zwar traurig, aber bis jetzt hat Bärbel mit ihrer Einstellung ja auch noch nicht zum großen Glück gefunden, hat nur gefühlte tausend Enttäuschungen eingesteckt. Ich muss auch zugeben, dass ich immer noch viel zu oft an Guido denke – oder zumindest über Guido nachdenke. Ich bin noch gar nicht frei.

Heute kommt Bärbel ganz und gar aufgelöst von der Arbeit nach Hause.
»Das glaubst du nicht!«, verkündet sie, kaum hat sie die Küche betreten.
Ich schaue sie nur an, denn noch weiß ich ja nicht, was ich nicht glaube.
»Das kannst du dir nicht vorstellen!«, doppelt Bärbel nach.
Aha. Ich bin gespannt. Wurde sie wieder von einem Verehrer am Kiosk aufgesucht? Vielleicht sollte sie nicht jedem gleich erzählen, wo sie arbeitet.
Bärbel setzt sich zu mir an den Küchentisch, wo ich gerade eine Tomatensuppe löffle, die mir nicht besonders gut gelungen ist und eigentlich nur rot ist, jedoch keinen Geschmack hat.

Bärbel erzählt aufgebracht: »Heute Nachmittag kamen zwei junge Mädchen in den Kiosk. So kleine Greta Thunbergs – du weißt schon, mit Zöpfen und so. Sie kauften alle Mohrenköpfe auf, auch die, die noch im Lager waren. Ich legte sie sorgfältig in zwei Kisten. Dann gingen die Teenies damit auf den Vorplatz.«

Bärbel macht eine Kunstpause.

Bisher glaube ich alles, kann es mir auch durchaus vorstellen und finde es nicht besonders spektakulär. Hoffentlich hat ihre Geschichte etwas mehr Fleisch am Knochen – nach ihrer pompösen Ankündigung.

»Pass auf, jetzt kommts: Die beiden legten die Schachteln auf den Boden und trampelten wie wild darauf herum. Ein drittes Mädchen hielt ein Transparent hoch, auf dem stand: ›Rassismus fängt klein an – schon beim Mohrenkopf‹. Und ein viertes Mädchen drehte ein Video von der ganzen Aktion.«

Bärbel schüttelt den Kopf, kann es noch immer nicht fassen.

»Hatten wir diese ›Mohrenkopf‹-Diskussion nicht schon?«, frage ich, relativ unbeeindruckt.

»Sie kommt immer wieder auf, jedes Jahr«, schimpft Bärbel. »Aber gell, diese Kinder, die haben doch keine Ahnung. Von gar nichts. Versauen meine Mohrenköpfe!«

»*Deine* Mohrenköpfe waren es ja nun nicht mehr«, wage ich einzuwenden.

Bärbel schnaubt: »Aber wir haben doch immer ›Mohrenköpfe‹ gesagt. Warum soll das plötzlich schlecht sein?«

Ich entgegne: »Die Sprache ist im Wandel. Alles ist im Wandel. Nur weil etwas immer so war, muss es nicht immer so bleiben. Es ist doch gut, wenn wir uns Gedanken machen. Worte sind wichtig. Wir haben zum Beispiel beim Stanserhorn gelernt, uns nie zu entschuldigen, sondern um Entschuldigung zu bitten. Spürst du den feinen Unterschied?«

Verärgert sagt Bärbel: »Ach, jetzt fängst du auch noch an?«
»Ich habe doch gar nicht angefangen«, wehre ich mich. »Und ich denke auch überhaupt nie über Mohrenköpfe nach. Ich esse sie nur.«
Ich mustere meine Freundin eingehend. Was hat sie wohl auf dem Herzen? Das »Mohrenkopf«-Theater ist doch wirklich kein Drama, höchstens eine kleine Anekdote wert. Ich schöpfe Bärbel großzügig von meiner roten Suppe in einen bunten Teller, lege ihr etwas Brot und Käse dazu. Lächelnd beobachte ich, wie sie der Suppe nach dem ersten Kosten mit Salz und Pfeffer etwas Leben einhauchen will. Das hatte ich auch versucht. Zwecklos.
»Was ist das für eine Suppe?«, fragt sie nach einer Weile.
»Ui, wenn man nicht einmal merkt, dass es eine Tomatensuppe ist, dann habe ich wohl wirklich alles falsch gemacht«, sage ich, peinlich berührt.
Bärbel lacht und würzt mit Maggi nach. Dann bröckelt sie den Käse hinein und tunkt das Brot in die Brühe. Ich schenke meiner Freundin unterdessen ein Glas Wein ein.
»Damit kannst du dir die Suppe schöntrinken«, kommentiere ich lachend.
»Das Leben ist wie deine Tomatensuppe«, sagt Bärbel irgendwann nachdenklich. »Es ist das, was du daraus machst.«
Dagegen protestiere ich vehement: »Das Leben ist ganz sicher nicht wie meine Tomatensuppe: nur eine schöne Farbe, aber dahinter eine laue, geschmacklose Brühe? Bitte, Bärbel! Was ist denn heute los mit dir?«
Sie winkt ab. Offenbar ist sie noch nicht bereit, zu erzählen, was sie wirklich bedrückt. Also schimpft sie halt über ihrer Meinung nach übertriebene sprachliche Korrektheit und philosophiert über Suppen. Ich kann mir vorstellen, dass es für den eher einfach gestrickten Berti sicher nicht ganz leicht war, seine Frau zu verstehen,

zu durchschauen. Bärbel braucht immer so lange, um auf den Punkt zu kommen, verrennt sich zuerst in Nebenschauplätzen. Ich sage nur tiefgründig: »Wenn das Leben eine Suppe wäre, dann wünschte ich mir, meine wäre eine würzige Thaicurry-Suppe mit irgendwelchen exotischen Einlagen. Und ich wünschte mir, ich müsste sie nicht selber kochen.«

»Berti war heute bei mir am Kiosk«, erzählt Bärbel schließlich, allerdings erst, als wir mit unseren Kaffeetassen im Garten sitzen. Das hat ja wieder gedauert, bis sie endlich zur Sache kam.

»Und? Hat er randaliert? War er betrunken?«, frage ich erbarmungslos. Nach seinen Auftritten in meinem geliebten Lavendel ist er bei mir ziemlich untendurch. Seit ich weiß, wie ich meinen Lavendel schneiden muss, blüht er zweimal im Jahr für mich. Natürlich nur, wenn kein Blödian darin herumwütet.

»Nein, ganz im Gegenteil!«, betont Bärbel und lächelt.

»Im Gegenteil?«, frage ich staunend und versuche, meine Neugierde zu verbergen.

»Er kam vorbei, um sich für sein Benehmen zu entschuldigen. Er war richtig – was soll ich sagen – nett, ja genau, nett.«

»Nett?«

»Ja.«

Ich mustere sie eingehend.

»Und?«, frage ich nur.

»Nichts.«

»Ach, komm!«

»Wir hatten ein gutes Gespräch. Ein langes Gespräch.«

Ich warte. Ich trinke Kaffee. Ich wundere mich.

Berti.

Viel weiß ich nicht über ihn, obwohl ich ihn schon oft gesehen habe, mehrmals in seinem Haus zu Besuch war und mit seiner Frau eng befreundet bin. Berti war immer so unauffällig, so leise, so zurückhaltend. Er hat nie viel erzählt. Eigentlich nichts, wenn ich es mir so genau überlege.

»Worüber denkst du nach?«, fragt Bärbel nach einer Weile.

»Mir ist gerade aufgefallen, dass ich sehr wenig über Berti weiß«, antworte ich, »nicht einmal, was er arbeitet.«

»Er ist Steuerfachmann bei der Gemeinde.«

»Ach!?«

Stimmt. Das hätte ich wissen müssen.

»Und er spielt Trompete in der Harmoniemusik Stans. Er ist Präsident des Stanser Jassklubs. Er fährt leidenschaftlich gern Ski. Außerdem hat er Bienen.«

»Er hat Bienen?«

»Genau.«

»Ein vielseitiger Mann«, kommentiere ich ihre Aufzählung.

»Ich habe nie behauptet, er sei ein Langweiler«, wehrt sich Bärbel. »Nur in unserer Beziehung war es langweilig geworden.«

Ich schweige und warte und denke, dass da noch mehr kommt. Aber Bärbel sagt nichts mehr.

Vielleicht liebt sie ihn noch immer?

Vielleicht finden sie wieder zusammen?

Schade, dass es diese rein theoretische Möglichkeit für Guido und mich nicht mehr gibt. Ich würde Bärbel und Berti gern ein Happy End wünschen, glaube aber ganz allgemein nicht wirklich, dass man Beziehungen wieder aufwärmen kann oder sollte. Da sind Beziehungen total anders als Suppen.

Dass drei Tage später Berti am Küchentisch sitzt, immerhin angezogen, sogar mit Krawatte, als ich am Morgen halb verschlafen frühstücken will, überrascht mich dann nur kurz und nur wenig. Aber insgeheim wünschte ich mir doch lieber, den Leichten, den Halbnackten, wiederzusehen. Bertis wüste Beschimpfungen stecken mir noch in den Knochen. Wer weiß: Vielleicht merkt er zurzeit nur, dass ihm die Hausfrau fehlt, dass die Küche plötzlich kalt bleibt, die Wäsche schmutzig, das Bett leer. Und darum bemüht er sich jetzt wieder um Bärbel.

Er steht sofort auf, als ich die Küche betrete.

»Entschuldige meinen Überfall, Judith. Guten Morgen. Ich bin gleich wieder weg.«

»Bleib nur!«, sage ich.

Am Morgen bin ich nicht so gesprächig.

»Judith, es tut mir leid. Alles. Der Garten, meine Worte, alles. Ich war völlig neben den Schuhen.«

»Schon gut«, sage ich, meine es aber eigentlich nicht so.

Mit einer schnellen Entschuldigung ist es halt bei mir nicht erledigt, wenn sich einer derart im Ton vergriffen hat und wenn er – was doppelt zählt – meinen Lavendel zertrampelt hat.

»Ich trinke meinen Kaffee auf der Terrasse«, sage ich nur und verlasse die Küche und Berti.

Dann verkrieche ich mich noch einmal ins Bett, weil ich Spätschicht habe und weil ich keinen Menschen sehen will.

Vergönne ich den beiden ihr Happy End? Ich horche vorsichtig in mich hinein. Nein. Aber ich hätte auch gern eines. Allerdings – und da bin ich mir doch ziemlich sicher – nicht mit Guido. Manchmal bin ich halt einfach traurig und fühle mich allein und verlassen. Es gibt zwar Tage, da arrangiere ich mich gut mit den Gegebenheiten, aber immer wieder holt mich das Geschehene ein, und der Verlust schmerzt, als wäre Guido gerade jetzt erst durch die Tür gegangen, weg von mir, in die Arme von Anita.

Die Candle-Light-Dinners auf dem Stanserhorn sind inzwischen kein Geheimtipp mehr. Wir geben wirklich alles, um die Gäste zu verwöhnen, die jeweils am Freitag oder Samstag an diesen Events teilnehmen. Wenn es dunkel wird, beleuchten wir die Stationen mit Kerzenlicht. Das Licht in der Seilbahn löschen wir, damit die Gäste die Sterne am Himmel und die Lichter im Tal genießen können. In der Standseilbahn legen wir Lammfelle auf die Holzbänke. Das Essen bei Kerzenlicht im »Rondorama«, unserem Bergrestaurant, das sich in fünfundvierzig Minuten einmal um sich selbst dreht, ist beliebt, nicht nur bei verliebten Paaren. Gegen Mitternacht fahren wir eigentlich immer glückliche, zufriedene Gäste ins Tal zurück.

Auch heute ist dieser Abenddienst sehr angenehm. Das Pausengesprächsthema unter den Bähnlern ist die große Zeitungsschlagzeile des Tages: Eine unbekannte Person hat in einem Intercity von Sankt Gallen nach Luzern mehrere Kilogramm Gold liegen lassen. Meine Kollegen stellen Überlegungen an, wie man an diese Goldbarren kommen könnte.

»Du kannst da sicher nicht einfach zur Luzerner Staatsanwaltschaft gehen und sagen: ›Die gehören mir‹«, meint Charly lachend. Und Gregor bestätigt: »Da müsste man dann zuerst einmal einiges erklären.«

Trotzdem versuchen sich alle vorzustellen, was sie mit dem Geld anstellen würden.

»Hundertzweiundachtzigtausend Franken! Ich würde nur noch reisen«, schwärmt Alfredo verträumt.

Einer würde sofort E-Bikes für die ganze Familie kaufen, ein anderer ein Boot. Und die Jüngste im Team würde ihr Ausbildungsdarlehen zurückzahlen. Irgendwann schauen alle auf mich, weil ich schweigend dasitze. Und ich beginne unvermittelt zu weinen, was mir unglaublich unangenehm ist. Mir fällt einfach rein gar nichts ein, was man mit Geld kaufen könnte, um mich glücklich zu machen. Geld kann mein Herz nicht reparieren. Geld hilft nicht gegen Liebeskummer.

Das versuche ich meinen Kollegen zu erklären.
»Ja, Geld und Gold sind nicht alles«, sagt Alfredo und seufzt.
Ich habe keine Ahnung, woran er denkt, aber sein Seufzer kommt aus tiefster Seele. Und innerlich seufze ich mit ihm um die Wette.
Die Schlagzeilen von den Goldbarren, die jemand einfach liegen ließ, gehen natürlich um die Welt. Und sie werden vielerorts das Vorurteil gegenüber uns Schweizern bestätigen: Wir sind alle reich, haben sogar Goldbarren dabei, wenn wir reisen, und merken nicht mal, wenn wir sie verlieren.
Mit meiner Viertausend-Franken-Rente gehöre ich ja durchaus auch zu den begüterten Schweizern.
Mein Glas ist definitiv mehr als halb voll!
Auch ohne Guido.
Eigentlich.

14 Eine Heimsuchung

Ja, er taucht jetzt öfter in unserer WG auf, der Berti.
Nein, ich freue mich nicht darüber.
Aber natürlich sage ich kein Wort. Ich will nicht der Auslöser dafür sein, dass Bärbel ihre Sachen packt und überstürzt zu ihrem Mann zurückkehrt. Da sollen sich die beiden doch lieber auf Distanz wieder näherkommen und in Ruhe schauen, was sich daraus ergibt. Im Moment sieht es wirklich so aus, als wollten sie die Suppe wieder aufwärmen. Ich bin dagegen, aber mich fragt ja keiner.
Außerdem: Ich kann kein Wort gegen Berti sagen. Nachdem er mir sogar vom Gartencenter Kuster den Lavendel hat ersetzen lassen, habe ich seine Entschuldigung natürlich annehmen müssen.

Allerdings behalte ich ihn im Auge. Ich beobachte ihn.
Vielleicht habe ich einfach nur Angst, Bärbel zu verlieren und plötzlich allein in dem großen Haus zu sein. Das wurde mir nämlich inzwischen klar: Allein leben, das ist eine Disziplin, die mir gar nicht liegt. Natürlich möchte ich lieber allein leben als mit der falschen Person. Mit Guido klappte es gut. Mit Bärbel auch, selbst wenn da jetzt als Zugabe Berti öfter mal mit dabei ist. Er ist – zugegeben – ganz gesellig, manchmal witzig, oft sogar unterhaltsam. Er braucht einfach etwas länger, um aufzutauen. Im Grunde genommen wie Bärbel. Am Ende passen sie doch ganz gut zusammen.

Und dann taucht Lotti auf.
Meine Schwiegermutter.
Wie eine Heimsuchung.
Ich komme von der Arbeit, nass und durchgefroren, nach einem windigen Regentag. Ja, man kann auch im Sommer richtig frieren. Schon als ich zur Tür hereinkomme, höre ich fröhliches Geplauder aus der Küche. Ich bleibe einen Moment lang stehen.
Bärbel. Berti.
Und? Da ist noch jemand.
Lotti!
Die hat Nerven!
Ich beschließe, zuerst einmal heiß zu duschen und mich umzuziehen. Ich schleiche durch den Flur und schreie erschreckt auf, als ich fast über einen Rollkoffer stolpere.
Zieht jemand aus? Ein? Um?
Ich schalte mein Kopfkino aus. Zuerst will ich duschen, brauche ich trockene Kleidung! So viel Zeit muss sein.
Später dann, aufgewärmt und wohlriechend, im gemütlichen Schlabberlook und mit halb nassen Haaren, die mir wild vom Kopf stehen, betrete ich die Küche.

»Spaghettiparty!«, ruft Bärbel in die plötzlich entstandene Stille hinein und stellt sofort einen Teller für mich auf den Tisch.
Berti steht auf und schenkt mir ein Glas Rotwein ein.
»Wunderschöne Gläser«, bemerkt Lotti.
Ja, die Gläser waren ein Geschenk von ihr. Typisch, dass sie sie sogar jetzt erwähnen muss.
»Hallo, Lotti«, sage ich möglichst beiläufig und setze mich an den Tisch.
Schon irgendwie merkwürdig, was aus diesem Haushalt geworden ist. Früher war ich wirklich viel allein und habe oft auf Guido gewartet. Das Haus war für uns eine Oase der Ruhe. Wir brauchten das. Oder war es Guido am Ende doch zu ruhig? Zu langweilig? Langweilig ist es inzwischen gar nicht mehr.
Ich sage einfach mal gar nichts und esse, denn ich habe Hunger.
»Sehr gut! Extrem lecker!«, kommentiere ich die Spaghetti, und Berti strahlt, denn er war der Koch.
Jetzt kocht er also schon hier. Interessant.
»Da steht ein Koffer im Flur. Ich bin fast darübergestolpert«, sage ich nach einer Weile.
»Das ist meiner«, erklärt Lotti. »Ich bleibe eine Weile hier.«
Ich schwörs, jetzt hätte ich fast meine Zunge verschluckt! Ich huste sie wieder an die richtige Stelle zurück, huste, huste, bis mir vor lauter Anstrengung die Tränen kommen.
Als ich mich langsam erholt habe, sagt Lotti nur: »Gehts wieder?«
»Mir schon«, antworte ich bissig.
»Bärbel und Berti haben nichts dagegen«, sagt sie trotzig.
Ich schaue die beiden strafend an.
»Wie könnten wir etwas dagegen haben?«, sagt Bärbel schnell und wendet sich dann an Lotti: »Das ist ja nicht unser Haus, und wir haben überhaupt keinen Einfluss darauf, wer hier wohnen darf oder nicht. Das entscheidet ganz allein Judith. Aber gell, Lotti,

fragen solltest du sie schon! Meinst du nicht? Das ist ja kein Hotel, wo man einfach so einchecken kann. Und es ist schon ziemlich voll hier.« Jetzt schaut Bärbel mich an und erklärt: »Lotti hat Streit mit ihrer Freundin Käthy. Also wollte sie im Speisesaal an einen anderen Tisch wechseln, doch irgendwie will sie keiner haben.« Missbilligend wirft Lotti ein: »So hätte ich das nun wirklich nicht gesagt.«
»Aber es ist so?«, frage ich leicht belustigt nach.
»Ja. Schon. Die wollen mich da alle gar nicht mehr«, stößt meine Noch-Schwiegermutter hervor, und dann fließen Tränen. Die großspurige Lotti ist plötzlich nur noch ein kleines, verstoßenes Mädchen.
»Hier kannst du nicht bleiben«, sage ich knallhart.
Lotti schaut erschrocken auf und fragt kleinlaut: »Du bist mir noch böse, weil ich nicht ganz die Wahrheit erzählt habe?«
»Ich bin dir noch böse, weil du im ganzen Dorf Lügengeschichten erzählt hast, damit dein lieber Sohn besser dasteht und nicht bekannt wird, dass er mich einfach sitzen lassen hat, um mit Anita nach Namibia auszuwandern. Ich bin dir noch böse, weil du dir noch keine Sekunde lang die Mühe gemacht hast, dich zu entschuldigen, Mitgefühl zu zeigen für meine traurige Situation. Weil du wahrscheinlich keine Ahnung hast – oder es dir einfach egal ist –, was du mit deinen Geschichten angerichtet hast. Weil es dich nicht das kleinste bisschen interessiert, wie es mir geht. Nie interessiert hat. Du hast mich, seit ich dich kenne, noch kein einziges Mal nach meinem Wohlergehen gefragt, während ich mich über Jahre um dich gekümmert habe.«
Lottis Tränen sind unterdessen größer geworden. Viel größer.
Bärbel schaut mich schockiert an.
Berti grinst ein wenig.
Aber ich bin noch nicht fertig.

»Das Haus gehört inzwischen mir«, fahre ich erbarmungslos weiter. »Dein Guido hat es mir vor Jahren schon überschrieben. Und – das muss ich jetzt einfach fragen: Könnte es sein, dass du im Heim auch immer Lügen erzählst und deshalb keiner mehr mit dir zu tun haben will? Interessierst du dich da auch für niemanden außer für dich? Und warum gehst du nicht zu deinem Guido? Er ist schließlich noch nicht in Namibia. Anita freut sich bestimmt.«
Ja, ich bin böse.
Noch nie in meinem Leben war ich ganz bewusst so böse zu jemandem. Ich glaube einfach, dass Lotti einen Weckruf braucht. Und ich muss endlich einmal meinen Frust über sie und ihr Verhalten mir gegenüber loswerden, der sich über die Jahre in mir aufgestaut hat.
Vielleicht ist es auch zu spät. Zu spät für alles.
Lotti schaut mich sprachlos an.
Sie hat aufgehört zu weinen.
»Aber so bin ich doch nicht!«, protestiert sie und schaut um Unterstützung heischend in die Runde.
Bärbel wiegt den Kopf hin und her. Berti zieht die Achseln hoch. Ich schaue sie nur an.
»Ich habe so viel für euch getan – und jetzt brauche ich ein Mal Hilfe …«, jammert sie.
»Stopp, stopp, stopp … Bitte zwing mich nicht, dir aufzuzählen, wie oft wir in den letzten Jahren bei Nacht und Nebel zu dir gefahren sind, weil es dir schlecht ging, weil du Schwindel hattest, weil du nicht schlafen konntest, weil du deprimiert warst, weil du verwirrt warst …«
Lotti zieht die Nase hoch. Sie wirkt ziemlich ratlos. Ihr hat sicher noch nie jemand so die Leviten gelesen. Vielleicht ist das etwas, das ich mir vorwerfen muss. Schwiegermutter hin oder her: Ich hätte Lotti schon viel früher immer mal wieder meine Meinung

sagen müssen. Ohne Rücksicht auf Verluste. Direkt und schnörkellos. Sie versteht es nämlich offenbar nicht anders.

Bärbel und Berti räumen den Tisch ab.

»Wollt ihr nicht ins Wohnzimmer gehen?«, fragt Bärbel, der das alles hier wohl etwas zu privat wird.

Ich will aber nirgendwohin gehen. Und Lotti kann ich wohl auch nicht wieder wegschicken. Jedenfalls nicht heute.

»Du kannst heute, nur heute, im Gästezimmer schlafen«, sage ich. »Morgen fahre ich dich ins Heim zurück.«

Mit einem knappen »Gute Nacht« verziehe ich mich in mein Zimmer, lasse die Tür unsanft ins Schloss fallen, schließe sie sogar ab. Ich bin sehr, sehr aufgewühlt. Und müde.

Natürlich rufe ich trotzdem noch im Altersheim Nägeligasse an. Dort weiß man offenbar Bescheid, dass Lotti bei mir ist. Aber man rechnet auch mit ihrer baldigen Rückkehr. Die Leiterin verspricht mir, mit Käthy und Lotti ein Gespräch zu führen.

»Das renkt sich wieder ein«, weiß sie aus Erfahrung. »Ihre Schwiegermutter ist einfach manchmal – wie soll ich es ausdrücken – etwas schwierig und kompromisslos.«

Ha! Endlich mal jemand, der mit mir fühlt.

Auch Guido rufe ich kurz an.

»Deine Mutter ist mit Sack und Pack bei mir aufgetaucht und will nun hier wohnen«, sage ich und warte gespannt auf seine Antwort.

»Wirklich?«, sagt er und bleibt die Ruhe selbst.

Ich warte. Mehr hat er dazu jedoch nicht zu sagen.

Was mich dazu bringt, folgende Ansage zu machen: »Hier kann sie nicht bleiben. Ich bringe sie grad schnell bei euch vorbei, wenn das okay ist. Anita freut sich doch sicher?«

Jetzt ist es vorbei mit seiner Ruhe: »Nein, das geht nicht. Ganz und gar nicht. Wirklich. Bei uns ist alles durcheinander, und wir haben kaum Platz. Auf gar keinen Fall, Judith. Ich komme gleich vorbei.«

Ich lächle in mich hinein.
»Nicht nötig«, beruhige ich ihn. »Ich lasse sie eine Nacht hier schlafen. Eine Nacht! Morgen fahre ich sie ins Heim zurück. Wenn das nicht klappt, stelle ich sie euch vors Haus.«
»Danke, Judith. Danke. Du bist nett.«
Ich spüre seine immense Erleichterung. Und ich bin nett. Immerhin. Nett. Das ist ungefähr ein »Gut« im Zeugnis. Lieber hätte ich ja »B-Wörter« gehört, wie: bezaubernd, bewundernswert, beeindruckend … begehrenswert.
Aber nett ist natürlich auch nett.
Ich kann also zufrieden einschlafen.
Könnte ich, wenn ich nicht so aufgebracht und aufgewühlt wäre. Ich beginne zu lesen. Lesen hilft fast immer. Martin von Matt hat mir ein Buch empfohlen, das zwar in Paris spielt, das ich aber trotzdem mit unglaublichem Genuss lese: »Die Liebesbriefe von Montmartre« von Nicolas Barreau, einem Pariser Schriftsteller. Der Chef von »Bücher von Matt« weiß, was für Bücher ich mag. Der Roman beginnt sehr, sehr traurig. Ich habe schon einige Tränen verdrückt. Aber die Handlung berührt mich und fängt mich ein. Ich lese, bis ich die nötige Bettschwere habe.
Und so träume ich dann nicht von bösen Schwiegermüttern, sondern spaziere mit Guido durch Paris. Einmal mehr. Doch Träume sind leider nur Schäume.

Beim Frühstück mit Lotti ergeben sich plötzlich ganz persönliche, tiefgründige Gespräche. Erstmals lässt sie mich an ihren Gefühlen teilhaben. Ich hatte ja immer den Eindruck, sie halte mich nicht für würdig genug, ihren wunderbaren Sohn geheiratet zu haben. Und sie glaubte, ich würde sie nicht mögen und wolle deshalb einen Keil zwischen sie und ihren Sohn treiben. Wir gehen vielen eigenartigen Vorkommnissen in der Vergangenheit auf den Grund

und merken, wie extrem verschieden wir alles wahrgenommen haben. Am Ende nehme ich Lotti sogar ihre Entschuldigung ab. Nein, ich glaube, wir werden keine Freundinnen mehr. Nicht in diesem Leben. Nicht auf dieser Welt. Aber eine kleine Versöhnung wird heute Morgen möglich, beim Frühstück am Eichentisch in der Küche. Wir hätten uns längst einmal so zusammensetzen sollen, denke ich für mich.

Lotti nimmt meine Hand und sagt: »Es tut mir leid. Alles.«

Worauf wir beide etwas rührselig werden, als ich antworte: »Mir auch. Alles.«

»Ich kann also für immer hierbleiben?«, fragt sie und erschreckt mich damit maßlos.

Schnell ziehe ich meine Hand zurück.

»Das war ein Scherz!«, sagt sie lachend, und ich atme erleichtert auf.

»Aber könnte ich nicht eine Woche hier Ferien machen? Das würde mir wirklich helfen, mein Gesicht zu wahren und dann wieder erhobenen Hauptes ins Heim zurückkehren zu können.«

Das Gesicht wahren … erhobenen Hauptes …

Solche Ausdrücke kämen mir gar nie in den Sinn, gibt es in meinem Wortschatz gar nicht. Lotti lebt wirklich in einer anderen Welt.

»Gut. Abgemacht. Eine Woche. Nur eine Woche. Eine einzige!«

Lotti strahlt und streckt mir ihre Hand entgegen: »Versprochen.«

Ich drücke sie.

Und dann schreibe ich Guido und der Heimleiterin eine Kurzmitteilung, während Lotti in der Küche herumfuhrwerkt. Sie werde sich nützlich machen, hat sie mir versprochen.

Was ich zwar ahne, aber noch nicht weiß: Ich werde jeden einzelnen dieser sieben Tage bedauern, dass ich Lotti nicht sofort wieder zurückgefahren habe. Manchmal bereue ich mein Nachgeben nur kurz, aber immer heftig. Zum Beispiel dann, wenn Lotti uns mit ihrer Putzwut wahnsinnig macht. Nichts ist sauber genug. Die Badezimmer glänzen, als wäre ein komplettes Reinigungsinstitut hier gewesen. Kann es sein, dass meiner Schwiegermutter das im Heim gefehlt hat: das Putzen, das Haushalten? Leider räumt sie auch Schränke aus und wieder ein und vor allem um. Einmal ertappe ich sie dabei, wie sie alle meine T-Shirts aus dem Schrank nimmt und neu zusammenfaltet. Ich wehre mich dagegen, und schon fließen Tränen.

»Ich will doch nur helfen«, meint Lotti eingeschnappt, von Einsicht keine Spur.

Ich entgegne: »Wolltest du hier nicht Ferien machen? Dann tu das auch!«

Worauf sie durch den Garten läuft und da und dort ein Unkraut beseitigt.

Lotti verbreitet Unruhe.

Dabei gibt es durchaus auch nette gemeinsame Stunden. Wir jassen am Küchentisch mit Bärbel und Berti bis tief in die Nacht hinein. Wir trinken Wein im Garten mit Guido. Ja, in der Tat, der verlorene Sohn kommt auch vorbei, um zu schauen, ob mit seiner Mutter alles in Ordnung ist, und um ihr ins Gewissen zu reden, dass sie dann auch wirklich wieder abreist.

Mein Haus ist jetzt so offen, wie ich mir das nie habe vorstellen können. Wir haben Gäste. Wir feiern Feste. Wir wohnen nicht nur, wir leben, um mal wieder den Slogan des schwedischen Einrichtungsriesen zu bemühen.

»Vielleicht sollte ich das Gästezimmer öfter mal vermieten. Ich meine, über Airbnb oder was es da sonst noch gibt?«, werfe ich einmal in die Runde.

Alle sind sofort dagegen.

»Ich kann auch mehr Miete bezahlen«, bietet Bärbel an. »Aber bitte keine fremden Leute im Haus.«

Die hat ja Nerven, denke ich so für mich. Viel zu gut erinnere ich mich noch an den Leichten, den Leichtbekleideten ...
Lotti erklärt empört: »Das ist doch Claires altes Zimmer!«
Sie lässt völlig außer Acht, dass sie selbst ja auch gerade im Zimmer ihrer Enkelin wohnt.
Es war ja auch nur so eine Idee. Irgendwann wird ja schließlich auch Bärbel ausziehen, wohin auch immer, und dann werde ich mir in meinem großen Haus ziemlich verloren vorkommen.

15 Offenes Haus

Nein, ich wollte nie ein offenes Haus. Aber ich finde Gefallen daran. Immer mehr. Ich habe mich sogar mit Berti angefreundet. Gestern habe ich Lotti ins Heim zurückgefahren und dabei eine winzige Träne verdrückt. Sie ist erhobenen Hauptes und ohne Gesichtsverlust wieder dort eingezogen. Die Heimleiterin hat sie sofort unter ihre Fittiche genommen, und die Chancen stehen gut, dass Lotti nun dortbleibt. Wenn nicht, würde ich es sogar in Erwägung ziehen – und das erstaunt mich selber –, sie noch einmal aufzunehmen, vorübergehend wohlgemerkt. Meine Schwiegermutter ist fit und klar im Kopf und gehört eigentlich nicht in ein Altersheim. Wäre sie allerdings länger bei mir, gäbe es unter Umständen Mord und Totschlag. Ich weiß es nicht. Es ist sicher besser für alle Beteiligten, wenn wir das nicht ausprobieren.

Es ist wieder heiß geworden. Sehr heiß. Und das ist gut so. Wir haben nämlich den Stanserhorn-Frauenabend. Das heißt: Alle Frauen, die am Berg arbeiten, schlafen gemeinsam auf dem Stanserhorn im Freien. Dort oben auf 1900 Metern kann es nachts schon empfindlich kalt werden. Da kommt so eine Hitzewelle wie gerufen.

Wir fahren mit der letzten Bahn nach oben, ausgerüstet mit Liegestühlen und Schlafsäcken. Wir haben den Berg nur für uns. Das ist immer ein ganz besonderer Abend, eine ganz besondere Nacht. Diesmal nehmen nur zehn Frauen an unserer Ladies' Night teil. Wir essen gemeinsam aus dem Rucksack. Die Getränke können wir im Restaurant holen. Und wir reden. Man sagt ja, uns Frauen würden die Themen nie ausgehen. Stimmt genau. Natürlich reden wir auch über Männer. Und alle wollen meine Geschichte mal genauer hören.

»So ein Arsch!«, schimpft Lara von der Kasse. »Zu dem bringe ich meine Katze nie mehr. Es gibt ja auch noch andere Tierärzte.«

»Da müsstest du ja ohnehin bald nach Namibia fliegen mit deinem Büsi. Eine ziemlich teure Behandlung«, lacht Livia vom Service sie aus.

Martina, unsere älteste Bähnlerin und unsere Fachfrau für Emanzipation, empört sich: »Und diese Anita, was ist das bloß für eine Frau! Von wegen Frauensolidarität!«

Lara lacht: »Das könnte *dir* natürlich nie passieren, dass du dich einfach so in einen Mann verliebst und alles andere vergisst, auch dass er halt schon vergeben ist.«

Martina meint unbeirrt: »Genau so ist es. Man muss nicht den Kopf völlig ausschalten, wenn Gefühle aufkommen. Wirklich nicht. Wir sind doch erwachsen.« Männer würden allgemein überbewertet, erklärt sie, und sie sei ganz glücklich und entspannt ohne Ehemann.

Darüber wird dann heftig diskutiert. Unsere Jüngste, Corinne, würde niemals auf die Liebe verzichten wollen. Sie findet, etwas Romantik im Leben würde uns allen sicher nicht schaden.

»Wie viele Enttäuschungen muss man bloß erlebt haben, um derart frustriert zu sein?«, fragt sie.
Martina antwortet schroff: »Wir reden in ein paar Jahren wieder darüber«, wendet sich abrupt ab und holt sich Kaffee.
Was Corinne nicht weiß: Martina wurde schon so oft betrogen und hintergangen, dass ich durchaus verstehen kann, wenn sie einfach nicht mehr in der Lage ist, sich auf einen Mann einzulassen. Dagegen ist mein eigener Herzschmerz noch harmlos. Immerhin hat Guido nicht auch noch mein Konto geplündert, auf meinen Namen Schulden gemacht, meinen Schmuck in ein Pfandhaus gebracht und parallel mit drei anderen Frauen gelebt. Martinas letzter Lover hatte wirklich die ganze Palette von Betrug und Gaunerei drauf, und die Geschichte landete am Ende vor Gericht.
»Und du?«, fragt Corinne nun mich.
»Ich – was?«
»Wirst du wieder heiraten?«, fragt sie unbeirrt weiter.
»Heiraten? Du bist ja lustig. Vielleicht werde ich irgendwann irgendwie irgendwo wieder einem Mann näherkommen. Das schon. Aber zuerst muss ich meinen Guido verdauen.«
»Das klingt lustig.«
»Was?«
»Dass du ihn verdauen willst. Er wird schwer zu verdauen sein.«
Corinne lacht und bietet mir ein Gläschen Schnaps an, der mir beim Verdauen helfen könne. Dies wiederum ist ja längst tausendfach widerlegt worden: Meist stört Alkohol beim Verdauen. Ich trinke ihn trotzdem.
Gegen zehn Uhr stehen wir alle ziemlich still und andächtig hinter dem Restaurantgebäude und schauen dem Sonnenuntergang zu. Das ist der Moment, in dem man gern einen Partner bei sich hätte, starke Arme um sich spüren würde. Es ist eine herrlich roman-

tische, fast kitschige Stimmung. Die Sonne malt wunderbare Farben über die Berge und das Land.
Martina beginnt zu singen:

Lueget, vo Bärg und Tal
Flieht scho de Sunnestrahl
Lueget, uf Aue und Matte
Wachse die dunkele Schatte
D Sunn uf de Bärge no stoht
Oh, wie si d Gletscher so rot

Und wir stimmen alle mit ein. Wir singen ins Tal hinunter, laut, schön, mehrstimmig. Der perfekte Soundtrack zum perfekten Sonnenuntergang. Und irgendwie ist er das auch, der Moment: perfekt.
Ja, man kann auch ohne Männer glücklich sein.
Manchmal.
Wenn es denn unbedingt sein muss.

Am Morgen fahren wir mit der ersten Bahn nach unten. Keine von uns ist wirklich ausgeschlafen. Ein paar wollten zwar schlafen, konnten es aber nicht. Die anderen haben die ganze Nacht gefeiert, getrunken, Karten gespielt. Corinne muss gleich die Standseilbahn übernehmen.
Gut, dass ich freihabe.
Als ich auf dem Heimweg mein Handy wieder einschalte, sehe ich eine Nachricht von Bärbel: *»Achtung: neuer Hausbewohner!«*
Nein!
Jetzt ist Lotti schon wieder zurück? So schnell?
Mit gemischten Gefühlen schließe ich zu Hause die Tür auf, trete ein.

»Hallo?«, rufe ich vorsichtig.
Doch keiner scheint da zu sein. Auch gut. Ich bin müde und möchte einfach nur ein wenig schlafen. Ich habe zu viel getrunken und geredet und gesungen – aber für ein so gelungenes Frauenfest nehme ich die Müdigkeit gern in Kauf.
Und dann sehe ich ihn, den neuen Hausbewohner.
Mir bleibt fast das Herz stehen.
Er liegt einfach da.
Auf dem Sofa.
Und schnarcht.
Nein, nicht Lotti.
Nicht Pierre aus Paris.
Guido!
Ich stehe da und starre auf den Mann, der da so selbstverständlich liegt, als wäre er hier zu Hause. Eine Flasche Wein steht auf dem Beistelltisch. Sie ist leer. Das Glas daneben ist umgekippt. Wenn Guido so laut schnarcht, muss er betrunken sein. Sein rechter Arm ist vom Sofa gerutscht und hängt hinunter. Sein weißes Hemd ist zerknittert und schmutzig. Die Schuhe liegen unordentlich unter dem Salontisch. Einen kleinen Moment lang bin ich versucht, die Decke über ihn auszubreiten, so wie ich es früher immer tat, mich um ihn sorgte, um ihn kümmerte. Er sieht ein wenig aus wie ein schlafender Prinz.
Wenn ich ihn jetzt küsse, ist dann alles wieder wie früher?
Nein.
Niemalsnie.
Nur Suppen kann man aufwärmen.
Dann entdecke ich seinen großen Rollkoffer hinter dem Sofa. Eine wohltuende Wut steigt in mir auf. Was will er hier? Ist ihm seine Freundin davongelaufen? Und dann wagt er es, hier aufzutauchen, als jammerndes Elend? Das traue ich nicht einmal Guido zu. Da

muss etwas anderes passiert sein. Etwas Schlimmeres? Ich ärgere mich über mich selber. Warum mache ich mir Gedanken? Er hat mich aus seinen längst gestrichen. Es war ihm egal, was aus mir werden würde. Ich war versorgt, und er wollte seine Träume leben. Und für seine Träume ist er sozusagen über meine Leiche gegangen.
Noch immer stehe ich vor dem Sofa und starre auf ihn hinab. Ich fühle mich innerlich völlig zerrissen – würde ihm gern die kleine Locke aus der Stirn streichen, gleichzeitig möchte ich ihn am liebsten sofort rausschmeißen. Allerdings ist der erste Reflex stärker.
Ich liebe Guido noch immer, ob ich das will oder nicht.
Das tut weh.
Sehr weh.
Trotzdem wende ich mich ab und schließe mich in meinem Schlafzimmer ein, wo ich in einen unruhigen Schlaf falle, weil ich von wirren Träumen malträtiert werde.

Als ich mittags aufwache und in die Küche schleiche, sitzt mein Noch-Ehemann da, vor einer leeren Kaffeetasse, in sich selbst versunken. Guido sieht aus wie sein eigener Schatten: krank und mitgenommen, frühzeitig gealtert in wenigen Tagen.
»Möchtest du noch einen Kaffee?«, frage ich ihn.
»Gern«, antwortet er.
Ich hole Brot aus dem Brotkasten, Butter, Käse, Konfitüre aus dem Kühlschrank. Natürlich bekommt auch Guido einen Teller und ein Messer. Ich kann gar nicht anders. Wir haben viel zu viele gute Zeiten zusammen verbracht, als dass ich ignorieren könnte, wie schlecht es ihm gerade geht, warum auch immer.
»Danke, Judith«, sagt er.
»Schon gut«, ist meine Antwort.
Im Radio singt Elton John »I'm Still Standing«. Überlebt haben wir auch. Aber zu welchem Preis?

»Was ist los, Guido?«, frage ich schließlich. »Was machst du hier?«
Guido zeigt mir ein gequältes Lächeln und meint: »Ich dachte schon, du fragst nie.« Er trinkt noch einen Schluck Kaffee, und dann schaut er mich an und erzählt: »Der Traum ist aus. Die Farm ist abgebrannt. Brandstiftung. Wie ich jetzt gehört habe, hatte Harry schon längere Zeit Probleme mit Angestellten. Er fand wohl oft nicht den richtigen Ton, die richtige Art, mit ihnen umzugehen. Er machte sich immer mehr Feinde. Und dann war da auch noch etwas mit einer Frau. Alles ein wenig schwierig und undurchschaubar. Tatsache ist: Die Farm gibt es nicht mehr, und die Umstände, die zur Brandstiftung geführt haben, sind so hässlich, dass Harry seine Sachen gepackt hat und nach all den Jahren wieder nach Deutschland zurückgegangen ist. Er hat das Land einem Nachbarn verkauft und alles aufgegeben. Namibia ist Geschichte.«
Guidos Blick fällt in die Kaffeetasse, und er wirkt, als würde er sich am liebsten darin ertränken.
»Aber du hast ja noch Anita«, sage ich, und etwas Sarkasmus ist in meiner Stimme hörbar.
»Es ist aus. Die Auswanderungspläne haben sie am Anfang begeistert, sie war Feuer und Flamme. Kurz nachdem ich bei ihr eingezogen bin, war das alles dann doch etwas viel für sie, und sie wollte plötzlich nicht mehr weg von Stans. Sie wollte in der Praxis bleiben. Ich verstehe sie nicht. Wie sollte ich auch. Ich verstehe gar nichts mehr. Ich werde sie wohl entlassen müssen.«
Guido badet in Selbstmitleid, und ganz ehrlich: Ich könnte jetzt triumphieren und mich mit Schadenfreude trösten, aber das Gegenteil ist der Fall. Guido tut mir leid. Er tut mir unendlich leid. Er hat nichts gewonnen, aber sehr, sehr viel verloren. Und das ist ihm jetzt klar geworden. Aber da muss er jetzt durch. Ich kann ihm nicht helfen.

»Kann ich ein paar Tage in Claires altem Zimmer wohnen? Nur ein paar Tage?«, fragt er mich. »Ich weiß, es ist eine Zumutung. Aber ich brauche ein wenig Zeit.«

»Das ist wirklich eine Zumutung«, antworte ich ungnädig. »Schön, dass dir das klar ist, Guido.«

Und dann warte ich eine Weile, lasse ihn zappeln. Aber natürlich sage ich am Ende Ja.

Bärbel wird sagen, ich hätte nicht alle Tassen im Schrank. Und ich werde ihr recht geben müssen. Aber im Moment sehe ich einen Menschen, der am Boden liegt. Einen Menschen, den ich lange Zeit sehr geliebt habe und den ich wohl noch immer liebe, tief in meinem Herzen. Einen Menschen, der viel zu hoch gepokert und nun alles verloren hat. Ich kann einfach nicht anders.

»Guido, dir ist aber schon klar, dass das nun mein Haus ist? Mit meinen Spielregeln? Du kannst auf keinen Fall hierbleiben. Du hast unsere Beziehung beendet, und so bleibt es auch. Ich biete dir Unterschlupf, als einem Freund, dem es schlecht geht. Für ein paar Tage.«

»Ja, schon klar, sicher ...«, antwortet er schnell.

Er steht vorsichtig auf, greift sich einen Moment lang an den schmerzenden Kopf und schlurft dann ins Wohnzimmer, wo er seinen Rollkoffer holt.

Guido zieht also in Claires altes Zimmer ein.

Ich sitze weiterhin am Küchentisch, schüttle innerlich ununterbrochen den Kopf. Ich könnte weinen und lachen gleichzeitig. Das ist alles so unglaublich, so unfassbar. Unsere Ehe wurde zerstört – wofür? Für nichts.

Guido erholt sich relativ schnell. Sein Gesicht nimmt wieder Farbe an, sein Gang wird wieder beschwingter. Manchmal geht es bei uns zu und her wie in einer ganz normalen WG. An seinem Ge-

burtstag kommen Lotti, Claire und Moritz vorbei, und wir feiern mit Bärbel und Berti ein fröhliches Fest. Es ist fast wie in alten Zeiten. Beinah.
Kein Wunder also, dass Guido eines Abends im Gespräch auszuloten versucht, ob ich es mir nicht doch im Geheimen irgendwie vorstellen könnte, wieder mit ihm zusammenzukommen – oder ob ich es mir am Ende sogar wünsche.
Nein!
Es wird Zeit, dass er geht.
»Guido, ich weiß, dass in deiner Praxis ein Notbett steht, wo du schlafen kannst, bis du eine Wohnung gefunden hast und eingerichtet bist. Also bitte, strapaziere nicht meine Gastfreundschaft!«
»Aber dort, wo dieses Bett ist, sind auch alle meine Sachen. Aufgetürmt. Eingelagert. Es ist eine Zumutung für alle in der Praxis. Ich sitze zwischen Stuhl und Bank.«
»Dann mach etwas. Komm in die Gänge, Guido. Such dir eine Bleibe!«
»Ja, Judith.« Und etwas später fügt er leise an: »Es tut mir alles so leid. Alles.«
»Mir auch, Guido, sehr.«
Natürlich kann er noch ein paar Tage bleiben.

16 Ich bin dann mal weg

Und irgendwann, da reicht es mir einfach.
Guido macht keine Anstalten, auszuziehen. Bärbel fängt an, ihm alles zu verzeihen, und versucht, mich zu beeinflussen, indem sie mir ständig seine Vorzüge vor Augen führt. Jetzt, wo sie sich ernsthaft wieder auf Berti eingelassen hat, findet sie, auch Guido habe eine zweite Chance verdient. Lotti macht mir Vorwürfe, dass ich ihren Sohn so unter Druck setze. Er sei doch immer noch mein Ehemann! Claire findet, ich müsse doch auch sehen und anerkennen, wie sehr sich Guido um mich bemühe. Sie selber sei wirklich beeindruckt.
Die spinnen doch alle!
Man kann vielleicht eine kurze Untreue verzeihen, ein winziges, einmaliges sexuelles Abenteuer. Vielleicht. Er aber war ein Jahr mit Anita zusammen, und seine Pläne von Namibia kamen ja auch nicht über Nacht. Er plante ein neues Leben mit Anita, und sicher sprachen sie oft darüber, wie sie mich möglichst schmerzlos loswerden könnten. Ich würde ihm vieles verzeihen, aber ich könnte ihm niemals mehr vertrauen, und vergessen könnte ich genauso wenig. Niemalsnie.
Ich brauche dringend eine Auszeit.
Und wer weiß: Vielleicht brauche ich tatsächlich Paris?!

peut-être	vielleicht
éventuellement	eventuell
possiblement	möglicherweise

Es ist ein kleiner Schritt von der ersten winzigen Regung bis zum Anruf bei meinem Chef und anschließend bei Lydia vom Reisebüro Reisefreund. Der TGV ist schnell gebucht. Der Anruf bei Giselle erzeugt am anderen Ende der Leitung große Freude.
»Ich bin dann mal weg«, schreibe ich in großen Buchstaben auf ein Blatt Papier, das ich auf dem Küchentisch hinterlasse. Dazu male ich einen Eiffelturm – oder jedenfalls ein krakeliges Ding, das man möglicherweise damit in Verbindung bringen könnte. So viel Theatralik muss sein. Sicher hat sich jede Frau schon einmal im Leben insgeheim gewünscht, sie könnte diese Zeilen irgendwo hinterlassen und abhauen.
Je pars –ich bin dann mal weg.
Und – ich tus tatsächlich.
Mit klopfendem Herzen sitze ich im TGV, der mich mit über dreihundert Stundenkilometer Tempo in rund drei Stunden von Basel nach Paris bringt.

Je prends le train pour Paris.	Ich fahre mit dem Zug nach Paris.
Le train est parti.	Der Zug ist abgefahren.
Bonne route!	Gute Fahrt!

Ich bin aufgeregt. Es ist ewig her, dass ich allein gereist bin, und ich fange gerade an, dies zu bedauern, denn die wohltuende, prickelnde Aufregung fühlt sich gut an. Endlich werde ich mein Französisch in Frankreich ausprobieren.
Vom TGV Lyria bin ich ein wenig enttäuscht. Abgesehen von seinem Tempo, bietet er nicht besonders viel Luxus, obwohl ich in der ersten Klasse sitze. Doch der Zug flitzt erstaunlich leise durch die Gegend. Irgendwann schlafe ich ein und wache erst wieder auf, als wir uns schon kurz vor Paris befinden.
Es ist nur ein Katzensprung! Warum hat die Katze diesen Sprung nicht längst gemacht?

Ich komme im Gare de Lyon an, der zu den drei verkehrsreichsten Bahnhöfen von Paris gehört und mich dann doch ein wenig einschüchtert. Etwas verloren schreite ich durch die riesigen Hallen, die mich fast schon an den Flughafen Zürich erinnern. Aber beim Hauptausgang, da steht sie zu meiner großen Erleichterung: Giselle. Was für eine schöne Frau sie geworden ist! Ein zierliches, zartes Wesen. Sie trägt ein blumiges Sommerkleid und silberne Sandalen. Ihre blonden Haare hat sie hinten zusammengebunden. Ich fühle mich neben ihr wie ein Bauerntrampel, mit meinen Jeans und den groben Turnschuhen.
»Bienvenue à Paris, Judith!«, ruft sie mir schon von weitem zu, lacht und winkt. Und dann umarmt sie mich, und wir freuen uns beide.
»Endlich bist du über deinen Schatten gesprungen! Es wird dir gefallen hier in Paris. Ganz sicher.«
Mir gefällt es jetzt schon, weil es einfach guttut, bei Giselle zu sein. Sie lotst mich sicher durch das Gewusel vor dem Bahnhof und schiebt mich in ein Taxi.
»Das ist Simon, mein Lieblingstaxifahrer. Er kann dich überallhin fahren. Aber du kannst auch irgendein Taxi nehmen. Die kosten nicht die Welt.«
Wir fahren los, und Giselle will wissen, wie meine Reise war und warum ich sie nun doch endlich machen wollte. Ich jedoch bin völlig abgelenkt.
Ich bin in Paris.
Ich fahre mitten durch Paris.
Und ich bin bezaubert.
Darum fragt Giselle nicht mehr weiter und lässt mich genießen.
»Schön, gell? Kaum Neubauten im Zentrum. Alles über Generationen gewachsen, alles Geschichte, eine überwältigende Bausubstanz. Vieles sieht immer noch so aus wie vor zweihundert Jahren. Ein Zeichen von Beständigkeit, Treue, Ausdauer. Und du wirst

beeindruckt sein von der Größe der imposanten Bauten. Allein für das Hôtel de Ville, das schmucke Rathaus, müsste man beispielsweise die halbe Sankt Galler Altstadt opfern. Du kannst hier überallhin fahren, und egal, wo du aussteigst, findest du ein neues, anderes Quartier mit eigenem Charakter. Die ganze Stadt lebt.«

Es freut mich, dass sie immer noch so für ihre Wahlheimat schwärmen kann.

»Paris hat über zwei Millionen Einwohner, die Île-de-France insgesamt zwölfeinhalb Millionen, also anderthalb so viele wie in der ganzen Schweiz. Es sei die am dichtesten besiedelte Stadt Europas, sagt man. Dazu kommt, dass Paris selbst die letzten Jahre im Schnitt jährlich mehr als fünfzehn Millionen Touristen besuchten, den ganzen Großraum Paris sogar fast schon fünfzig Millionen. Wahnsinn. Nur London und Bangkok haben mehr Touristen. Allein in den Louvre pilgern jedes Jahr über neun Millionen Besucher.«

Giselle klagt nicht. Sie erzählt das so, als wäre es eine Auszeichnung, was es eigentlich auch ist. Wenn Paris als Wohnraum oder Reiseziel so begehrt ist, dann ist das ja auch ein riesiges Kompliment. Ich muss Giselle unbedingt davon erzählen, wie viel Mühe die Luzerner mit dem Touristenansturm in ihrer Stadt haben, aber erst später, wenn ich die Nase wieder vom Fenster nehmen kann.

Simon fährt uns besonnen durch die dicht befahrenen Straßen, hupt da und dort, schimpft auch mal leise vor sich hin.

Giselles Hotel steht am Anfang der Rue de Louvois im zweiten Arrondissement.

»Hier findest du vor allem asiatische Restaurants. Auch asiatische Läden, koreanische, indische, japanische, chinesische …«, erklärt sie mir.

Groß und golden prangt am Eingang der Name des Hauses: GISELLE. Ansonsten ist das Hotel kein besonderer Lichtblick, bloß

ein Teil eines Straßenzugs, ein Teil eines Quartiers, wo man keine Touristen hinführt, außer sie wollen asiatisches Essen kosten.
»Gleich daneben ist die alte Nationalbibliothek. So kannst du dich gut orientieren«, meint Giselle. Das erklärt wohl auch, dass das ganze Hotel mit Büchern dekoriert ist. Viele Wände sind kaum mehr zu sehen vor lauter Büchern, die in unzähligen Regalen stehen. Sogar hinter der Rezeption stehen sie in Reih und Glied, und auch auf dem Weg zur Toilette hat es Bücher ohne Ende. Das Hotel könnte auch »Livres« heißen.
Ich bekomme meinen Schlüssel.
Giselle strahlt mich an und sagt: »Richte dich ein, erhole dich. Ich habe dir einen kleinen Imbiss und Wasser bereitstellen lassen. Um zwei holt dich Aline für eine kleine Führung ab. Sie ist eine Nichte von meinem Luc. Sie kostet dich fünfzig Euro. Ich schreibs dir auf die Rechnung.«
»Aline?«, frage ich konsterniert.
Giselle sieht die Enttäuschung in meinem Gesicht. Natürlich hatte ich mit ihrer Begleitung gerechnet.
Sie lacht mich aus: »Ach, Judith, du bist doch schon ein großes Mädchen … Ich muss arbeiten. Aber abends habe ich frei. Um sechs können wir uns hier an der Rezeption treffen.«
Und dann sitze ich auf dem Bett in meinem kleinen, aber feinen Hotelzimmer. Von einem riesigen Foto an der Wand schaut mich ein alter Mann an, der wohl in Frankreich ein bekannter Autor sein muss, denn man hat nicht einmal seinen Namen vermerkt. Er sitzt vor einer Schreibmaschine und grinst, als hätte er gerade einen großartigen Einfall gehabt.
Ich selber grinse gar nicht. Ich falle gerade ein wenig in mich zusammen. Was, wenn diese Parisreise doch eine Nummer zu groß ist für mich? Ich kann mir nicht vorstellen, allein durch diese Stadt zu flanieren. Sie ist schön, aber auch riesig. Sie schüchtert mich ein.

Ich reiße mich zusammen, packe meine Sachen aus, esse hungrig die belegten Baguettes, die Giselle für mich machen ließ. Eine Weile schaue ich aus dem Fenster und bin enttäuscht, weil es nichts zu sehen gibt außer der nächsten Hauswand und ein paar Dächern. Ich komme mir vor wie Johanna Spyris Heidi, das in Frankfurt überall Ausschau nach seinen Bergen hält. Ich wäre ja schon mit der Spitze des Eiffelturms zufrieden. Aber nein, da ist nichts.

Ich stelle den Wecker und schlafe eine Stunde tief und fest, trotz meiner Aufregung. Und vor allem trotz der Tatsache, dass ich ja auch schon die halbe Zugfahrt verschlafen habe. Offenbar habe ich Nachholbedarf.

Aline ist sehr jung, sehr hübsch und so modisch gekleidet, wie man es von einer Pariserin erwartet. Sie studiert Architektur, versichert mir aber, nicht nur über Gebäude zu reden. Sie spricht kein Deutsch, und das ist mir eigentlich recht. Ich will endlich meine Französischkenntnisse anwenden. Aline verspricht mir, langsam und in einfachen Worten zu reden. Dafür marschiert sie sehr zügig los in ihren teuren Louboutin-Sneakers, die sogar ich an der roten Sohle als solche erkennen kann. Wir durchqueren die Galerie Vivienne, eine wunderschöne, mit Glas überdachte Arkade, versteckt in einer Häuserreihe.

»Arkaden wie diese stellen eine für Paris typische architektonische Besonderheit dar«, beginnt nun Aline ihr Wissen mit mir zu teilen. »Wir haben rund zwanzig davon, und eine der ältesten stammt von 1799.«

Die Galerie Vivienne wurde 1823 erbaut und gilt als schützenswertes Denkmal. In den attraktiven Modeboutiquen, Feinkostläden, Teesalons, Buchhandlungen, die dort untergebracht sind, findet man alles, was das Herz begehrt. Aline weist auch auf die bunten

Bodenmosaike und das neoklassizistische Dekor hin. Sie plappert ohne Ende, wie ein wandelndes Lexikon, und ich habe große Mühe, alles zu verstehen. Vieles muss ich mir aus Bruchstücken zusammenreimen. Wenn es mir wichtig ist, frage ich nach.

Aber es macht mir Freude, mit ihr durch die Stadt zu marschieren, die nun ein wenig von ihrem Schrecken verliert. Plötzlich kann ich mir durchaus vorstellen, auch allein unterwegs zu sein, meine eigenen Entdeckungsreisen zu machen. Aline will mir jetzt aber noch Montmartre zeigen, das bezauberndste Viertel von Paris. Ich bin einverstanden, auch wenn mir langsam die Füße schmerzen.

Vom »Moulin Rouge« geht der Weg aufwärts, und bald schon stehen wir vor van Goghs ehemaligem Wohnort.

»Er war nicht so glücklich hier«, weiß Aline. »Die Stadt war ihm zu hektisch, die Streitereien unter den Malern frustrierten ihn. Als er Paris verließ, war er krank, unglücklich, fast ein Säufer, wie er selber schrieb. Aber er hatte viel gelernt.«

Aus einer Mappe zupft sie ihr Tablet und zeigt mir Bilder, die Vincent van Gogh genau hier gemalt hatte.

Im Garten des Square Jehan-Rictus stehe ich vor einer vierzig Quadratmeter großen Wand, der »Mur des je t'aime«. Das verstehe ich sofort: »Ich-liebe-dich-Mauer«. In zweihundertfünfzig Sprachen steht hier »ich liebe dich«. Oben rechts finde ich »Ich ha di gärn«. Pärchen stehen Schlange, um sich vor diesem Kunstwerk gemeinsam fotografieren zu lassen. Sie küssen sich, springen in die Luft, stehen Rücken an Rücken, umarmen sich. Es macht ihnen Spaß. Das verstehe ich gut. Wehmut erfüllt mein Herz. Hier hätte ich mich auch mit Guido fotografieren lassen. Ganz sicher.

»Möchtest du auch ein Foto?«, bietet meine Reiseleiterin mir an.

Ich schüttle traurig den Kopf. Aber Aline lässt mir keine Zeit für Schwermut. Es geht weiter. Sie zeigt mir, in einem kleinen Garten versteckt, die kopflose Statue von Saint-Denis, dem heiligen Dionysius, der erster Bischof von Paris war und der Legende nach in der Zeit der Christenverfolgungen auf dem Montmartre enthauptet wurde.

»Er marschierte mit dem Kopf unter dem Arm dorthin, wo er begraben werden wollte. Dort steht heute die Kathedrale von Saint-Denis. Auch sehr sehenswert.«

Gespannt höre ich Aline zu und frage mich, was ich mir am Schluss wohl merken kann.

Schließlich stehe ich vor dem zeitweiligen Wohnsitz von Pablo Picasso. Aline zeigt mir auf ihrem Tablet einige Bilder, die er gemalt hat.

»Er war damals so arm, dass er mit seinen eigenen Zeichnungen geheizt haben soll«, erzählt sie. »Er benützte sie auch als Zahlungsmittel.«

Ja, Aline hat es wirklich drauf, hat zu jeder Persönlichkeit eine Anekdote.

Auch am Haus der Sängerin und Schauspielerin Dalida ziehen wir vorbei und kommen etwas später zu einem kleinen, nach ihr benannten Platz, wo auch eine Büste von ihr steht.

»Sie nahm sich – gerade mal vierundfünfzig Jahre alt – 1987 mit Schlaftabletten das Leben. Zum Abschied schrieb sie den einzigen Satz: ›Das Leben ist mir unerträglich – vergebt mir.‹ Traurig, denn sie hatte ja unglaublich großen Erfolg – *partout dans le monde* –, hat Preise und Auszeichnungen gesammelt und weltweit über hundertvierzig Millionen Schallplatten verkauft.« Erstaunlich, wie Aline von dieser längst verstorbenen Diva schwärmt. »Schau dir mal das Youtube-Video von ›Paroles, paroles‹ an, in dem sie mit Alain Delon singt«, empfiehlt sie mir nun sogar, »*c'est magnifique!* Oder ein noch älteres: ›Come prima‹, von 1958: *Excellente!* In den Siebzigern war sie – warum auch immer – ein Idol der Schwulenszene. Auf jeden Fall war sie großartig.«

Dalida scheint selbst die jüngere Generation noch zu beeindrucken. Aline auf jeden Fall.

An der Rue Lepic kommen wir an einer der letzten Windmühlen von Paris vorbei – das Thema scheint Aline weniger zu interessieren, denn sie erklärt nur kurz und bündig: »Früher gab es hier viele davon.«

Auf einem kleinen Aussichtsplatz ruhen wir uns ein wenig aus, und ich mache Fotos von der Stadt. Aline knipst mich: Judith allein in Paris. Ich versuche, begeistert auszusehen. Eigentlich bin ich das auch. Beeindruckt auf jeden Fall.

Ich bin zwar langsam müde von all den Eindrücken, aber auch den kleinen Weinberg in der Rue des Saules ganz in der Nähe des Montmartre möchte ich mir gern noch anschauen.

»Es gibt nur wenig Pariser Wein«, weiß Aline zu berichten, als wir daran vorbeispazieren. »Er wird zugunsten von sozialen Projekten im Viertel verkauft.« Und Montmartre sei früher ein Dorf gewesen, erzählt sie beim Weitergehen. »Es wurde am 6. Juni 1859 eingemeindet und aufgrund der günstigen Mieten ein beliebter Wohnort für Künstler.«

Wir kommen Sacré-Cœur immer näher. Darauf freue ich mich richtig. Wer kennt es nicht: das Bild von der großen, bevölkerten Treppe vor der weißen Basilika im Zuckerbäckerstil? Hier liege einem Paris zu Füßen, habe ich gelesen. Auf den letzten Metern sehe ich ein herziges, einladendes Café-Restaurant, »La Maison Rose« an der Rue de l'Abreuvoir. Ich mache ein Foto davon. Hier möchte ich einmal sitzen und essen und schauen.

»Du als Schweizerin bist die Berge gewohnt. Für uns ist das hier unser Hausberg. Im Sommer komme ich gern hierher, weil es kühler ist und oft ein Windchen geht. Wir sind jetzt auf 140 Metern«, verkündet Aline, die übrigens erzählt hat, sie sei keine Pariserin, weil sie in einem Außenbezirk lebe. »Die Chance, in Paris eine

Pariserin zu treffen, ist sehr gering«, erklärt sie. »Meine Eltern sind zwar Franzosen, aber eben keine Pariser.« Die Pariser seien da ein wenig eigen.
Da fällt mir ein Satz ein, den ich in meinem Reiseführer entdeckt habe: »J'aime rien, je suis Parisien« – »Ich mag nichts, ich bin Pariser«. Das beschreibe exakt die Arroganz und die Überheblichkeit der Pariser – sie hätten überhaupt kein Interesse an anderen.
Dagegen wehrt sich Aline vehement, macht nur ein kleines Eingeständnis: »Was ganz bestimmt wahr ist – Pariser sind grundsätzlich zuerst einmal entschieden gegen alles Neue.«
Ich lache und antworte: »Dann sind sie uns Schweizern ja gar nicht so unähnlich.«
Aline wirkt überrascht.

17 Mitten im Loch

Endlich stehen wir da, wo ich schon immer stehen wollte: vor der Kirche Sacré-Cœur. Ich bin urplötzlich unglaublich glücklich. Ein Stück Traum ist soeben wahr geworden. Mein Herz klopft. Tausendmal habe ich mir Bilder von genau hier angeschaut. Und jetzt stehe ich mitten in diesem Bild. Aline macht ein paar Fotos von mir vor der Basilika. Sie hat nicht mehr viel Zeit, weiß aber noch einiges zu erzählen. Sie redet über die Architektur, während ich einfach atme und schaue und versuche, diesen Eindruck für alle Ewigkeit abzuspeichern. Alines Ausführungen kann ich ja später irgendwo nachlesen. Kein Problem. Warum die Fassade der Kathedrale immer so schön weiß bleibt, weiß ich ohnehin längst: Die beim Bau verwendeten Steine geben durch die Witterung Calcit

ab, und so entsteht das natürliche kreideartige Weiß, das nicht nur bei Sonnenschein leuchtet.
Bevor sich Aline verabschiedet, zeigt sie mir, wo Taxis stehen, die mich wieder ins Hotel bringen können, und warnt mich eindringlich davor, dass genau hier auf dieser Treppe sehr viel gestohlen werde. Ich solle gut auf mein Geld und insbesondere mein Handy aufpassen.
Gern stecke ich Aline ein großzügiges Trinkgeld zu. Ihre Louboutins müssen ja auch irgendwie finanziert werden. Wir geben uns die Hand.
»Merci bien«, sage ich nur, dankbar, aber froh, meinem Kopf nun eine kleine Pause gönnen zu können.
»Amuse-toi bien à Paris!«, wünscht sie mir und zieht von dannen.
Und dann bin ich allein.
Judith allein vor der Sacré-Cœur.
Oui, je m'amuse bien.
Ich bin ein wenig berauscht. Fast ehrfürchtig setze ich mich auf die berühmte Treppe und bin sofort nur noch eine von sehr, sehr vielen Touristinnen hier. Alle möglichen Sprachen werden gesprochen. Ich sitze und schaue und höre. Direkt vor mir haben sich zwei junge Straßenmusiker niedergelassen, der eine schlägt auf ein Cajón, der andere spielt Gitarre. Ihre Songs kennen viele der Touristen, und da und dort singen sie mit. Es herrscht ein unermüdliches Kommen und Gehen. 237 Stufen führen zur Sacré-Cœur, stand im Reiseführer. Von unten und von oben spazieren Touristen hinauf und hinunter, müssen sich teilweise einen Durchgang suchen oder gar erkämpfen zwischen all den Menschen, die hier sitzen.
Sie kommen aus der ganzen Welt. Man sieht es ihnen an, die Kleider könnten unterschiedlicher gar nicht sein. Durch die Sitzreihen streifen Männer und bieten Bierflaschen zum Kauf an. Der warme Nachmittag sorgt für einen guten Absatz. Aber eigentlich sitze ich

nicht hier, um Leute zu beobachten, denn die Aussicht auf die Stadt ist umwerfend. Eine endlose Stadt. Ein Häusermeer. Hier oben zeigt sich die wahre Größe von Paris, und gleichzeitig spürt man auch ihren Puls. Ja, diese Stadt lebt.

Ich glaube, ich könnte stundenlang hier sitzen. Warum auch nicht? Es ist meine Reise, meine Planung. Allerdings bin ich in einer Stunde mit Giselle verabredet. Macht nichts. Ich erkläre Sacré-Cœur zu meinem täglichen Ziel.

Und ich bleibe sitzen.

Und ich schaue.

Je m'amuse.

Natürlich mache ich auch mindestens zwanzig Fotos und stelle einige davon auf Facebook. Da werden meine Freunde staunen: Jetzt ist sie doch in Paris! Jetzt ist sie in das Loch in ihrer persönlichen Weltkarte gefallen! Röbi Koller werde ich später per Mail ein Foto ins Studio schicken.

Allein schon das Gefühl, hier zu sein, haut mich gerade fast um. Ich habe es getan!

Mitten in diesen schönen Moment hinein klingelt mein Handy. Es ist Giselle, die fragt, ob es mir gut gehe. Ich erkläre ihr, wie ich mich gerade fühle, und sie freut sich mit mir.

»Aber«, warnt sie mich, »pass auf dich auf – das ist ein gefährliches Pflaster da oben!« Und nachdem ich ihr das versprochen habe, meint sie: »Du kannst das Gefühl noch ein wenig genießen, denn ich muss heute Abend an der Rezeption aushelfen. Clarissa ist ausgefallen. Ihr Nasenbluten hört nicht auf. Ich habe sie zum Arzt geschickt. Ich schlage vor, dass wir uns morgen zum Frühstück treffen. Ist acht Uhr gut für dich?«

Ich bejahe, und schon ist Giselle wieder weg. Wow! So viel zu der versprochenen Superbetreuung! Aber natürlich bin ich ihr nicht böse, zumal ich gern noch ein wenig hier sitzen bleibe.

Und dann sehe ich ihn.
Er am Rande der Treppe, in der Hand eine Flasche Bier.
Total entspannt.
Nein! Natürlich nicht Guido.
Es ist Pierre aus Paris.
Oder Ennetbürgen oder was weiß ich.
Vraiment!
Vielleicht hat mein Kopf zu viel Sonne abgekriegt?
Doch, doch, er ist es: Pierre.
Mein Französischlehrer.
Der Mann, dem ich unlängst in Stans ein Glas Wasser ins Gesicht geschüttet habe.
Da steht er!
Allem Anschein nach völlig zufrieden mit sich und der Welt.
Offenbar genießt er – genau wie ich gerade – den Augenblick und den Ausblick. Ein schöner Mann, mit leicht angegrauten Schläfen, in Jeans und T-Shirt, die nackten Füße in Sandalen. Pierre weiß so viel über mich. Ich habe in den letzten Jahren viel Zeit mit ihm verbracht. Und am Ende war ich nur noch wütend auf ihn. Zu Unrecht? Ich habe ihn eindeutig Schweizerdeutsch reden gehört. Er hat mich auf jeden Fall veralbert mit seinem gebrochenen Deutsch und dem süßen Akzent. Aber wäre ich nicht schon von Guido so verletzt worden, hätte ich ihm möglicherweise die Chance gegeben, sich zu erklären. Stattdessen habe ich alle seine Kontaktversuche einfach abgeblockt, seine E-Mails blind gelöscht.
Ich horche in mich hinein und spüre keine Wut mehr auf ihn. Eigentlich bin ich vielmehr ein wenig neugierig. Niemals hätte ich ihn hier erwartet.
Kurz entschlossen stehe ich auf und gehe zu ihm rüber. Er träumt vor sich hin, wippt mit dem Fuß im Takt des Songs, der gerade gespielt wird.

Bob Marleys »One Love«.
Pierre sieht mich erst, als ich direkt vor ihm stehe.
Erschrocken zuckt er zusammen, entspannt sich dann aber und sagt: *»Quelle surprise! Judith! Quel plaisir de te voir ici!«*
Er reicht mir die Hand, die ich ergreife, auch wenn ich gleichzeitig sage: »Spar dir das Französisch. Sag mir lieber, wie du richtig heißt.«
»Ich bin Pierre aus Paris. *Vraiment!* Aber ich bin auch Peter aus Buochs.«
Wir stehen noch einen Moment lang da und hören dem Song zu, der uns beiden gefällt. Viele Leute singen mit. Die Atmosphäre hier ist sehr speziell.

One love
One heart
Let's join together and a-feel all right

»Du magst Bob Marley?«, fragt Pierre amüsiert, als auch ich ein paar Zeilen mitsinge.
»Du weißt offenbar doch noch nicht alles über mich!«, gebe ich zurück.
Er fragt, ob ich Lust auf einen Kaffee hätte, und verspricht: »Ich lade dich ein.«
Ich nicke, er hakt sich bei mir ein und führt mich ein paar hundert Meter weiter, wo wir vor einem Irish Pub mit dem Namen »La Virgule« an einem kleinen, runden Tisch in Korbstühlen Platz nehmen. Wir sitzen an der Rue de Chevalier de la Barre, wo es viele Geschäfte für Touristen gibt und Menschen in einem endlosen, bunten, fröhlichen Umzug an uns vorbeiziehen. Pierre bestellt eine Crêpe mit Konfitüre und einen Kaffee, was ich ihm gern gleichtue. Erst jetzt merke ich, dass ich Hunger habe.

»Also, erzähl jetzt: Warum bist du hier?«, drängt Pierre schließlich.
»Du zuerst!«, gebe ich den Ball zurück, noch immer ein klein wenig unversöhnlich.
Pierre meint: »Es ist eine lange Geschichte.«
Worauf wir beide lachen, und ich antworte: »Ich habe Zeit. Ich habe Ferien.«
Pierres Eltern haben sich früh scheiden lassen. Seine Mutter lebte in Paris, sein Vater in Buochs. Er sei total zerrissen aufgewachsen, habe mal da und mal dort gewohnt, sich hier und in der Schweiz zu Hause gefühlt, aber nirgendwo richtig Wurzeln geschlagen. In Buochs war er der komische Ausländerbub, in Paris der Bauernjunge aus der Schweiz.
»Meine Mutter ist Französin. Sie hat mich die Sprache gelehrt. Sie war Lehrerin mit Leidenschaft. Mein Vater hatte einen kleinen Bauernhof, dessen Erträge immer nur knapp zum Überleben reichten. Er war oft ganz froh, wenn er mich zwischendurch eine Weile nach Paris abschieben konnte. Außer im Sommer natürlich, da war meine Hilfe sehr gefragt.«
Wir bestellen uns beide noch eine Crêpe – die kleinen französischen Omeletts hier sind wirklich ein Gedicht und der Platz, an dem wir sitzen, mit all dem Kommen und Gehen vor unserer Nase extrem unterhaltsam.
»Und dann?«, frage ich nach einer Weile.
»Ich lebe immer noch da und dort. In Buochs habe ich eine Einzimmerwohnung in dem Bauernhaus, das ich geerbt habe – mein Vater lebt nicht mehr. Ich habe es zu einem Mehrfamilienhaus im Grünen umgebaut, mit Blick auf den Vierwaldstättersee. Hier in Paris habe ich ein Zimmer bei meiner Mutter, die sich immer freut, wenn sie Gesellschaft hat. Ich habe Freunde da und dort.«
Neugierig frage ich weiter: »Und wovon lebst du? Was hast du gelernt?«

Pierre wird ein wenig verlegen und erklärt dann: »Ganz ehrlich, ich habe alle möglichen Französischdiplome, aber nichts studiert und nichts anderes gelernt. Darum ist mir mein Job als Online-Sprachlehrer so wichtig. Ich kann von überallher unterrichten. Und man hat mich natürlich als Pierre aus Paris engagiert, nicht als Peter aus Buochs. Ich bin zeitweise sehr gut ausgebucht, habe Französischschüler aus der Schweiz, Deutschland und Österreich. Das macht mir Spaß. Inzwischen habe ich auch ein paar wenige Schüler aus Frankreich, die bei mir Deutsch lernen.«
Er sei ein unruhiger Geist. Keine Frau halte es lange mit ihm aus. Mit fünfzig müsse er sich jetzt aber langsam mal irgendwo irgendwie festlegen, zur Ruhe kommen – meine zumindest seine besorgte Mutter. Er jedoch denke, dass es dafür zu spät sei. Im Übrigen gefalle ihm sein Leben, so wie es sei.
Sehr vertraut sitzen wir da. Irgendwie kann ich es selber nicht richtig fassen. Pierre hört sich jetzt mit großem Interesse meine Geschichte an, zumindest den Teil, den er noch nicht kennt. Er hört aufmerksam zu, er leidet mit, er regt sich für mich auf. Fürsorglich reicht er mir ein Taschentuch, als mir einmal plötzlich die Tränen kommen.
»Du wirst dich doch nicht mit deinem Guido versöhnen? Nein, bitte sag, dass du nicht darüber nachdenkst!«, sagt er schließlich eindringlich.
»Versöhnen vielleicht schon. Aber wir werden nie mehr ein Paar werden.«
»Gut so, Judith! Lass dich nicht von anderen beeinflussen. Du hast einen Besseren verdient.«
Ich lächle in mich hinein, weil er mich ja auch gerade beeinflussen will. Aber ich habe in dieser Angelegenheit ohnehin längst meine Entscheidung getroffen. Wie Giselle gesagt hat: Ich bin ein großes Mädchen. Ich kann das.

Das Gespräch tut gut. Nie im Leben – sozusagen *jamais* – hätte ich gedacht, hier in Paris einen Menschen zu treffen, mit dem ich über alles reden, dem ich mein Herz öffnen kann. Irgendwann gehen wir zum Rotwein über und trinken auf unsere soeben beschlossene Freundschaft. Fast könnte man einen Song daraus machen oder ein Gedicht schreiben.

I have a friend in Paris.

J'ai un ami à Paris.

Mir wird warm ums Herz. Ich bin in Paris, und ich weiß, ich werde wiederkommen. Da ist jetzt definitiv kein Loch mehr in meiner persönlichen Weltkarte. Vielmehr eine liebevoll markierte Stelle.

Giselle hat schon zweimal angerufen. Ich habe ihr nur in einer SMS geantwortet, dass ich einen Bekannten getroffen habe und mich nun sehr gut amüsiere – ganz genau so, wie mir das meine Reiseleiterin Aline verordnet habe.

18 »Unentrinnbar und quälend«

Kurz vor Mitternacht trennen wir uns. Pierre hat irgendwo sein Fahrrad stehen und verabschiedet sich mit dem Versprechen, mich am nächsten Abend ins »Maison Rose« auszuführen, von dem ich ihm erzählt hatte, weil es mir von außen so gut gefallen hat.

»Meist sind die Lokale, die an den Touristenwegen liegen und rosarot bemalt sind, nicht die besten«, warnt er mich eindringlich. »Ich war da jedenfalls noch nie«, sagt er, als wäre das ein vernichtendes Werturteil.

Ich verspreche ihm, mich nicht zu beschweren, sollte das Essen schlecht sein. Ich möchte einfach mal dort sitzen.
»Touristen!«, schimpft er lächelnd.
Ein Taxi bringt mich sicher ins Hotel zurück.

Das Frühstück am nächsten Morgen verbringe ich mit Giselle, die jetzt viel Zeit für mich hat. Drei Stunden sitzen wir da und reden, reden, reden. Wir haben uns wirklich lange nicht mehr gesehen, und es gibt unendlich viel Gesprächsstoff. Auch ehemalige Mitschüler und Lehrer müssen noch einmal besprochen werden. Und unsere Leben lassen sich sowieso nicht in ein paar wenigen Sätzen zusammenfassen. Leider lerne ich Luc nicht kennen. Giselles Mann ist in Grenoble an einem Seminar zum Thema digitales Marketing.
»Das sind seine Auszeiten«, sagt sie mit einem Lächeln. »Er ist im Vorstand eines Hotelierverbands, und in Grenoble geht es vor allem darum, Kontakte zu knüpfen. Netzwerken ist ganz sein Ding.« Ihre eigenen Auszeiten seien kurze Reisen in die Schweiz oder mal ans Meer.
Es scheint, dass die beiden ihr Leben im Griff haben und glücklich sind.
»Unsere Töchter sind beide in der Hotelbranche tätig und werden den Betrieb wohl eines Tages gemeinsam übernehmen«, erzählt Giselle weiter. »Darüber sind wir froh. So macht alles irgendwie Sinn. Aber manchmal – ich will ja nicht klagen – ist es schon ein harter Job, ohne Pausen, ohne feste Arbeitszeiten.«
Giselle sieht allerdings nicht müde aus, sondern wirkt sehr zufrieden mit dem, was sie hat, tut und lebt.
»Ja, ich bin glücklich«, bestätigt sie. Und dann entschuldigt sie sich dafür, weil ich ja zurzeit eher weniger Glück hätte und sie mich nicht verletzen wolle.

Da muss ich dann entschieden dagegenhalten: »Ich freue mich über jeden, der glücklich ist. Irgendwann werde ich es auch wieder sein.«
»Vielleicht mit Pierre aus Paris?«, neckt sie mich.
»Neiiin! Pierre ist nur ein Freund. Und mein Französischlehrer.«
»Freunde und Französischlehrer sind auch nur Männer«, murmelt Giselle nur, wechselt dann aber schnell das Thema, bevor ich widersprechen kann: »Was hast du heute vor?«
Ich schaue sie fragend an. Tatsächlich dachte ich, wir würden den Tag zusammen verbringen.
»Nein, nein, mit mir kannst du heute nicht rechnen. Und den Abend hast du ja sowieso schon verplant. Deine Aufgabe für heute lautet: Du eroberst den Eiffelturm. Ganz allein. Das ist gut für dein Ego.«
»Oh!«
»Jawoll!« Sie beruhigt mich: »*Ce n'est pas un problème!* Den kannst du nun wirklich nicht verfehlen. Du gehst nach links bis zur Seine, über die Fußgängerbrücke und dann immer am Seineufer entlang, bis zum – Eiffelturm. Das ist zwar ein langer Fußmarsch, aber er wird dir gefallen. Versprochen. Du brauchst bloß eine Stunde.«
Dann erklärt mir Giselle stolz, dass das Seineufer Weltkulturerbe der Unesco sei, der Fluss die Pariser Wasserversorgung. »Die Wasserqualität hat sich so verbessert, dass inzwischen wieder über dreißig Fischarten darin herumschwimmen, sogar Lachse.«
Ich lache: »Das habe ich doch alles längst gelesen.«
»Gut, dann sage ich halt nichts mehr«, sagt Giselle gespielt eingeschnappt. »Aber ich will stündlich ein Lebenszeichen von dir!«
Sie muss heute ein paar Personalgespräche führen und erklärt: »Wenn man Probleme im Team nicht sofort ausmerzt, werden sie riesengroß. Und Luc überlässt heikle Gespräche immer gern mir. Er sagt, ich könne das besser, was vielleicht sogar stimmt.«

»Problemgespräche?«, sage ich nur. »Da marschiere ich doch lieber mutterseelenallein durch die Großstadt.«
Giselle amüsiert sich über meinen Ausdruck: »Ich kann mich nicht erinnern, wann ich in Paris jemals mutterseelenallein irgendwo gewesen wäre. *Toute seule?* Manchmal wünschte ich es mir. Aber du wirst immer viel Gesellschaft haben, liebe Judith. Hundertschaften, sozusagen.«
Wir umarmen uns, und sie sagt: »Husch, husch, hinaus ins Leben!«

Ich freue mich auf den langen Fußmarsch, und auf der pittoresken Fußgängerbrücke Pont des Arts, die mich über die Seine führt, genieße ich bewusst jeden einzelnen Schritt. Und als ich erstmals von weit, weit weg den Eiffelturm erspähe, so klein, dass er auf meinen Fotos, die ich mit dem Handy mache, praktisch nicht sichtbar ist, wandere ich so leichtfüßig vorwärts, als hätte er eine magische Anziehungskraft. Je näher ich dem Turm komme, umso mehr Fotos mache ich und umso mehr Gesellschaft habe ich. Hundertschaften, wie Giselle mir voraussagte. Der Turm scheint wie ein Magnet zu wirken. Sie kommen aus allen Richtungen, wie bei einer Sternwanderung.
Und dann stehe ich davor. Wie abertausende andere Touristen vor und nach mir auch. Trotzdem ist das ganz allein mein Moment. Mein Turm. Ich bin richtig ergriffen, habe Tränen in den Augen. Ja, ich denke an Guido, und es macht mich traurig, dass ich alles ohne ihn erleben muss. Es macht mich traurig, wenn ich daran denke, dass auch er traurig ist. Dass unser Ehedrama völlig umsonst war. Am Ende sind wir beide einsame Verlierer. Ich hatte mir in meinen Paris-Träumen immer vorgestellt, wie Guido und ich Selfies vor diesem Turm machen, auf denen wir uns zärtlich küssen, fröhlich umarmen. Diese Fotos wollte ich dann stolz überall herumschicken.

Jetzt ist es halt anders.
Ganz anders.
Es gibt nur noch wenige Zugänge zum direkten Gelände rund um den Eiffelturm. Ich muss anstehen, und es wird kontrolliert, ob ich vielleicht eine Bombe im Gepäck habe. Man hat Angst vor einem terroristischen Anschlag. Dafür wäre dieser Turm natürlich schon ein symbolträchtiges Ziel.
Ich lasse mich von der Masse treiben und stehe endlich direkt unter dem Eiffelturm. Das ist ein besonderer Moment. Ein Höhepunkt. Ich atme tief ein und sauge das Erlebnis in mich ein. Eine über dreihundert Meter hohe Eisen-Stahl-Konstruktion mit einem Gesamtgewicht von zehntausend Tonnen türmt sich über mir auf, ich bin nur noch ein Winzling. Ein sehr beeindruckter Winzling. Ich schrumpfe geradezu unter diesem gigantischen Turm. Ich bin ergriffen, glücklich, aufgeregt. So viel habe ich schon über dieses grandiose Bauwerk gelesen, so oft davon geträumt, es unzählige Male auf Fotografien und Bildern bewundert – und jetzt bin ich hier. Ich mache viele Selfies und schicke sie sofort hinaus in die Welt.
Als der Turm zur Weltausstellung 1889 eröffnet wurde, protestierten die Pariser heftig gegen den Eisenkoloss. Genau wie Aline gesagt hat: Die Pariser sind zuerst einmal gegen alles Neue. Dreihundert Künstler und Intellektuelle schrieben einen offenen Brief und beschimpften das Kunstwerk als nutzlos und monströs. Der wohl hartnäckigste Eiffelturm-Gegner war der Schriftsteller Guy de Maupassant. Er schrieb, er speise am liebsten im Restaurant im Turm, weil man nur dort vom Anblick desselben verschont werde. Und er erklärte, dass er Paris und sogar Frankreich wegen des Eiffelturms verlassen habe. Nicht genug, dass man den Turm von überall sehe, er sei auch noch in jedem erdenklichen Material erhältlich, in jedem Schaufenster ausgestellt. Das sei »ein unentrinn-

bares, quälendes Albdrücken«. Heute sieht man den Eiffelturm nicht mehr von überallher. Es gibt viel zu viele andere hohe Bauwerke.
Das Urteil eines anderen berühmten Franzosen ist aber auch zu erwähnen, das des Schriftstellers und Malers Émile Zola. Er fand für den Eiffelturm eine Bezeichnung, die mir trotz allem irgendwie liebenswert scheint: gelöcherte Giraffe.
Ich habe viel über den Eiffelturm gelesen, auch einen spannenden Roman von Claude Cueni. Sein Buch erzählt die Geschichte zweier Freunde, die im ständigen Wettstreit um das größte Bauwerk der Welt zu Rivalen wurden: Gustave Eiffel, der den Eiffelturm erbaute, und Frédéric Bartholdi, dem wir die Freiheitsstatue in New York verdanken. Aber irgendwie haben alle historischen Hintergründe, Zahlen und Fakten gerade keine Bedeutung mehr, weil ich hier und jetzt dastehe und diesen Moment – für mich ganz allein – als sehr bedeutungsvoll empfinde.
Ich bin allein hier.
Ich kann alles allein schaffen.
Es ist, als würde die Größe und Stärke des Eiffelturms auf mich abfärben. Gerade denke ich, ich könnte auch auf den Mond reisen, wenn ich das wollte, und auch das allein.
Ich stehe da und atme.
Ein und aus.
Irgendwann mache ich noch gefühlte hundert Fotos, mit denen ich Bärbel, Pierre und mein Facebook-Konto beglücke. Dann kaufe ich im Souvenirshop ein paar überteuerte Erinnerungen. Das gehört einfach dazu. Auf den Turm hinauf will ich nicht, weder zu Fuß noch mit dem Lift. Die überlangen Menschenschlangen halten mich davon ab. Ich lasse mich lieber mit dem Taxi ins Hotel zurückfahren, wo ich mich kurz hinlegen will, aber sofort erschöpft einschlafe.

Zu viel Großstadt.
Zu viel Rummel.
Zu viele Eindrücke.
Zu viele Menschen.

19 Freunde sind auch nur Männer

Dank meiner inneren Uhr stehe ich dann doch rechtzeitig vor dem »Maison Rose«. Pierre winkt schon, als ich aus dem Taxi steige. Ich habe mein schönstes Kleid angezogen, das luftige in verschiedenen Blautönen, und ich fühle mich fast wie eine Pariserin, weil ich auch die passenden Schuhe dazu trage, also heute einmal durchaus vorzeigbar bin. Pierre hat für uns einen schönen Tisch an der Hauswand erobert.
Er fragt grinsend: »Grüner Tisch, grüne Stühle, grüne Fensterläden … das ist also dein Geschmack?«
Ich ignoriere diese spöttische Bemerkung. Immerhin hat man ja das Haus total rosarot gestrichen. Die ganze Häuserzeile ist wirklich pittoresk. Sie wird ja auch immer wieder fotografiert und wurde schon auf unzähligen Bildern von hochkarätigen Malern festgehalten. Das kleine Eckhaus steht vor einem größeren Bauwerk, das fast völlig mit grünen Kletterpflanzen zugewachsen ist. Ein Traum! In den Bäumen gegenüber rauscht ein sanftes Lüftchen. Nur ab und zu rumpeln ein paar einzelne Autos über das historische Kopfsteinpflaster. Mir gefällt es hier definitiv. Wenn Pierre den besonderen Charme dieser Ecke hier nicht erkennen kann, tut er mir leid.

»Picasso, Aznavour, Piaf, Camus – alle waren hier. Das habe ich während der Taxifahrt gegoogelt«, sage ich.
»Vielleicht kamen sie aber alle nach dem ersten Mal nie wieder, wer weiß …«, lacht mich Pierre aus.
Zu meinem großen Bedauern wird es schnell ungemütlich vor meinem Traumhaus. Das sanfte Lüftchen wird zum aufdringlichen Wind, ich beginne in meinem Kleidchen zu frieren, Papierservietten fliegen durch die Luft, Gläser fallen um … Schade.
»Was hältst du davon, wenn wir nur den Apéro hier trinken und dann halt doch woanders essen, an einem Ort, wo es so richtig gut schmeckt und warm ist?«
Da der Kellner schon erklärt hat, die Innenplätze seien bereits reserviert, stimme ich seinem Vorschlag schweren Herzens zu. Immerhin durfte ich hier ein Glas Wein trinken, hier, wo Picasso und Piaf schon saßen, weil sie vielleicht genau wie ich dem Charme dieser Ecke erlagen.
Wir spazieren dann durch die Stadt, und vor einer riesigen, verschnörkelten Häuserzeile, von denen es hier so viele gibt, kramt Pierre seinen Schlüssel aus der Hosentasche.
»Wir gehen zu dir?«, frage ich völlig konsterniert.
»Ja. Keine Sorge. Meine Mama wird auch da sein. Ich habe ja in Buochs eine eigene Wohnung. Hier haben wir gerade eine WG, vorübergehend, weil mir mein Studio gekündigt wurde. Aber das hat auch seine Vorteile: Mama hat heute Mittag ein großartiges Hühnerfrikassee gekocht. Wir werden uns die Reste aufwärmen und ein Glas Wein trinken. Komm schon! Sei kein Frosch!«
»Ich bin kein Frosch«, erwidere ich heftig. »Ich bitte dich! Ein Frosch! Das hat noch nie jemand zu mir gesagt. Ich bin alles andere als … Aber ich fühle mich gerade etwas überfahren.«
»Schon gut. Atme zweimal ruhig durch. Es wird nichts passieren.«
Ich antworte nur: »Quak!«

Hatte nicht Giselle gewarnt, dass Freunde und Französischlehrer auch nur Männer seien? Nun, ich gehe mit. Widerwillig. Vorsichtig. Sozusagen auf der Hut.
Pierres Mutter ist ein echter Sonnenschein. Sie kriegt sich fast nicht mehr ein, weil ihr Sohn eine Frau mit nach Hause bringt. Monique, so stellt sie sich mir vor, ist eine große, schmale Madame mit kurzen, grauen Haaren.
Ganz aufgeregt fragt sie: »Ihr wollt mein Frikassee essen? Die ganze Stadt ist voller großartiger Restaurants, und ihr kommt zu mir? *Je suis étonnée.*«
Sie schüttelt den Kopf und macht sich in ihrer winzigen Küche sofort ans Aufwärmen des Huhns. Pierre zeigt mir die Wohnung, die einem Puppenhaus gleichkommt. Das Badezimmer erinnert mich an eine Flugzeugtoilette.
Pierre lacht: »Willkommen in Paris. Hier haben nur die allerwenigsten eine geräumige Wohnung. Ich weiß, in der Schweiz haben alle viel Platz. Hier nicht. Die meisten wohnen eher beengt. Darum muss man viel raus, setzt sich gern in die Straßencafés, ist vielleicht auch geselliger und trifft sich viel mehr mit Freunden.« Das Schlimme am Ganzen sei, dass diese Miniappartements genauso viel kosten würden wie die großräumigen Schweizer Wohnungen.
»Man lernt, sich nur mit dem Wesentlichen zu umgeben. Das ist gar nicht so schlecht«, kommentiert Monique seine Ausführungen.
Pierre bestätigt: »Papa hatte in Buochs alles gesammelt und aufgehoben. Sein Haus war richtiggehend zugemüllt, als er starb. Das ist eine schlechte Angewohnheit, die man sich nur leisten kann, wenn man zu viel Platz hat.«
Monique hat schon den Tisch gedeckt und Wein in die Gläser gefüllt und sagt nun mit erhobenem Zeigefinger gespielt ernst: »Heute lernst du wieder zwei Wörter, ›*fricassée*‹ kommt nämlich von ›*frire*‹, braten, und ›*cassé*‹, gebrochen.«

Ich bedanke mich für ihren Hinweis und vergesse dann alles sofort wieder, weil das Essen so ausgezeichnet schmeckt. Die sämige Sauce ist ein Gedicht, das Fleisch so zart, dass man die Zähne kaum bemühen muss. Dazu gibt es ein Baguette, das knusprige, weiße Brot, das die Pariser fast ausschließlich essen, wie Monique erklärt. »Es gibt regelmäßig Wettbewerbe. Wir wissen immer, wo es preisgekrönte Baguettes zu kaufen gibt.«
Wir plaudern über dies und das, und irgendwann sagt sie: »Sie wissen schon, dass Pierre noch nie eine Frau mit in diese Wohnung gebracht hat?«
Pierre verschluckt sich und muss furchtbar husten.
»Mama!«, protestiert er.
Ich werde ganz verlegen. Hört sie schon die Hochzeitsglocken läuten? Zumindest fragt sie mich hemmungslos aus. Sie will alles von mir wissen. Pierre versucht immer wieder, seine Mutter zu bremsen. Ich aber lache nur und beantworte all ihre Fragen. Die Situation ist ziemlich schräg.
Plötzlich läuft im Radio mein Lied.

Ça va pas changer le monde
Ça va pas le déranger
Il est comme avant, le monde
C'est toi seule qui as changé

Ich zucke kurz zusammen. Pierre schaut mich betreten an. Aber Monique dreht das Radio lauter und singt unbefangen mit, während sie den Tisch abräumt. Wir haben das wunderbare Frikassee aufgegessen, bis auf den allerletzten Rest.
Beim gemeinsamen Kaffee schaut Monique uns abwechselnd an, mustert uns geradezu herausfordernd. Pierre lächelt jetzt gequält. Er fühlt sich sichtlich unwohl.

»Mama, du weißt schon: Judith ist meine Schülerin, eine Freundin, mehr nicht«, betont er einmal mehr.
»Stimmt«, sage ich, »und ich reise bald wieder ab.«
Mit einer lockeren Handbewegung wischt Monique unsere Worte beiseite und meint: »Schon gut. Wir werden sehen.«
Es klingt, als wüsste sie mehr als wir.
Ich horche in mich hinein. Ich finde, Pierre ist nett und gut aussehend und – sympathisch. Aber das wars dann eigentlich schon. Hat er irgendwelche Absichten? Will er mehr?
Wenn, dann hat er es bisher jedenfalls gut versteckt. Und so soll es bitte auch bleiben.
»Was hast du denn morgen noch vor in Paris?«, will Pierre wissen, nachdem sich seine Mutter diskret in ihr Schlafzimmer zurückgezogen hat, allerdings nicht, bevor sie uns noch zwei Kerzen auf den Tisch gestellt hat.
»Das weiß ich noch nicht. Ich könnte einen Bummel auf den Champs-Élysées machen oder einen Besuch im Louvre, den Arc de Triomphe fotografieren, schauen, was von der Kathedrale Notre-Dame noch übrig geblieben ist, auf der Place du Tertre den Malern zuschauen, das Quartier Latin besuchen, eine Schifffahrt auf der Seine machen, vielleicht auch eine Busfahrt durch die Stadt, die Galeries Lafayette sollen eines der coolsten Kaufhäuser sein …«
Pierre lacht laut und meint: »Das ist zu viel Programm. Viel zu viel. Du wirst noch einige Male nach Paris kommen müssen, um wirklich alles zu sehen. Weniger ist auf jeden Fall mehr. Du willst doch nicht herumhetzen, sondern genießen, erleben, spüren, *n'est-ce pas*? Du musst doch auch mal ein Stündchen in einem Café sitzen können und dich erholen.«
Er kennt mich schon sehr gut.
Dann kommt sein Vorschlag: »Auch wenn dir das ein wenig sehr touristisch vorkommt – aber du bist ja schließlich eine Touristin –,

schlage ich dir bei diesem grandiosen Wetter eine Busfahrt vor. Es gibt eine große Stadtrundfahrt, du kannst ganz in der Nähe deines Hotels einsteigen, und dann fährst du zwei Stunden gemütlich durch die Stadt. Wenn du dir einen Platz auf dem Dach ergatterst, wirst du viel Spaß haben. Garantiert. Und du kannst jederzeit ein- und aussteigen.«

Ich nicke. Der Vorschlag gefällt mir. Davon habe ich auch schon gelesen.

»Über Kopfhörer kannst du dir alle möglichen Infos zu den jeweiligen Sehenswürdigkeiten anhören. Und es gibt wirklich viel zu sehen.« Er selber müsse arbeiten, sagt er, fügt dann aber hinzu: »Ich hätte große Lust, dich am Abend wieder zu treffen, wenn du magst.«

»Auf den Stufen von Sacré-Cœur? Dort will ich meinen letzten Abend verbringen«, sage ich schnell.

Pierre ist einverstanden: »Gut. Ich werde um sechs dort sein.«

Als wir uns am Taxistand verabschieden, umarmen wir uns. Pierre hält mich eine Weile fest. Noch fester. Und ich, ich lasse mich ein bisschen fallen. Nur ein wenig, weil es irgendwie guttut. Dann lösen wir uns voneinander, und ich flüchte ins Taxi, bevor ich irgendetwas tue, was ich dann auf jeden Fall bereuen würde … bevor ich irgendwelche irritierenden Gefühle aufkommen lasse.

20 Verliebt

Ich frühstücke wieder lange und ausgiebig mit Giselle. Sie erzählt mir von ihren Personalproblemen, die sie nun möglicherweise gelöst hat. Sie scheint da ganz in ihrem Element zu sein.

»Wenn du ein Hotel führst, ist kein Tag wie der andere. Es ist ein Irrenhaus. *Une maison de fous!* Immer Action. Ständiges Krisenmanagement. Wenn das Team mal harmoniert, spielen bestimmt die Gäste verrückt – oder in der Haustechnik ist der Wurm drin. Das allerdings macht den Job auch spannend. Ich möchte nichts anderes machen.«

Sie erzählt das mit strahlenden Augen, und ich glaube ihr jedes Wort.

Aber jetzt ist Giselle neugierig.

»Und, wie wars oben auf dem Eiffelturm?«

»Ich war nicht oben.«

»Nicht oben? Du wirst es nicht glauben: Ich auch noch nie!«

»Das ist wirklich kaum zu glauben.«

»Ach, ich habe Freunde, die sind in München aufgewachsen und waren noch nie im Hofbräuhaus. Ich empfehle meinen Gästen immer das 210 Meter hohe Bürohaus Tour Montparnasse. Ein Hochhaus mit Restaurant im 56. Stockwerk und einer unvergleichlichen Aussichtsplattform im 59. Stock. Von da aus sieht man dann nicht nur die Stadt, sondern halt auch den Eiffelturm.«

Ich erzähle ihr, dass ich vom Tour Montparnasse gehört hätte, dass seine Besichtigung – samt romantischem Dinner – sogar auf der To-do-Liste stand. Der To-do-Liste des Reisebüros Reisefreund, mit dem ich die Reise für Guido und mich geplant hatte. Dann erzähle ich, wie mich der Eiffelturm auch von unten beeindruckt und berührt hat.

Dann sage ich es: »Ich habe mich verliebt.« Ich lächle und füge nach einer Kunstpause, die Giselle zum Glück nicht unterbricht, an: »In Paris.«

»Und was ist mit diesem Pierre?«

»Er ist extrem – nun – nett.«

»Schade. *Dommage.* Ich hoffte auf mehr. Dann hätte ich dich öfter hier in Paris zu Gast.«

»Das kannst du auch so haben. Jetzt, wo ich weiß, wie schnell man hier ist, wie schön die Stadt und welches Hotel das schönste ist, werde ich sicher bald wiederkommen.«

Sie freut sich über mein Kompliment.

Wir plaudern noch lange und wärmen unsere Freundschaft auf. Giselle ist bezaubernd. Sie ist eine kleine Französin geworden, mit viel Charme und Ausstrahlung. Eine starke, selbstbewusste Frau, die ihren Platz gefunden hat, ausgerechnet hier, in dieser Millionenstadt.

Später steige ich an der Avenue de Opéra in den blau-weiß-roten Bus, der mich durch die Stadt führen wird. Ich finde problemlos einen Platz auf dem Dach und freue mich riesig auf die Ausfahrt. Wir fahren am Louvre entlang, überqueren vor der Kathedrale Notre-Dame die Brücke. Der kleine Mann in meinem Ohr kommt mit der Würdigung aller Sehenswürdigkeiten kaum mit. Paläste, Museen, Parks, in endloser Reihenfolge.

Auf der Place de la Concorde fahren wir um den Obelisken von Luxor herum. Der rund 230 Tonnen schwere und 23,5 Meter hohe Granit-Monolith stand bis 1831 im Tempel von Luxor. Das Geschenk, das der damalige Vizekönig von Ägypten Muhammad Ali

Pascha dem französischen König Louis Philippe machte, war sage und schreibe drei Jahre lang unterwegs, bis es endlich hier in Paris ankam. Ja, solche Infos werden mir ins Ohr geflüstert.

Was für eine spannende Fahrt!

Endlich sehe ich auch die Avenue des Champs-Élysées. Dort stehen wir eine Weile im Stau, und so habe ich Zeit, die Auslagen in den Schaufenstern der edlen Boutiquen zu betrachten.

Endlich fahren wir um den knapp fünfzig Meter hohen Triumphbogen herum. Unter dem Bogen ist das Grabmal des unbekannten Soldaten aus dem Ersten Weltkrieg – im Gedenken an die unzähligen Toten, die nie identifiziert wurden. Heute noch finden dort regelmäßig Kranzniederlegungen und Ehrungen statt. Ein imposantes Bauwerk voller Reliefs und Inschriften.

Später, beim pompösen Palais du Trocadéro, mache ich – vom Bus aus – Selfies. Hier, auf der etwas erhöht liegenden Esplanade, hat man die absolut perfekte Sicht auf den Eiffelturm. Die Gärten des Trocadéro sind bekannt für ihre Teiche und Skulpturen, und sogar ein Aquarium findet man hier.

Überall könnte ich aussteigen und würde ich gern verweilen.

Wirklich überall.

Nun umkreisen wir den Eiffelturm, fahren am Hôtel des Invalides vorbei, der Grabstätte von Kaiser Napoleon I., fahren dann über eine Brücke und wieder am Obelisken vorbei.

Ich genieße jeden Meter dieser Rundfahrt. Nach rund zwei Stunden steige ich glücklich aus. Keine Sekunde hat mir jemand an meiner Seite gefehlt. Kein Guido. Kein Pierre. Keine Giselle. Ich habe gebadet in dieser Stadt, mich von ihrer Schönheit völlig einnehmen lassen. Es war, als hätte ich mir einen Film angeschaut, allerdings mit Wind im Haar, mit Gerüchen in der Nase, mit Sonne auf meinem Gesicht, also eher so, als hätte ich in einem interessanten, lehrreichen und faszinierenden Film mitgespielt.

Sehr zufrieden lasse ich mich nun ein wenig treiben, flaniere einfach durch die Straßen. Keine Gasse ist mir zu eng oder zu bevölkert. Irgendwann weiß ich überhaupt nicht mehr, wo ich bin, aber das ist mir egal. In einem kleinen Geschäft irgendwo kaufe ich ein Parfüm von Yves Saint-Laurent mit dem Namen Paris, auch wenn mir der Duft eigentlich zu süß ist.
Dann führt mich der Hunger in irgendein Restaurant, ich suche mir einen schönen Platz und finde beim Studieren der riesigen Speisekarte unter der Rubrik »Essen wie bei Großmutter« folgendes Menü: *»Tête de veau roulée sur sa langue«*. Ich kann es nicht recht glauben und nutze mein Handy als Übersetzungshilfe. Kalbskopf, eingewickelt in seine Zunge? Nein, das ist mir dann doch zu deftig, ich entscheide mich für eine Bouillabaisse, einen Fischeintopf, serviert mit frischem Baguette.
Irgendwann kann ich dann einfach nicht mehr. Meine Füße tun weh, mein Schädel brummt. Ich bin müde. Von einem Taxi lasse ich mich noch einmal zur Sacré-Cœur fahren, und diesmal trete ich ein in die wunderschöne Kathedrale, setze mich auf eine Bank und schaue.
Kein Wunder, ist das der Ort in Paris, der am zweitmeisten besucht wird. Hoch über dem Altar leuchtet ein buntes Mosaik von der Kuppel in den sonst eher dunklen Raum. Es wirkt ein wenig überirdisch, fast wie ein Stück Himmel. Mit seinen 475 Quadratmetern ist es eines der größten Mosaike der Welt. Christus mit weit geöffneten Armen. Sein goldenes Herz, das von einem Dornenkranz umringt ist, strahlt in alle Richtungen. Seine Arme hat er weit ausgebreitet.
Ich sitze und spüre und fühle. Es gibt Momente und Eindrücke, die möchte ich ganz tief drinnen abspeichern, für immer. Dies ist so einer. Ja, ich bin müde, aber auch sehr glücklich. Ich habe so viel erlebt und gesehen, kann es fast nicht richtig verarbeiten, bin

einfach nur dankbar für all die Eindrücke, die ich mit nach Hause nehmen darf.

Ich falte meine Hände und danke diesem Christus mit dem goldenen Herzen für die Erkenntnisse, die ich auf dieser Minireise gewonnen habe: Ich kann es tatsächlich auch allein. Wenn es denn sein muss. Alles.

Eigentlich wusste ich das schon immer.

Aber ich musste es mir noch nie wirklich beweisen.

Und habe es in letzter Zeit fast vergessen.

Jetzt habe ich diese Zuversicht wieder ausgegraben.

Ich bleibe eine Weile auf »meiner« Bank sitzen und erhole mich von dem langen Tag. Nachdem zwei Touristengruppen, die rücksichtslos herumalberten, als wäre hier eine Festwirtschaft, von ihren Reiseleitern wieder hinausgeführt worden sind, breitet sich eine friedvolle Stille aus. Ich sitze da, völlig in mich versunken, hänge meinen Gedanken nach. Dabei vergesse ich buchstäblich alles um mich herum, Zeit und Raum.

Bis ich aufschrecke, weil mich jemand an der Schulter berührt und mir ins Ohr zischt: »Waren wir denn nicht auf der Treppe verabredet?«

»Pierre!«

»Du hast mich vergessen?« Gespielt beleidigt verzieht er sein Gesicht.

»Ich habe unser Treffen verträumt.«

Nachdem ich mich mehrfach entschuldigt habe – respektive um Entschuldigung gebeten habe –, wundere ich mich darüber, wie er mich hier gefunden hat. Unglaublich!

»Ich kenne dich halt schon besser, als du glaubst«, meint Pierre leichthin.

Das ist mir ein wenig unheimlich. Pierre setzt sich neben mich, und wir lassen den Zauber der Kirche auf uns wirken.

»Absolument magnifique«, flüstert Pierre und nimmt meine Hand in seine, als wärs das Selbstverständlichste auf der Welt. Ich ziehe sie nicht zurück, sondern überlasse sie ihm, denn es fühlt sich gut an. Schließlich wird mir aber klar, dass ich damit wohl falsche Signale aussende, und ziehe sie sanft zurück. Was ich keine Hundertstelsekunde darauf allerdings schon wieder bedaure.

Wir gehen hinaus an die Sonne, setzen uns auf die berühmten, von mir so geliebten Treppenstufen. Heute spielen zwei Männer Gitarre und singen dazu. Pierre eignet sich gut als Sitzpartner auf den Stufen, weil es ihm hier auch gefällt. Er komme regelmäßig hierher, erzählt er, weil er die Atmosphäre möge und weil er manchmal auf die Stadt hinunterschauen wolle, sich selber rausziehen müsse aus diesem wahnsinnigen Gewusel.

Und dann überrascht er mich, indem er allerlei Essbares aus dem schicken Rucksack zaubert, den er dabeihat. Auch an Wein und Wasser hat er gedacht. Ein Picknick auf den Stufen der Sacré-Cœur, das ist etwas Besonderes, und ich freue mich riesig.

»Was für eine schöne Idee!«, rufe ich aus.

Pierre winkt bescheiden ab: »Es war der Vorschlag meiner Mutter. Sie hat auch den Rucksack gepackt. Sie fand, ich müsse dich unbedingt mit Romantik beeindrucken.«

»Oh.«

»Ja, genau: Oh!«

Wir lachen, beide etwas verlegen.

Pierre meint: »Lassen wir es uns trotzdem schmecken.«

Und das tun wir dann auch. Das Essen mit Musik und Aussicht ist wunderbar. Je später der Abend, desto schattiger wird es auf den Stufen und umso mehr leuchtet die Stadt unter uns im Licht der Abendsonne, verheißungsvoll, wie ein einziges Versprechen. Ein Meer von Dächern und Schornsteinen.

»Ein Traum für jeden Kaminfeger«, kommt es mir in den Sinn.

»Die Schornsteine«, erzählt Pierre, »die sind zum Teil nur Attrappen. Früher hatten nur die reichen Leute Kamine, das heißt Heizungen. Und die Armen wollten so tun, als ob, und setzten sich einfach ein paar Kamine aufs Dach.«
»Wirklich?«, wundere ich mich. Ich ertappe mich dabei, nicht mehr alles zu glauben, was Pierre mir erzählt.
Aber er nickt heftig, ganz so, als hätte er einige selbst gebaut. Er erzählte mir gestern auch, dass eine Malergruppe ständig dabei sei, den Eiffelturm neu zu streichen, und die Maler immer wieder unten anfangen müssten, wenn sie oben angekommen seien, aber davon habe ich im Internet nichts lesen können.
»Es gibt halt immer noch Infos, die man nicht googeln kann«, meint Pierre dazu lachend.
Auch die Info, dass unter dem Eiffelturm jedes Jahr rund zweihundert Heiratsanträge gemacht würden, habe ich von ihm. Was aber sicher nur eine mutige Schätzung sein kann, denn dafür gibt es ja keine amtliche Meldepflicht.
Allerdings muss ich sagen, dass mir so ein Heiratsantrag unter dem Eiffelturm oder gar auf dem Eiffelturm schon auch Eindruck machen würde. Der Antrag von Guido war da eher bescheiden. Wir saßen im Zug, kamen von einem kurzen Ausflug ins Tessin zurück, und da fragte er mich. Einfach so. Spontan. Und ich sagte Ja. Wir feierten den Anlass, indem wir im Restaurantwagen zwei Pappbecher Kaffee holten. Damals fand ich das originell. Und unkompliziert. Aber so waren wir.
Es passte also.
Guido.
Lieber hätte ich jetzt nicht an ihn gedacht.
Es tut noch immer weh.
»Was ist?«, fragt Pierre aufmerksam.
»Nichts«, sage ich.

»Jaja«, antwortet er. »*La maladie d'amour* – Liebeskummer braucht Zeit.«
Das stimmt.
Leider.

Wir trinken dann noch eine Tasse Kaffee auf der Place du Tertre, die ungefähr zweihundert Meter von der Sacré-Cœur entfernt liegt. Hier haben sich die Künstler angesiedelt. Einen Standplatz zu bekommen, das müsse sich ein Maler hart erkämpfen, klärt mich Pierre auf, und das glaube ich ihm aufs Wort. Die Maler werben um uns, möchten gern eine Karikatur oder ein Gemälde von uns beiden machen. »Sie haben so schöne Augen, Madame«, sagt der eine. Der andere preist mein lockiges Haar. Nein, nein, darauf falle ich nicht herein. Ich will mich sicher nicht malen lassen. Und uns als Paar schon gar nicht.
Pierre meint nach einer Weile leise: »Und jetzt fährst du schon wieder heim. Das war ein kurzer Trip.«
»Die Dauer war genau richtig. Ich komme lieber wieder. Und mir selber hat diese Reise sehr viel gegeben.«
»Schön für dich«, kommentiert er und versinkt fast in seiner Kaffeetasse.
»He, Pierre, was ist los?« Ich stupse ihn an.
»Du wirkst so ruhig, so entschlossen. Für dich hat sich vieles geklärt.«
»Stimmt.«
»Für mich nicht.«
Er erzählt dann, dass er diverse Jobangebote habe. Urplötzlich sei er wirklich begehrt. Er könnte sich bei einer Freundin beteiligen, die eine Agentur für Stadtführungen leite. »Sie hat gesundheitliche Probleme und möchte kürzertreten.« Und eine Privatschule wolle ihn als Französischlehrer anstellen. Das würde viel Entspannung

in sein Leben bringen und ein sicheres Gehalt bedeuten. Aber das hieße auch, dass er dann fest in Paris leben müsste. Kein Hin und Her mehr. Buochs wäre dann nur noch ein Feriendomizil.

»Und das ist schlecht?«, frage ich vorsichtig.

Er zuckt mit den Achseln, weiß es wohl selber nicht.

»Ich würde mich völlig zerrissen fühlen, wenn ich über so viele Jahre zwei Wohnsitze hätte«, gebe ich zu bedenken. »Meinst du nicht, es würde dir guttun, dich zu entscheiden?«

Er weiß es nicht.

Er ist unentschlossen.

Er hat keine Wurzeln und will vielleicht auch keine schlagen, und wahrscheinlich weiß er wirklich nicht, was ihm fehlt.

Schwierig.

Es ist kurz vor Mitternacht, als wir uns verabschieden. Wir gehen als Freunde auseinander. Der Abschied fällt mir nicht schwer. Wir sehen uns wieder, das ist klar. Und wir bleiben in Kontakt.

J'ai un ami à Paris.

Bevor ich einschlafe, packe ich meinen Rollkoffer.

Im Geiste bin ich schon ein wenig abgereist.

21 Happy End

Nach einem letzten ausgiebigen Frühstück mit Giselle fährt mich Simon zum Bahnhof. Auf dem Heimweg im schnellen Zug fühle ich mich gut. Ich habe unter dem Eiffelturm einen Beweis angetreten und wiederhole diesen mantramäßig: Ich kann das allein.
Alles.
Sogar leben.
Meine Mundwinkel ziehen sich immer wieder nach oben. Ich freue mich, dass mein spontanes Abenteuer so gut gelungen ist. Es wird mich nachhaltig prägen, davon bin ich überzeugt.
Paris einmal – und immer wieder.
Gern.
Wunderbar entspannt sitze ich im Zug und tauche in mein angefangenes Buch »Die Liebesbriefe von Montmartre« ein. Die vielen Ecken, die Nicolas Barreau darin beschreibt, kenne ich nun persönlich. Es ist wirklich ein schönes Buch, eine rührende Geschichte.
Ich lasse mir meine Freude an der Lektüre auch nicht dadurch verderben, dass Pierre mich aufgezogen hat: »Nicolas Barreau? Ein Pariser? Das wüsste ich aber! Den kennt hier keiner.«
Ich habe daraufhin diesen angeblichen Pariser Schriftsteller gegoogelt, und tatsächlich scheint es so zu sein, dass hinter dem Namen Nicolas Barreau eine deutsche Autorin steht. Laut einer Spekulation soll eine gewisse Daniela Thiele dieses wunderbare Buch geschrieben haben.
Vielleicht sollte ich mir auch einen anderen Namen zulegen und ein neues Leben anfangen? Ich halte inne, denke darüber nach,

ernsthaft, und dann lache ich laut auf, worauf mich andere Fahrgäste irritiert anschauen. Nein, ich freue mich auf mein Haus, meinen Job am Stanserhorn, auf Bärbel. Die Wohngemeinschaft werde ich allerdings neu überdenken müssen. Bärbel hat mir geschrieben, Guido sei noch immer da. Ich bin ja ein toleranter Mensch, aber das bringt mich an meine Grenzen.
Ich lese weiter in meinem schönen Buch.
Es ist völlig egal, wer es geschrieben hat und warum der Autor oder die Autorin nicht mit dem eigenen Namen dahinterstehen konnte oder wollte. Alles egal.
Ich lese genüsslich weiter.

Bärbel holt mich am Bahnhof Luzern ab und fährt mich heim nach Stans. Das freut mich. Ich bin willkommen.
»Dein Zettel mit den Worten ›Ich bin dann mal weg‹ und die Tatsache, dass du dann tatsächlich auch nicht mehr da warst, hat uns schon ein wenig erschreckt«, sagt sie. »Haben wir dich vertrieben?«
»Das Haus war schon ein wenig voll, liebe Bärbel, aber wirklich vertrieben hat mich dieser Druck von allen Seiten, ich müsste mich mit Guido versöhnen und ihm eine zweite Chance geben. Das fand ich übergriffig und unsensibel. Auch von dir, Bärbel.«
Kleinlaut antwortet sie: »Ich dachte mir schon so was. Ich werde mich bessern.«
»Na hoffentlich!«
Bärbel erzählt, dass es heute zu meinen Ehren ein Käsefondue gebe, und fragt, ob ich es ertragen werde, mein Brot in den gleichen Topf wie Guido zu tunken.
»Sicher. Aber es wird dann wohl ein Abschiedsessen sein.«
»Du wirfst ihn raus?«
»Ja, das habe ich vor.«
»Oha!«

»Paris hat mich gestärkt, hat mir gezeigt, dass ich sehr wohl allein leben kann, dass ich aber einen sauberen Neuanfang brauche. Dazu passt Guido einfach nicht. Und er weiß es ja eigentlich schon, ich habe es ihm ja bereits einmal gesagt, dass er auch in der Praxis schlafen könnte.«

Bärbel schweigt. Vielleicht tut es ihr jetzt leid, dass sie mich abgeholt hat. Aber sie muss sich auch konzentrieren, denn es regnet wie aus Kübeln. Die Scheibenwischer leisten Höchstarbeit und schaffen es dennoch fast nicht, ihr eine klare Sicht zu verschaffen. Richtiges Fonduewetter.

Es tut dann tatsächlich extrem gut, heimzukommen. Berti begrüßt mich, und Guido macht mir Kaffee, und zwar genau so, wie ich ihn am liebsten trinke. Wir sitzen am Eichentisch, und alle haben Fragen.

»Wie war es?«

»Hat dich Giselle herumgeführt?«

»Warst du auf dem Eiffelturm?«

Ich erzähle ja gern – es ist nur einfach ein wenig grotesk, dass Guido dabeisitzt. Ich wollte Paris ja mit ihm erleben, nicht allein. Und so erlaube ich mir ein paar kleine Ausschmückungen, ein paar kleine Lügengeschichten: Ich mache aus der Begegnung mit Pierre etwas mehr, als da wirklich war.

»Dann warst du ja gar nicht allein in Paris«, lacht Berti.

»Das war aber ein glücklicher Zufall!«, ruft Bärbel erstaunt aus.

Guido schweigt und rührt in seiner Kaffeetasse.

»Dann wirst du jetzt wohl häufiger nach Paris reisen?«, fragt er schließlich neugierig.

»Nein. Das war nur eine Affäre. Allerdings kommt Pierre ja regelmäßig in die Schweiz. Aber ansonsten: Paris ist ganz sicher viele Reisen wert. Und man ist wirklich schnell in der Stadt der Liebe.«

Diesen Seitenhieb konnte ich mir auch nicht verkneifen.
Beim Käsefondue wird Guido zu einem Notfall in einem Stall gerufen. Das ist mir recht. Denn jetzt kann ich ehrlich erzählen.
»Manchmal habe ich Guido wirklich schmerzhaft vermisst. Oder zumindest den Guido, den ich noch vor einer Weile an meiner Seite zu haben glaubte. Man kann sich in einer großen Stadt schon sehr allein fühlen, vor allem, wenn man sich dreißig Jahre lang ausgemalt hat, mit seinem Partner alle Sehenswürdigkeiten zu erobern. Aber irgendwann – ich stand unter dem Eiffelturm – wurde mir klar, dass ich nicht nur überleben kann, sondern auch leben kann, mit allem, was dazugehört, sicher ab und zu mit Frust, aber auch mit Freude und Genuss.«
Wir reden über dies und das. Bärbel ereifert sich mal wieder über etwas, das sie in einem ihrer bunten Heftchen entdeckt hat.
»Gucci hat jetzt eine Jeans mit Grasflecken herausgebracht. Sie sieht übel aus, kostet aber siebenhundertfünfzig Franken. Die spinnen doch alle. Imitierte Grasflecken notabene, nicht einmal echte!«, ereifert sie sich und meint dann: »Judith, wenn du dazugehören willst, mache ich dir gern ein paar echte Grasflecken in deine Jeans – das wird dann richtig teuer.«
Wir lachen. Ja, die Modewelt ist nicht immer leicht zu verstehen.
Lotti kommt mir in den Sinn. Sie hatte immer über den vorletzten Modeschrei, die Löcher in den Jeans, geschimpft: Wenn die jungen Leute so herumlaufen müssten, würden sie sich lautstark beschweren. Aber nein, sie müssten ja nicht, könnten sich alles leisten, und was täten sie nun – sie trügen freiwillig kaputte Kleider. Lotti konnte es kaum fassen.
Auch Bärbel redet nun von den jungen Leuten: »Ich habe gelesen, dass die Jugend solch verrückte und immer verrücktere Trends brauche, damit sie sich überhaupt noch von ihren Eltern abgrenzen könne. Zumindest modisch.«

Lachend entgegne ich: »Claire muss sich da bei mir keine Gedanken machen. Die Grasflecken überlasse ich ihr gern.«
Bärbel lässt sich weiter über Mode und über Geschmacklosigkeiten aus. Darüber zum Beispiel, dass ausgehungerten Models neuerdings zwei Normalgewichtige zur Seite gestellt würden, die man dann als Plus-Size-Models bezeichne. Der Modezirkus sei ein Irrenhaus, schimpft sie. Und ich frage mich mal wieder, ob sie etwas auf dem Herzen hat, etwas ganz anderes, sehr Persönliches.
»Und was ist denn jetzt mit euch beiden?«, frage ich irgendwann geradeheraus.
Berti sagt leise: »Gut, dass du fragst.«
Worauf Bärbel ihm den Ellbogen in die Seite rammt, sich ganz gerade hinsetzt und sagt: »Wir fangen noch mal neu an. Ganz neu.«
»Ganz neu?«, frage ich.
»Wir ziehen zusammen, in eine neue Wohnung.«
»Wo?«
Fast habe ich ein wenig Angst vor der Antwort. Ich möchte meine Freundin in meiner Nähe wissen.
Berti schwärmt: »In einen Neubau in Stansstad, in eine kleine Wohnung mit Seeblick, richtig wunderschön.«
Ich bin erleichtert und gratuliere den beiden: »Die Idee gefällt mir. Ein Neuanfang innen und außen. Veränderungen manifestieren. Sehr gut. Vielleicht sollte ich mein Haus verkaufen?«
Beide protestieren: »Lass dir Zeit damit. Warte noch eine Weile.«
Bärbel sagt: »Vielleicht klappt es ja doch nicht, und dann stehe ich plötzlich wieder hier.«
Worauf Berti hinterherschickt: »Ja, oder ich.«
»Nein«, wehre ich mich, »ihr beide werdet es schaffen! Und seid als Besucher jederzeit willkommen.«
Wir sitzen noch eine Weile schweigend beisammen, hängen den eigenen Gedanken nach. Wir hatten jetzt doch eine recht span-

nende und immer wieder auch bereichernde Wohngemeinschaft zusammen. Jetzt muss nur noch Guido wieder raus. Genau gleichzeitig wie Bärbel und Berti. Er verdient ja wirklich genug, kann sich vorübergehend auch eine teurere Wohnung leisten oder ein Hotelzimmer. Oder er muss sich halt wirklich in seiner Praxis einrichten.
Ich seufze.
Laut und innig.
Bärbel umarmt mich, als ich aufstehe, um den Tisch abzuräumen.
»Danke, du hast unsere Ehe gerettet«, sagt sie.
Ich schaue Berti an, der dafür ja schon andere Worte gefunden hatte. Damals war ich die Frau mit dem schlechten Einfluss, die an der ganzen Misere die Schuld trug. Aber Berti nickt.
»Stimmt«, sagt er nur. »Wir hätten es fast vermasselt.«
Schön.
Freude herrscht.
Auch wenn es mit dem eigenen Liebesglück nicht klappt: Ich bin gern bereit, mich mit ihnen zu freuen. Schön, wenn ich etwas zum Happy End beitragen konnte.
Die Suppe wird also aufgewärmt.
Meinen Segen haben sie.

22 Aus allen Wolken gefallen

Und dann fahre ich wieder.
Bergauf.
Bergab.
Bergauf.
Bergab.
Egal, ob es regnet, windet, ob die Sonne mir auf die Nase brennt, ob ein nur zartes Lüftchen geht.
Egal, ob die Gäste Schlange stehen oder ob nur die ganz Unentwegten auf den Berg wollen.
Es ist schön, Teil des Stanserhorn-Teams zu sein. Hier zu arbeiten, ist einfach etwas Besonderes. Das mag daran liegen, dass alle Bähnler ein eher kleines Arbeitspensum haben. Viele sind sogar schon pensioniert und sehen ihren Job mehr als Leidenschaft. Es dünkt mich, es kämen alle immer gern zur Arbeit, und selbst wenn wir einmal ein ganz klein wenig unmotiviert sind, zeigen wir das nicht. Das ist eine Art unausgesprochener Kodex am Stanserhorn: Wir kommen mit guter Laune, wir begrüßen uns mit Umarmung, und wir lassen keine schlechte Stimmung aufkommen. Und das kommt unseren Gästen definitiv zugute. Wir werden auch immer wieder in diese Richtung geschult. Einmal hieß es, wir müssten uns vorstellen, eine Goldmedaille an unserer Brust zu tragen. Und es stimmt, mit diesem imaginären Ehrenzeichen ändert sich sofort die Körperhaltung, wird aufrechter, offener – und wir würden so Kontaktbereitschaft und eine entgegenkommende Freundlichkeit signalisieren. Eine schöne Philosophie, die ich gern mittrage.

Arbeiten hält die Welt zusammen.
Manchmal ist das so.
Wenn man den richtigen Job hat.
Dass ich jetzt doch in Paris war, gibt im Team viel zu reden. Jeder fragt nach meinen Erlebnissen, und ich erzähle großzügig, auch von Pierre aus Paris, dessen Geschichte ich allerdings nicht so ausführlich beleuchte.
»Die Reise hat dir gutgetan«, meint auch mein Chef.
Und er hat recht. Ich bin ihm dankbar, dass er mir so flexibel die Zeit dafür eingeräumt hat.
»Was ist denn nun dein nächstes Ziel?«, fragt Corinne, unsere Jüngste.
Als könnte ich Paris einfach abhaken und zum nächsten Städtetrip übergehen. Als wäre Paris einfach nur irgendeine Reise gewesen. Corinne hat wirklich keine Ahnung von meinem Innenleben. Überhaupt keine.
Das ist vielleicht der kleine Nachteil von unserer Friede-Freude-Eierkuchen-Mentalität hier. Unsere Probleme bleiben meist außen vor. Man tauscht sich selten darüber aus. Viele Kollegen kennen nur meine fröhliche »Schoggiseite«.

Heute amüsiere ich mich über eine Familie, die den Schienen entlang Richtung Kälti wandert. Ich fahre immer wieder an ihnen vorbei. Das Kind steuert ein ferngesteuertes Spielzeugauto vor sich her, das erstaunlich berggängig ist. Hoffentlich hat der Papa einen Ersatzakku im Rucksack. So kann man natürlich einen kleinen Wandermuffel zum Marschieren motivieren. Ob das jetzt pädagogisch wertvoll ist, muss ich ja nicht beurteilen. Es wäre sicher schöner, die Eltern würden das Kind für die Umgebung begeistern, ihm die Natur und die Tiere näherbringen. Aber ich weiß, wie schwierig das mit Claire war. Und ich weiß auch noch, wie wenig

mich das selber interessiert hat, als ich ein Kind war und wandern gehen musste. Es spricht also doch einiges für den ferngesteuerten Begleiter.
Am Nachmittag gibt es ein lustiges Intermezzo. Beim Umsteigen im Kälti kommt eine Frau in einer Burka auf mich zu. Total verschleierte Gäste haben wir hier fast nie, worüber ich eigentlich froh bin. Der Mann, der neben ihr hergeht, trägt Jeans, ein buntes T-Shirt, und seine Füße stecken in grad sehr angesagten Turnschuhen. Diese Diskrepanz werde ich nie verstehen. Die Frau verpackt, er vogelfrei. Aber egal, was kann ich da schon ausrichten? Die Frau ist immerhin hier.
Ein Kind, das gerade meine Bahn verlassen hat, starrt dann aber völlig überrascht auf die schwarz verhüllte Gestalt und fragt in unüberhörbarer Lautstärke seine Mutter: »Mama, was macht denn der Schmutzli hier?«
Rundherum wird versteckt gekichert, ungeniert gelacht oder verlegen weggeschaut. Ich beiße mir auf die Zunge, um gar keine Reaktion zu zeigen. Ich bin tolerant und offen, aber ein Lachen an der falschen Stelle kann einen leicht in ein falsches Licht stellen. Das Kind wird von der Mutter schnell weg- und außer Hörweite geschoben. Ich hätte ja zu gern mitgekriegt, was sie ihm für eine Erklärung abgegeben hat.

Ich arbeite auch am nächsten Tag und die folgenden ebenso. Aber das ist okay, schließlich sind meine Kollegen für mich eingesprungen, als ich in Paris war.
Zu Hause ist inzwischen alles geklärt. Unsere – mehr oder weniger – gemütliche Wohngemeinschaft löst sich definitiv am Ende dieses Monats auf. Auch Guido richtet sich darauf ein. Ausgerechnet die schöne Gloria hat ihm eine kleine Studiowohnung auf ihrem Gestüt angeboten.

Dass er dieses Angebot angenommen hat, erstaunt mich sehr. Er weiß, dass die Frau hinter ihm her ist. Er hasst Pferde. Und es gäbe sicher auch andere Möglichkeiten. Aber wie gesagt: Ich kenne Guido nicht mehr, habe ihn wohl nie richtig gekannt oder habe irgendeine wesentliche Veränderung an ihm erst zu spät wahrgenommen. Gloria wird ihm ganz bestimmt kein Glück bringen.

Ça va pas changer le monde
Ça va pas le déranger
Il est comme avant, le monde
C'est toi seule qui as changé

So ist es: Nur er hat sich verändert.
Oder doch nicht?
Wenn ich ehrlich bin: Ich habe mich in letzter Zeit in erschreckendem Tempo verändert. Mich verändern müssen. Ich bin aus allen Wolken gefallen, stehe jetzt aber ziemlich stabil auf dem Boden der Tatsachen.
Es ist, wie es ist.
… n'en parlons plus …
Und dann falle ich nicht nur sprichwörtlich, sondern tatsächlich fast aus den Wolken.
Buchstäblich.
Es ist völlig verrückt.
Ich arbeite jetzt sieben Jahre als Bähnlerin am Stanserhorn, und – ja, doch – wir hatten sicher schon mal die eine oder andere Panne. Kleine. Ärgerliche. An meinem allerschlimmsten Arbeitstag machte sich gleich zehnmal nacheinander die Fangbremse bei der Standseilbahn selbständig, ohne ersichtlichen Grund. Diese Bremse kann man nur mit viel Handarbeit wieder lösen – und das unter Zeitdruck und mit viel Publikum.

Auch die Cabrioseilbahn hat schon gestreikt. Dann steckte sie allerdings einfach in der Station fest, und wir Bähnler haben gelassen Kaffee getrunken und gewartet, bis die Maschinisten das Problem gefunden und behoben hatten.
Wo es Bahnen gibt, gibt es Pannen.
Alles andere wäre ein Wunder.
Und dann so was!
Es ist schon dunkel. Wir haben heute Candle-Light-Dinners, wie immer Freitag und Samstag. Ausgebucht, auch wie immer. Bei einer Fahrt vom Berg hinunter so um halb elf habe ich gerade mal zehn Passagiere. Ich seufze. Alle anderen hocken also noch im Restaurant. Es ist natürlich schön, dass es ihnen so gut gefällt bei uns. Aber das riecht nach einem späten Feierabend, und ich bin müde.
Ich fahre also mit den zehn Passagieren durch die Nacht. Vier Männer mit Bierflaschen stehen auf dem Dach und unterhalten sich lautstark, lachen und johlen. Unten sitzt ein junges Paar, das vor lauter Knutschen von der Umwelt nichts mehr mitbekommt. Dann sind drei Chinesen an Bord, eine Frau und zwei Männer. Sie starren auf ihr Handy und schauen die Fotos an, die sie tagsüber gemacht haben. Und da ist noch ein einzelner Herr, sehr attraktiv und gepflegt, der mir ein Lächeln schenkt. Nach dem Start lösche ich das Innenlicht, damit die Gäste die Sterne am Himmel und die Lichter im Tal genießen können. Es ist eine wunderbar klare Nacht. Viele Sterne, viele Lichter. Fast schon eine Überdosis Romantik.
Und dann gibt es keinen Knall, keinen Ruck, keinen Funken. Nichts.
Die Bahn steht einfach still.
Bleibt an Ort und Stelle stehen.
Die Seilbahn ist gestorben, mausetot.

Nur das Display ist noch beleuchtet. Ich drücke ein paar Knöpfe, aber da passiert nichts mehr. Sie verweigern jede Funktion.
Okay, es gab schon öfter mal einen winzigen Unterbruch. Trotzdem schlägt mein Herz jedes Mal höher. Ich habe Angst vor den Anweisungen, die eventuell kommen werden. Dass ich zum Beispiel irgendwo herumklettern und Dinge machen muss, von denen ich keine Ahnung habe oder vor denen ich mich fürchte.
»Kälti – von Kabine 3 – antworten. Kälti – von Kabine 3 – antworten«, funke ich zu Simon, der heute die Leitung hat.
Simon ist kurz angebunden: »Stromausfall, Judith. Einfach Ruhe bewahren. Ich melde mich wieder. Schluss.«
Ich gehe nach oben und erkläre den beschwipsten Männern, dass wir einen kurzen Stromausfall hätten.
»Der könnte vielleicht etwas länger dauern«, sagt ein Bärtiger.
Und dann sehe ich es auch: Ganz Stans hat keinen Strom. Alles ist dunkel.
»Aber das macht nichts. Wir haben Jasskarten dabei«, beruhigt mich einer im Karohemd.
Dank einer Batterie ist die Treppe noch beleuchtet, und ich kann auch das Innenlicht der Bahn wieder einschalten. Das verschmuste Paar hat noch gar nicht bemerkt, dass wir nicht mehr fahren. Ich informiere die beiden und den attraktiven Mann, der einzeln unterwegs ist, und bitte um etwas Geduld.
Bei den Chinesen ist das schwieriger. Sie verstehen nicht genau, was ich sage. Die Frau ist völlig aufgelöst, und ihr angstvoller Blick wandert rastlos zu ihren Begleitern und wieder zurück zu mir. Was soll ich mit ihr machen, wenn sie sich nicht beruhigt? Fast gerate ich selber in Panik. Aus einer spontanen Eingebung heraus gebe ich der Chinesin ein Ricola-Bonbon und behaupte, das sei ein Notfallmittel gegen Aufregung und Angstzustände. Sie müsse sich ganz fest auf das Lutschen des Bonbons konzentrieren und immer

wieder tief durchatmen. Ihre beiden Begleiter wollen nun auch von dieser magischen Zaubermedizin. Das Paar schmust weiter, als wäre es den beiden völlig egal, wo sie gerade sind, und der attraktive Mann lehnt dankend ab und grinst.

»Sind Sie Franzose?«, frage ich ihn. Ich hatte da so einen vertrauten Akzent in seinem Deutsch gehört.

»Ja, ich bin aus Paris«, sagt er.

»Paris? Kein Witz?«, platzt es aus mir heraus.

»Warum sollte ich einen Witz machen?«, fragt er leicht irritiert zurück. »Ist Paris witzig? *Ça c'est drôle?*«

Ich verhasple mich im Versuch, mich schnell zu entschuldigen und mich irgendwie zu erklären. Ich verschlucke mich, muss husten, was den Mann aus Paris dazu bringt, mir – schelmisch grinsend – anzuraten, selber etwas von meiner Wundermedizin zu nehmen.

»Das Grinsen können Sie sich sparen!«, protestiere ich.

Denn mein Heilmittel wirkt. Die Chinesen sitzen auf dem Holzbänkchen und konzentrieren sich aufs Lutschen der Alpenkräuter, die anscheinend auch wirklich beruhigen können, wenn man fest daran glaubt. Jedenfalls wirken die Gäste nun relativ entspannt. Auch die Frau sitzt ruhig da.

»Sie sind eine gute Therapeutin«, meint der Franzose.

Ich relativiere: »Ich habe sie einfach abgelenkt, wie Kinder, das ist alles. Keine große Kunst.«

Die Bahn steht noch immer still. Draußen ist es so dunkel, dass auch ich nicht genau weiß, wo wir sind. Wir hängen einfach irgendwo zwischen Himmel und Erde. Ich halte mich mit der einen Hand am Funkgerät fest, als wäre es mein Rettungsanker. Mit der anderen halte ich mein Handy. Die Taschenlampe habe ich schon auf die Ablage gelegt. Ab und zu schaue ich nervös auf die Uhr.

»Muss ich mir Sorgen machen?«, fragt der nette Herr aus Paris. »Sie wirken ein wenig beunruhigt, was wiederum mich beunruhigt.«

Ich seufze. Stimmt: Ich sollte mich zusammenreißen, Stärke zeigen, Professionalität.
»Ich heiße Judith«, stelle ich mich vor.
»Ich bin Jules-Gabriel. Man nennt mich Jules«, sagt er.
»Also, Jules, ich habe hier erst so wenige Pannen erlebt, dass mich so etwas halt schon ein bisschen nervös macht. Aber wenn du Angst hast, dass wir herunterfallen können: Nein. Definitiv nicht. Das kann ich dir sozusagen versprechen.«
Mutig spreche ich jetzt französisch mit ihm. Sein Kompliment für meine guten Sprachkenntnisse nehme ich gern entgegen. Allerdings ist sein Deutsch wohl besser als mein Französisch.
Darauf angesprochen, meint Jules: »Ich habe zum Teil in der Schweiz studiert.«
»Und was hast du studiert, und was machst du heute?«
»Ich verteile Bonbons.«
»Was?«
Am Ende arbeitet Jules bei Ricola.
»Ich bin Therapeut. Für Ehe und Familie. Meist geht es bei mir zwar ohne Bonbons, aber ich habe auch so meine Tricks.«
Vom Dach oben höre ich ein merkwürdiges Geräusch. Darum gehe ich schnell nachschauen. Eine leere Bierflasche ist über den Boden gerollt. Ich hebe sie auf und nehme sie an mich.
»Ist alles okay bei euch, Jungs?«, frage ich.
Die vier hocken jetzt auf dem Boden und jassen, beleuchten dabei ihre Karten mit ihren Handys.
»Bei uns schon«, sagt der Bärtige, »aber bei dir anscheinend nicht. Sonst würden wir nicht hier stehen.«
Seine Kollegen grölen laut. Sie sind alle wohl etwas mehr als beschwipst, wie mir scheint, und ich bin froh, zu sehen, dass ihre mitgebrachten Flaschen alle leer sind. Ich sammle sie ein.
»Wann gehts endlich weiter?«, fragt der Typ im Karohemd.

Ich zeige Richtung Tal, wo noch immer keine Lichter brennen, und erkläre: »Sobald uns das EW wieder Strom liefert.«
»Echt jetzt?«
»Nein, nein. Wir haben für den Ernstfall einen Notantrieb, einen Dieselmotor. Keine Sorge, ihr kommt schon noch heim.«
»Die Frage ist nur, wann ...«, kommentiert der Jüngste von ihnen.
»Müsst ihr denn noch irgendwohin?«, frage ich höflich.
Worauf mich der Bärtige anblafft: »Wir sind Stanser. Das solltest du doch hören. Du bist jedenfalls nicht von hier.«
Ich lebe schon über dreißig Jahre in Stans, aber ja, ich bin natürlich »nicht von hier«. Da mag ich jetzt echt nicht mehr weiterreden. Ich überlasse die Männer ihrem Kartenspiel und gehe nach unten.
Mein Handy meldet den Eingang einer Kurznachricht. Die SMS ist von meiner Kollegin Marianne, die heute die andere Kabine steuert.
»Lebst du noch? Bin allein in Kabine 4. Hast du Passagiere?«
Marianne ist auch schon lange im Team, darum muss ich mir um sie keine Sorgen machen. Ich schreibe ihr kurz von meinen zehn Passagieren und erkläre, dass alles okay sei.
Jules sitzt nun auf der Bank bei dem verliebten Paar, das noch immer nichts von dem mitzukriegen scheint, was rundherum vorgeht. Ich setze mich neben ihn, muss einen kleinen Moment lang durchatmen.
»Geht es?«, fragt Jules mitfühlend.
»Ja, ja, ich denke schon. Ich hoffe, wir bekommen bald wieder Strom.«
»Was passiert sonst?«
»Wir haben einen Notantrieb. Einen Dieselmotor. Aber damit können wir nur in Zeitlupe fahren, also wirklich extrem langsam! Das dauert!«
Wir schweigen.

»Du bist also Ehetherapeut«, sage ich und grinse.
»Ehe und Familie. Ist das lustig? Lustig wie Paris?«
»Ja. Das ist lustig. Ich könnte dich glatt engagieren, und du hättest eine ganze WG voller Kandidaten.«
»Du lebst in einer WG?«
Ich versuche, ihm in wenigen Worten meine Wohnsituation zu erklären, die Beziehungssituationen inbegriffen.
Zwischendurch meldet sich der Maschinist und fragt, ob wir alle in Ordnung seien. Das Elektrizitätswerk meine, das Problem sei in kurzer Zeit gelöst und es wäre bald wieder alles unter Kontrolle. Wenn wir also keine Probleme hätten, würde er den Dieselmotor noch nicht anwerfen.
»Sicher. Alles noch gut.«
»Wir haben natürlich bald Druck von oben. Die wollen dann alle plötzlich heim. Aber wir lassen sie einfach im Restaurant warten und bewirten sie gut.«
Simon wirkt total ruhig. Bevor er die Funkverbindung abbricht, sagt er noch, ich solle bei ernsthaften Problemen mit dem Handy kommunizieren, weil über Funk alle mithören könnten.
»Sicher, Simon, danke.«
»Danke, Judith.«
Jules greift den Faden unseres unterbrochenen Gesprächs wieder auf und fragt, wie ich mich denn fühlen würde in dieser außerordentlichen Wohnsituation.
»Schlecht. Aber ich habe in Paris den Mut dazu gefunden, aufzuräumen. Ende Monat sind alle weg. Meine Freundin Bärbel hat sich entschieden, wieder mit ihrem Mann zusammenzuziehen. In eine neue Wohnung. Und mein Beinahe-Exmann hat von Gloria – einer Verehrerin – eine kleine Wohnung angeboten bekommen und wird wohl dort einziehen.«
»Oh, là, là!«, sagt er respektvoll. »Und wie fühlt sich denn das an?«

»Richtig. Irgendwie. Aber, ehrlich gesagt, allein in diesem doch eher großen Haus leben, das möchte ich eigentlich gar nicht.«
Jules meint zuversichtlich: »Es werden sich ganz bestimmt neue Türen öffnen.«
»Sicher«, antworte ich, obwohl ich mir da nicht ganz so sicher bin. Neue Türen? Klar, ich könnte untervermieten, kurzfristig, langfristig. Ich könnte ausziehen, verkaufen. Es könnte ein Prinz auf einem Pferd daherkommen und mich mitnehmen. Bei diesem Gedanken muss ich lächeln.
»Du lächelst? Woran denkst du?«
»Ach, ich habe mir nur neue Türen vorgestellt, die sich öffnen.«
»Aha. Wenn du darüber lächeln kannst, ist das wirklich gut.«
Ich lächle weiter.
Jules holt ein in Folie eingeschweißtes Willisauer Ringli aus seiner Jackentasche.
»Wollen wir uns das teilen?«, fragt er großzügig.
Ich kläre den Pariser auf: »Die sind schwierig zu teilen, sie sind steinhart.«
Er probiert es trotzdem und schafft es einigermaßen, worauf wir also eine »Teilete« machen. Es ist eine besondere Geste, irgendwie rührend und irgendwie von einer Bedeutung, die ich nicht richtig greifen kann. Ich schaue mir den Mann genauer an: Er ist nicht nur attraktiv, er ist schön. Groß gewachsen. Schlank und sportlich sieht er aus, hat dunkle Haare und angegraute Schläfen. Die Haare sind etwas durcheinander, genau so, dass man versucht ist, sie mit den Fingern in Ordnung zu bringen. Ich nehme an, seine Frisur ist Ausdruck seines Lebensstils: leicht unangepasst, etwas verwegen? Seine gepflegten Hände gefallen mir. Und er hat sein Willisauer Ringli mit mir geteilt!
Ich wage zu fragen: »Was machst du hier? Du warst doch nicht allein am Candle-Light-Dinner?«

»Mich hat ein befreundetes Ehepaar eingeladen. Beide sind Psychiater, älter als ich. Sie möchten langsam etwas weniger arbeiten und würden sich freuen, wenn ich in ihre Gemeinschaftspraxis in Luzern einsteigen, sie eines Tages vielleicht sogar übernehmen würde. Wir haben zusammen gegessen, und die beiden sind schon früher wieder runter. Meiner Freundin ging es in der Höhe nicht gut. Oder das Drehen des Restaurants hat sie gestört. Ich weiß es nicht so genau. Ich blieb einfach noch eine Weile sitzen. Ich beobachte gern, ich genieße auch allein. Du wirst das genauso lernen müssen, Judith.«

Wie er »Judith« sagt, so halb französisch, das hat schon was.

Ich erzähle ihm, wie ich das Alleinsein in Paris gerade etwas geübt habe.

Und dann brennt mir eine Frage auf der Zunge, die jetzt unbedingt raus muss: »Bist du verheiratet?«

»Ich bin geschieden.«

Jetzt lache ich herzhaft – das gefällt mir.

»*Ça c'est drôle! Vraiment!* Therapiert andere, aber bringt seine eigene Ehe nicht über die Runden.«

»Ach, komm jetzt, Judith! Wir Therapeuten sind auch nur Menschen. Und manchmal, da gibt es einfach nichts mehr zu therapieren. Manchmal ist die Trennung der einzig richtige Weg für beide.«

»Ja, ja«, sage ich, behalte aber mein Grinsen im Gesicht. »Eine wirklich gute Referenz ist das schon nicht. Das wäre ja so, als ginge ich zu einem Ernährungsberater, der etwa vierzig Kilo Übergewicht mit sich herumschleppt. Oder zu einer Kosmetikerin mit eitrigen Pickeln im Gesicht. Oder zu einem Schulpsychologen, dessen Kinder gerade den Schulkiosk ausgeraubt haben.«

Wir lachen jetzt beide, und ich bin froh, lacht Jules mit.

Irgendwann sagt er ernst: »Du musst schon auch bedenken, Judith, dass ein Ehetherapeut, der in seiner Beziehung gescheitert ist, dafür

vielleicht nicht mehr auf einem allzu hohen Ross sitzt. Er weiß, wie es ist, unlösbare Differenzen zu haben. Ich glaube, ich bin durch meine persönlichen Probleme ein besserer Therapeut geworden.«
Ich nicke nur, denn ich kann mir das tatsächlich vorstellen.
Jules redet weiter: »Das ist wie mit Kindern. Wenn du eigene Kinder hast und siehst, wie schwierig es wirklich ist, alles immer richtig zu machen, was ja unser Anspruch ist, dann hast du sicher allgemein mehr Verständnis für Eltern. Ich habe zwei erwachsene Kinder und weiß, wovon ich rede. Hast du Kinder, Judith?«
Ich nicke wieder und erzähle eine Weile von Claire und meinem Enkel Moritz.
»Ich glaube, wenn die beiden nicht wären, hätte Guido keine Chance gehabt, weiter in meinem Leben zu bleiben. Das hätte die Trennung sicher einfacher gemacht. Aber so müssen wir uns ja irgendwie arrangieren.«
Jules schweigt einen Moment, und ich bin ihm dankbar, dass er nicht mit Ratschlägen daherkommt. Aber das Zuhören ist ja sicher auch Teil seiner Therapie. Es ist gar nicht so leicht, sich mit einem Psychologen zu unterhalten. Plötzlich lege ich meine eigenen Worte auf die Goldwaage und überlege, was er daraus hören und ableiten könnte.

23 »Judith, wir haben ein Problem!«

Jetzt klingelt mein Handy.
»Judith, wir haben ein Problem!«
Na, das hat mir jetzt grad noch gefehlt. Wenn Simon von Problemen redet, wird es wirklich ernst.
»Es könnte alles noch etwas dauern. Sag, geht es noch mit deinen Gästen?«
»Ja, es geht. Alle okay. Warum?«
»Das Elektrizitätswerk hat offenbar irgendein größeres Problem. Sie sagen zwar ständig, es dauere nicht mehr lange, aber Gregi, mein Kollege von der Freiwilligen Feuerwehr, der dort arbeitet, hat mir unter der Hand berichtet, man wisse noch nicht einmal genau, was los sei.«
»Dann startet ihr jetzt also den Dieselmotor und bringt den zum Einsatz?«
Die Antwort kommt nicht sofort.
»Der … ähm … Dieselmotor, nun, das ist eben das Problem, er … nun, er springt nicht an. Aber keine Sorge, wir arbeiten daran, Judith. Richte deinen Gästen bitte aus, dass es sicher nochmals eine halbe Stunde dauert. Und unter uns gesagt: Es kann auch noch länger gehen.«
Jetzt wird es mir doch ein wenig flau in der Magengegend. Wir haben nichts zu trinken oder zu essen, ich kann meinen Gästen rein gar nichts anbieten, um sie bei Laune zu halten, außer meiner Schachtel Ricola.

»Ich habe zufälligerweise einen Psychologen an Bord, falls es schwierig wird«, sage ich locker zu Simon.
»Ich melde mich wieder«, antwortet er, und ich höre das Lächeln in seiner Stimme.
Der Bärtige kommt die Wendeltreppe herunter und fragt: »Gibt es Neuigkeiten?«
Uff! Gern hätte ich zuerst selber die Nachrichten verdaut und mir eine Strategie zurechtgelegt.
So kann ich nur antworten: »Ja, es tut mir leid, es dauert noch eine halbe Stunde. Das EW hat offenbar ein größeres Problem.«
»Ist das euer Ernst?«, fragt er fassungslos.
Ich nicke.
Der Bärtige schaut auf das verliebte Paar, das sich immer noch innig küsst, und ruft dem jungen Mann zu: »Wenn du ihr die Zunge noch weiter in den Rachen steckst, Seppi, dann muss sie am Ende vielleicht kotzen.«
Dieser steht offenbar tatsächlich doch noch in Kontakt mit seiner Umwelt, denn er errötet verlegen. Dann springt er unvermittelt pfeilschnell auf und signalisiert sofort volle Kampfbereitschaft. Der Bärtige zuckt zurück.
»Schon gut, schon gut, ich weiß, dass du Karate machst. Also flipp nicht gleich aus!«
Er geht wieder nach oben, leise vor sich hin schimpfend.
Das ging alles so schnell, ich hätte mich nicht einmal dazwischenwerfen können. Seppi, so heißt anscheinend der junge Mann, setzt sich wieder hin.
Ich muss mich jetzt ohnehin um die Chinesen kümmern, die mit großen Augen alles beobachten und die dieser Zwischenfall wohl ein wenig eingeschüchtert hat.
»Es ist alles gut. Aber es braucht noch etwas Zeit, bis wir wieder Strom haben«, versuche ich zu beruhigen.

Der eine der beiden Chinesen erklärt nun in brüchigstem Englisch, dass sie noch nach Zürich müssten, um einen bestimmten Zug nach irgendwo zu erreichen.
»Ich verspreche Ihnen, dass Sie irgendwie noch nach Zürich kommen werden. Notfalls fahre ich Sie höchstpersönlich hin. Machen Sie sich keine Sorgen.«
Ich bin überzeugt davon, dass ich nicht zu viel verspreche. Mein Chef ist sicher längst persönlich vor Ort und hat bereits dutzende Fahrzeuge samt Fahrer organisiert. Die hundert Gäste, die noch auf dem Berg sind, werden ja auch Anschlüsse verpassen, wenn das so weitergeht. Aber ganz bestimmt wird jeder da ankommen, wo er heute noch hinmuss. Oder bekommt ein Bett zum Schlafen. Im Notfall können wir Stanserhörnler immer auf ganz viel Unterstützung zählen.
Die Chinesin telefoniert jetzt und schreit in ihr Handy. Die anderen beiden schauen sich irgendein lustiges Video an. Von ihnen droht mir kein Ungemach.
Ich mache mir eigentlich mehr Sorgen um die vier Männer auf dem Dach, die gerade lautstark grölen.

Drei Chinesen mit dem Kontrabass
Saßen auf der Straße und erzählten sich was.
Da kam die Polizei: »Ja, was ist denn das?«
Drei Chinesen mit dem Kontrabass.

Dann singen sie das Ganze auf A.

Dra Chanasan mat dam Kantrabass
Saßan af dar Straßa and arzahltan sach was.
Da kam da Palaza: »Ja, was ast dann das?«
Dra Chanasan mat dam Kantrabass.

Ich beobachte die Chinesen, aber das Lied scheint sie nicht weiter zu berühren, worüber ich sehr, sehr froh bin, denn die Sänger auf dem Dach kommen gerade erst richtig in Fahrt.
»Geht es dir gut?«, fragt mein charmanter Pariser, als ich mich wieder neben ihn setze.
Sein Interesse tut gut. Schön, dass sich jemand nach mir erkundigt. Da stiehlt sich doch direkt eine winzige Träne in meine Augen.
»Du bist nicht allein«, sagt Jules. Einfach so. Und: »Du machst das gut.«
Er beruhigt mich.
Ich beruhige die drei Chinesen ohne Kontrabass.
Das Pärchen beruhigt sich gegenseitig.
Nur die Wilden auf dem Dach, die muss ich im Auge behalten. Gut, dass die Videoüberwachung für das Dach noch funktioniert.

Dro Chonoson mot dom Kontroboss …

Ich möchte mir am liebsten die Ohren zuhalten. Aber solange sie singen, treiben sie sonst keinen Unfug. Hoffe ich wenigstens.
Da ruft mich Simon wieder an und berichtet: »Deine Passagiere haben die Gratiszeitungen über die Panne informiert. Sie haben denen sogar ein Video geschickt, wie sie auf dem Dach der Kabine jassen, im Licht ihrer Handys.«
»Nein! Als wären die nicht ohnehin ein wenig schwierig. Simon, sie wirken ziemlich angetrunken. Im Moment singen sie gerade. Vorhin wärs mal fast zu einer Schlägerei gekommen.«
»Vorsicht, Judith, gell. Sei nett zu ihnen, auch wenn sie es nicht verdient haben.«
»Gut, gut.«
Am liebsten würde ich jetzt nach oben gehen und meinem Unmut ein wenig Luft machen. Die spinnen doch! Aber Simon hat recht:

Vielleicht filmen sie dann auch mich, und ich lande im weltweiten Netz. Und daraus kann man sich nicht so schnell – oder eher gar nie mehr – befreien. Und überhaupt, sie haben nichts Verbotenes getan.
Ich atme ein und aus und schaue auf die Uhr.
Langsam reicht es mir.
Ich will heim!
Oder wenigstens wieder fahren!
Ich schaue auf meine Gratiszeitung-App und sehe die Schlagzeile: *»Seilbahnpanne am Stanserhorn: Hunderte sitzen auf dem Berg fest«.*
Im Text ist dann vom Stromausfall die Rede, davon, dass in einer Kabine viele Touristen seit über einer Stunde – in der Luft hängend – auf die Weiterfahrt warteten. Das Bild – ein sehr schlechtes Bild – zeigt meine vier Dachpassagiere.
Hunderte sitzen auf dem Berg fest!
Seit über einer Stunde!
Von wegen.
Immerhin werde ich nicht auch noch erwähnt und kritisiert.
Ich reiche mein Handy Jules weiter, damit er versteht, was mich gerade beschäftigt.
Er lächelt nur und meint: »Du hast dir nichts vorzuwerfen. Du warst gut zu allen. Soll ich denen auch schreiben?«
Ich schüttle den Kopf. Wir müssen jetzt unsere Akkus schonen, falls das noch länger dauert hier.
Oben auf dem Dach wird es plötzlich ruhig, und ich höre ein unterdrücktes Kichern und Glucksen. Die Burschen führen etwas im Schilde. Das ist klar. Und dann höre ich es. Und ganz ehrlich: Ich kann es ihnen nicht verübeln. Sie pinkeln im Quartett über das Geländer hinaus, und die Rinnsale plätschern an der Verglasung vorbei ins Tal.
Haben sie das etwa auch gefilmt?

Ich will hier raus!
Ich mag nicht mehr!
Jules nimmt meine Hand und drückt sie.
Einfach so.
Und ich überlasse sie ihm.
Einfach so.
Aber ich stelle fest: Das beruhigt mich nicht. Es beunruhigt mich. Sehr sogar. Ein warmer, angenehmer Händedruck. Ein Händedruck wie eine Zärtlichkeit. Er bringt alles in mir durcheinander. Er beschleunigt meinen Herzrhythmus. Ich bleibe ganz still sitzen, Hand in Hand mit diesem unbekannten Mann, wage kaum mehr zu atmen. Der Moment scheint mir so unglaublich kostbar zu sein. Meine Mutter sagte immer: »Alles ist für etwas gut.« Diesen Spruch mochte ich nie leiden, denn natürlich ist sogar ein Krieg für etwas gut: für die Hersteller von Kriegswaffen oder die Beerdigungsinstitute. Heute denke ich an meine Mutter. Diese nervige Seilbahnpanne, sicher die erste dieser Art seit dem Bau dieser Bahn im Jahr 2012, hat mir immerhin diesen herzerwärmenden, aufwühlenden Moment geschenkt.
Ich zucke zusammen, schrecke aus meinen Gedanken auf, als das Handy wieder klingelt. Es ist meine Kollegin Marianne aus Kabine 4. Sie hat den Artikel in der Gratiszeitung-App ebenfalls gelesen.
»Ich habe das Foto gesehen«, sagt sie, und sie klingt furchtbar aufgebracht. »Kannst du bitte nach oben gehen und dem Franz, das ist der mit dem Karohemd, kurz dein Handy geben? Franz ist – ich wage es fast nicht zu sagen – mein Bruder. Und er soll sich verdammt noch mal zusammenreißen!«
Ich unterdrücke ein Lachen, klettere behände die Wendeltreppe hoch und reiche Franz mit dem Karohemd das Handy. Alle rundherum können nun die Frauenstimme hören, die ziemlich laut aus

dem kleinen Gerät herausbrüllt. Und sie können sehen, wie der große Franz ein paar Zentimeter kleiner wird.
»Ja, ja … ach, komm … du hast ja recht … stimmt, das habe ich nicht bedacht … tut mir leid, Marianne … versprochen, jawoll, sicher … tschüüüss.«
Kleinlaut gibt mir Franz das Handy zurück, und ich gehe – mit Marianne am Ohr – nach unten.
Sie sagt: »Franz wird dir keine Schwierigkeiten mehr machen. Seine Kollegen sicher auch nicht. Tut mir leid, Judith.« Die Arme muss sich für ihren Bruder entschuldigen. »Er ist gestern Vater geworden. Das musste er nun unbedingt mit seinen Freunden feiern. Schon das verstehe ich nicht wirklich. Er könnte ja auch seiner Frau und dem Baby Gesellschaft leisten. Aber vor allem muss er sich nicht volllaufen lassen. Und schon gar nicht auf dem Stanserhorn! Er muss doch wissen, dass ich hier arbeite und wie viel mir mein Job bedeutet!«
Marianne ist sauer. Ich bin froh, dass sie mir hilft, die wilden Kerle ein wenig in Schach zu halten. Schließlich weiß keiner, wie lange das hier noch dauert. Wir sitzen jetzt tatsächlich seit bald einer Stunde fest.
Ich gebe den Chinesen noch je ein Ricola-Bonbon und erkläre ihnen, dass man nicht mehr als drei Stück pro Tag einnehmen dürfe. Nicht, dass es mich reuen würde, aber langsam gehen mir die Dinger aus. Ich verspreche ihnen, dass alles in Ordnung komme. Wir müssten einfach alle Geduld haben. Und ich bitte sie in aller Form, diese aufzubringen. Schließlich nicken sie mir freundlich zu, und ich hoffe, dass sie irgendetwas verstanden haben. Die Chinesin bettet ihren Kopf in den Schoß von einem ihrer Begleiter und versucht zu schlafen. Ja, die drei sind sicher müde. Schade, dass ich keine Wolldecken an Bord habe. Wer weiß, woher sie heute kamen und wohin sie morgen weiterreisen. Ich tippe darauf,

dass die Gruppe heute Morgen von Mailand angereist ist und morgen mit einer anderen nach Paris fährt.
Die zwei Verliebten schauen sich gerade Katzenbildchen an. Auch gut. Ein kurzer Blich aufs Dach zeigt mir, dass die Standpauke gewirkt hat. Und wie! Die vier Männer hocken – an das Geländer gelehnt – am Boden und reden nun mehr oder weniger leise miteinander. Die Lichter im Tal sind noch immer nicht an. Alles liegt im Dunkeln.
Bärbel ruft an und fragt mich, wie es mir gehe. Ich rede nur kurz mit ihr, will ja die Leitung freihalten und den Akku schonen. Aber es freut mich, dass sie nach mir fragt.
Sie verabschiedet sich und sagt: »Wir sitzen in der Küche und warten auf dich!«

Ich setze mich wieder zu Jules, und er nimmt meine Hand erneut in seine, so, als wäre das inzwischen selbstverständlich, als gehörten unsere Hände zusammen.
»Alles im grünen Bereich«, murmle ich und bin versucht, mich ein wenig an ihn an zu lehnen, was ich dann aber grad noch so vermeiden kann.
»Erzähl mir doch etwas von dir«, fordert mich Jules auf, und ich frage mich, ob das Teil seiner Therapie ist, ob er mich ablenken will oder ob er am Ende tatsächlich an mir interessiert ist.
»Was möchtest du denn wissen?«
»Zum Beispiel: Wie kommst du in diese Seilbahn, und magst du die Arbeit hier?«
Das erzähle ich ihm gern.
»Ich arbeite nur von April bis November. Manchmal finde ich es schade, dass ich in der schönsten Jahreszeit arbeite und dann im Winter, den ich eigentlich nicht besonders mag, daheim bin. Aber da ich nur ein Vierzig-Prozent-Pensum habe, ist das nicht so ein

Problem. Jetzt, wo ich allein bin, könnte ich ja auch den ganzen Winter irgendwo in der Karibik verbringen. Theoretisch. Der Gedanke klingt jedenfalls verlockend.«

Meine Begeisterung für meinen Job hier scheint ihm zu gefallen.

»Und jetzt erzähl du, Jules. Macht es eigentlich Spaß, Ehepaare zu therapieren?«

»Nicht immer. Ich habe mich nach meinem Studium sofort selbständig gemacht und arbeitete seither ständig hundert Prozent oder mehr. Irgendwann war ich an einem Punkt, der mich innehalten ließ. Ein Ehepaar kam mit seinen Problemen zu mir, und ich hatte überhaupt keine Lust, mir ihr Gezanke anzuhören, dachte: ›Schon wieder zwei Menschen mit ihrem lächerlichen Beziehungsknatsch.‹ Da wusste ich, ich muss aufhören, etwas verändern, sonst würde ein schlechter Therapeut aus mir werden.« Er habe seine Praxis einer Kollegin übergeben und sei in den letzten zwei Monaten einfach herumgereist. »Ich habe Freunde und Kollegen besucht, die ich im Lauf meines Studiums oder bei Weiterbildungen kennen gelernt hatte. Auf der Suche nach einer Veränderung habe ich mich bei dem befreundeten Ehepaar, das mich heute hierhergeführt hat, teilweise selber in Therapie begeben. Und jetzt bin ich hier in Luzern hängen geblieben. In dieser wunderbaren Stadt gefällt es mir, und irgendwie habe ich das Gefühl, dass sich neue Türen auftun.«

Irgendwie hat er es mit den »neuen Türen«.

Ich frage nach: »Du willst also nicht zurück nach Paris?«

Er fragt zurück: »Würde ich dich dann wiedersehen?«

Als Antwort drücke ich seine Hand. Und dann küsst er mich aufs Haar. Dieser beiläufige Kuss hat eine erstaunliche Wirkung – innerlich erstrahle ich.

Verliebe ich mich etwa gerade?

In einen Pariser?

In meiner Seilbahn irgendwo in den Lüften hängend?
Der Gedanke erscheint mir so herrlich schräg und abstrus, dass er durchaus in mein jetziges Leben passen könnte, in dem ohnehin grad alles durcheinandergeraten ist.
Zum letzten Mal bis über beide Ohren verliebt war ich, als ich Guido kennen lernte, also mit dreiundzwanzig Jahren. Der damals akute Glücksrausch hielt natürlich nicht über all die Jahre an, die wir zusammen waren. Die Schmetterlinge wurden etwas flügellahm und träge, aber die Liebe blieb. Bis Guido den Sommervögeln brutal den Garaus machte. Jetzt aber erlebe ich es noch einmal: Ein Schwarm junger, bunter, exotischer, wunderprächtiger Schmetterlinge flattert um mich herum, verwirrt und irritiert mich, bringt mich aus meiner Ruhe.
Dabei weiß ich doch rein gar nichts von diesem Mann. Und selbst die paar Dinge, die er mir erzählt hat, die könnten erstunken und erlogen sein. Vielleicht kommt Jules nicht einmal aus Paris, sondern lebt auf einer Insel in Norwegen. Oder in Buochs! Alles ist möglich, das habe ich doch inzwischen gelernt. Lernen müssen.
»Ich mag Paris«, erzählt Jules, als hätte er meine Gedanken gelesen. »Ich lebe seit zwanzig Jahren mitten in dieser Stadt. Sie ist bezaubernd, manchmal chaotisch, aber auch immer voller Angebote und Möglichkeiten. Es mag an meinem Alter liegen, dass ich merke, wie wenige dieser Angebote und Möglichkeiten ich noch nutze und dass Ruhe und Natur für mich immer stärker ins Gewicht fallen. Ich bin ein Stadtmensch, das schon, aber ich muss nicht unbedingt in einer der größten Städte der Welt leben. *Pas du tout.*«
Er sei bereit für einen Neuanfang. In jeder Beziehung.
Wenn er wüsste, zu was allem ich gerade bereit wäre …
Ich sage nur: »Genau das habe ich in Paris gelernt: Dass ich bereit bin für einen Neuanfang, und vor allem, dass ich stark genug dafür bin. Das spürte ich deutlich, als ich allein unter dem Eiffel-

turm stand. Allerdings brauche ich keinen neuen Job, keinen neuen Wohnort. Bei mir geht es zuerst einmal ums Loslassen und Aufräumen. Darum war ich froh, als mir meine Mitbewohner bei meiner Rückkehr mitteilten, dass sie ausziehen werden. Außer Guido – aber er hat keine Wahl: Er muss gehen.«

Jules meint: »Ja, ich verstehe dich, und doch hast du Angst, dass es einsam werden könnte, so allein in dem großen Haus …«

»Schon«, erwidere ich, »aber meine Türen werden immer offen sein, für Menschen, die ich gern mag. Möglicherweise auch für dich.«

Letzteres sage ich leise, sehr leise. Und selbst leise ausgesprochen, brauchen diese Worte viel Mut. Und auch leise ausgesprochen haben sie ein enormes Gewicht. Sie wiegen mindestens so viel wie zehntausend Tonnen Eiffelturm.

Zack – mitten im romantischsten Moment geht ein Ruck durch die Bahn, und gleichzeitig ertönt ein Signal. Nach eineinhalb Stunden! Ich schrecke hoch und schaue ins Tal. Die Lichter brennen überall wieder. Sofort gehe ich zur Kommandozentrale. Der Bereit-Schalter leuchtet, und ich quittiere sofort, damit Marianne wieder starten kann.

Simon meldet: »Kabine 3 – von Kälti – antworten. Kabine 3 – von Kälti – antworten. Wir fahren. Schluss.«

Die Männer auf dem Dach jauchzen und jodeln.

Das Liebespaar steht auf und geht zu ihnen hoch.

Die drei Chinesen waren anscheinend alle etwas eingenickt und erwachen jetzt. Sobald sie merken, dass wir wieder fahren, reden sie aufgeregt durcheinander.

Ich schaue zu Jules, der mich beobachtet. Sein Gesicht ist ein einziges riesiges Lächeln, mindestens so groß wie das Stanserhorn und der Eiffelturm zusammen. Ich lächle zurück.

Während wir der Mittelstation entgegenfahren, frage ich mich: Wird das, was hier in der Luft mit uns passiert ist, noch eine Bedeutung haben, wenn wir wieder auf dem Boden der Realität ankommen?

Als ich im Kälti mit meiner Seilbahn einfahre, gibt es ein riesiges Hallo. Verschiedene Mitarbeiter stehen bereit, um meine Gäste zu umsorgen und sich um ihre Anliegen und ihre Probleme mit der Weiterreise zu kümmern. Auf einem Tisch stehen warme und kalte Getränke, Sandwiches, Äpfel, Kekse. Und unser Chef ist persönlich anwesend.

Simon kommt in die Kabine.

»Bist du okay?«, fragt er mit besorgtem Blick.

Ich nicke, leicht benommen.

»Wir müssen jetzt sofort weiterfahren, nonstop. Die Leute müssen vom Berg. Ich gebe dir Alfons und Toni mit. Die können beim Einsteigen, beim Beruhigen und Organisieren helfen.«

Von oben kommt schon das Bereit-Signal. Ich renne schnell aufs Klo. So viel Zeit muss jetzt einfach sein. Als ich zurückkomme, sind Alfons und Toni bereits in der Kabine. Ich schließe die Türen und starte die Bahn. Schon sind wir wieder unterwegs. Die beiden Kollegen haben mir einen Becher Kaffee und ein paar Kekse mit in die Kabine gebracht, was ich sehr zu schätzen weiß.

Jules sehe ich nur noch beim Wegfahren. Er steht da, eine Kaffeetasse in der einen Hand, mit der anderen winkt er mir zu. Ich winke zurück, lächle in seine Richtung. Dabei würde ich am liebsten weinen. Die Anspannung der letzten eineinhalb Stunden zollt ihren Tribut. Wenn ich ganz ehrlich bin, spielt sicher auch die beklemmende Sorge mit, dass dieses gefühlte Wunder zwischen Himmel und Erde einfach nur ein winziges Intermezzo bleiben könnte und Jules mich auf der Weiterfahrt in der Standseilbahn, runter nach Stans, schlicht und einfach wieder vergisst.

Arbeiten hält die Welt zusammen.

Ich schüttle meine Gefühle ab.

Ich muss jetzt unbedingt funktionieren. Man zählt auf mich. Ich bin ein Profi.
Ich kontrolliere das Cabriodach. Alles sieht ordentlich aus. Ich putze das Geländer, über das meine vier jassenden Passagiere eben noch gepinkelt haben, und bin froh, dass unsere Putzmittel so gut riechen. Toni und Alfons erzähle ich von meinen Erlebnissen vorhin während des Stromausfalls. Natürlich nicht alles, nur das eine oder andere, das halt, was sich als lustige Anekdote eignet.
Bärbel schickt mir ein Smiley. Schön, dass sie immer an mich denkt, egal, was gerade passiert.

24 Eichhörnchen und Waschbären

Als ich mit der ersten vollen Kabine wieder im Kälti ankomme, ist Jules weg. Verständlich. Er hatte ja genug Zeit verloren. Was hatte ich gedacht? Dass er auf mich warten würde? Gehofft habe ich es tatsächlich. Zumindest ein klein wenig. Wobei – schimpfe ich mit mir selbst –, wie lange hätte er denn warten müssen? Ich werde ja bestimmt noch eine Stunde lang die Passagiere vom Horn in die Mittelstation fahren müssen.
Ich fahre mit der Cabriobahn bergauf und bergab, bis alle Passagiere im Kälti sind, von wo sie in die Standseilbahn nach Stans umsteigen. Mit der letzten Standseilbahn fahre dann auch ich ins Tal. Es ist bald ein Uhr. Ich bin mehr als müde, fühle mich erschlagen. Zu viel Aufregung. Zu viel Gefühlschaos.
Ich sitze in der alten Bahn und lasse mir die kühle Abendluft um die Nase wehen. Das gemütliche Ruckeln und Schütteln tut gut.

Marianne sitzt neben mir. Sie hat auch genug für heute. Auch ihr hat die Aufregung zugesetzt, zudem war sie während des Stromausfalls ganz allein in ihrer Seilbahn.

»Das, was heute passiert ist, vergessen wir nie«, meint sie und lacht immerhin schon wieder.

»Stimmt«, antworte ich und denke – ich kann nicht anders – an Jules.

Unten angekommen, räumen wir die Station auf. Offenbar konnten alle Gäste weitertransportiert werden, fanden ihren Heimweg. Mein Chef bedankt sich persönlich bei uns Mitarbeitenden für unseren Einsatz. Danach tragen wir uns auf der Stundenerfassungsliste aus und wünschen uns eine erholsame Nacht.

Ich will jetzt nur noch heim.

Trotzdem schaue ich mich vor der Station unauffällig um.

Nein. Er steht natürlich nicht da und wartet auf mich.

Das wäre dann doch zu kitschig.

So ist das Leben nicht.

So sind amerikanische Spielfilme.

Aber keine Stanserhorn-Romane.

Jules hat jetzt ganz bestimmt anderes zu tun, als sich zu verlieben, er muss sich auf die Gestaltung seiner Zukunft konzentrieren. Die Seilbahnpanne ist möglicherweise nur noch eine kleine Anekdote, mit der er vielleicht da und dort zur Unterhaltung beitragen kann.

… n'en parlons plus …

Reden wir nicht mehr darüber.

Immerhin warten zu Hause meine Noch-Mitbewohner in der Küche auf mich. Ein Glas Wein steht schon für mich auf dem Küchentisch, zudem hat Bärbel aus unserem Kühlschrank einen feinen Apéro gezaubert und eine Kerze auf den Tisch gestellt.

»Erzähl!«, fordert Guido mich auf.
Alle möchten alles wissen.
Alle Gesichter sind mir zugewandt.
Alle Augen ruhen auf mir.
»Ich habe mich verliebt«, sage ich ganz ruhig und ganz deutlich.
Das verschlägt meinen Zuhörern erst mal die Sprache.
»In einen Chinesen?«, fragt Berti lachend.
Ich bestrafe ihn mit einem bösen Blick.
Jetzt prasseln dafür alle W-Fragen auf mich nieder, von Warum bis Wieso, das ganze Programm.
Und so fange ich an zu erzählen. Alles der Reihe nach. Zwischendurch mache ich kunstvolle Spannungspausen, in denen ich einen Happen esse, einen Schluck trinke. Aber ich lasse nichts aus. Und mein Publikum ist toll, hängt geradezu an meinen Lippen.
»Und, wo ist er jetzt, dein großartiger Pariser? Wollte er nicht mitkommen?«, will Guido leicht spöttisch wissen.
»Habt ihr die Adressen ausgetauscht?«, fragt Berti.
Ich zucke nur mit den Schultern, schüttle den Kopf.
»Na ja, das war mal wieder – sei ehrlich – nur so eine Begegnung«, spielt Guido alles herunter. »Wie dein Pierre in Paris. Das weißt du doch selber.«
Gefühlt war es mehr. Viel mehr. Aber Guido sieht es wohl pragmatischer. Genau so, wie es vielleicht auch Jules sieht.
»Ja, ja«, sage ich deshalb leichthin, auch wenn meine Gefühle eine andere Sprache sprechen.
Und dann erfahre ich von meinen Mitbewohnern, dass ein Eichhörnchen den Stromausfall verschuldet habe.
… un écureuil …
Guido erzählt, dass es auch in Hünenberg einmal einen längeren Stromausfall gegeben habe, als ein Storch in ein regionales Verteilernetz geflogen war.

Auch Berti kennt dazu eine Geschichte: »In den USA befürchtete man, das Stromnetz sei anfällig für ausländische Hacker, und machte also eine Studie. Dabei stellte man fest, dass die größten Feinde längst im Land waren: Eichhörnchen, Vögel, Waschbären und andere Tiere.«

Interessant.

Spannend.

Ich gähne, und Bärbel verkündet: »Das wars für heute. Ein langer Tag. Die Versammlung ist geschlossen.«

Gleichzeitig räumt sie den Tisch ab, löscht die Kerze, öffnet das Fenster.

Die Männer verlassen die Küche. Bärbel schließt schnell die Küchentür hinter ihnen und setzt sich dann ganz nahe zu mir hin.

»Also?«, fordert sie mich auf.

»Es ist total verrückt und völlig unvernünftig, nahezu kindisch. Aber dieser Mann – er ist …«

»Was denn nun?«, drängt Bärbel ungeduldig.

»Ich denke gerade ernsthaft über Liebe auf den ersten Blick nach.«

Bärbel gibt zu bedenken: »Die gibt es bestimmt. Nur trifft es halt oft nicht beide gleichzeitig.«

»Genau«, sage ich etwas resigniert. »Und vielleicht waren es wirklich die besonderen Umstände. Es war ja schon sehr, sehr speziell, da oben im Dunkeln in der Luft zu hängen. Ich war nervös, und er hatte eine wohltuend ruhige Ausstrahlung. Das half mir sehr.«

»Und wenn es doch mehr war? Die große Magie der Liebe?«

»Ach, komm! Ich gehe jetzt mal schlafen. Vielleicht lache ich morgen darüber.«

Bärbel sieht mich an, kräuselt die Stirn und sagt: »Wenn ich dich so sehe, kann ich mir das nicht vorstellen.«

Wir umarmen uns kurz und gehen in unsere Schlafzimmer.

Ich liege noch lange wach, versuche, meine Gefühle einzuordnen, den ganzen Abend zu verdauen, repetiere vor meinem geistigen Auge immer wieder gewisse Momente, versuche jede Geste, jedes Wort zu interpretieren. Irgendwann kann ich endlich einschlafen, träume allerdings wirre Geschichten rund um Eichhörnchen und Waschbären.

25 Neue Türen

»Es werden sich ganz bestimmt neue Türen öffnen«, hatte Jules gesagt. Mit diesem Satz im Kopf starte ich in den neuen Tag. Ich habe den halben Morgen verschlafen und fühle mich erholt. Das ist gut so, denn ich habe wieder Spätdienst. Ich hätte ihn abtauschen können nach der Panne gestern, aber ich will arbeiten. Schließlich bin ich ja nicht traumatisiert oder so.

Ganz im Gegenteil.

Außerdem habe ich diesen Dienst von Marco übernommen, der mit seiner Freundin feiern will. Sie sind bereits ein Jahr zusammen. Ein Jahr! Ich fand es herzig, als er es mir anvertraute. Ein Jahr ist so wenig und doch: Ein glückliches Jahr wiegt unglaublich viel. Viele würden alles geben für ein einziges glückliches Jahr. Das darf man also ruhig feiern. Ich hatte viele glückliche Jahre mit Guido. Es tut gut, daran zu denken, wenn Wut oder Verzweiflung manchmal über mich kommen.

Im Moment denke ich gar nicht an Guido. Und wenn, dann ohne besondere Emotionen. Er hat vorhin verkündet, dass er morgen schon ausziehen werde. Gloria werde ihn höchstpersönlich abholen. Und zwar mit Sack und Pack. Das macht mich weder traurig

noch eifersüchtig. Ein ganz anderes, hämisches Gefühl befällt mich, wenn ich an die beiden denke: eine ziemlich intensive Schadenfreude. Nicht nur, dass Guido jetzt bei Pferden wohnt, nein, Gloria – und davon bin ich überzeugt – wird ihm richtig wehtun. Sicher macht sie sich jetzt Hoffnungen, doch Guido liebt weder sie noch ihre Tiere. Wenn Guido sich auf diese Frau einlässt, wird sie sein Herz genüsslich verspeisen und irgendwann wieder ausspucken, davon bin ich überzeugt. Vielleicht sind das auch nur meine ganz persönlichen Rachefantasien, und ich tue der schönen Gloria unrecht. Egal. Die Zeit wird es zeigen.
... n'en parlons plus ...
Ich werkle ein wenig im Haus herum, räume Dinge hin und her, putze hier und da ein wenig, beschäftige mich, so gut ich kann. Ansonsten sitze ich da und starre vor mich hin. Ich versetze mich in das wohlig verliebte Gefühl zurück, Hand in Hand mit Jules in der dunklen Seilbahn. Ich bade förmlich in den Erinnerungen. Ich mache ein Herzensfoto davon, damit ich den kostbaren Moment nie vergesse. Und dann versuche ich die Erinnerungen doch wieder zu verscheuchen, zu meinem eigenen Schutz, weil sie halt einfach nur Erinnerungen sind und ich erwachsen genug bin, sie als solche einzuordnen. Es war schön, magisch, aufregend, bezaubernd.
Es war. Punkt.
Ich versuche, mich auf den Punkt dahinter zu konzentrieren.
Weil ich erwachsen bin.
Alt genug.
Vernünftig.
... n'en parlons plus ...
Ça va pas changer le monde ...

Auch das heutige Candle-Light-Dinner ist wieder ausgebucht. Ein paar Gäste haben wegen der Schlagzeilen zwar abgesagt. Dafür

haben sich ein paar andere genau deswegen frisch angemeldet. So sind die Menschen.
Die Nacht ist erstaunlich mild. Die Sterne leuchten klar und deutlich auf uns herunter.
Ein Jodelchörli fährt auf den Berg und singt mir ein Ständchen.

...alls, was bruuchsch uf de Wält, das isch Liäbi...

Genau.
Alle singen mit, ich natürlich auch, und es wird eine ganz besondere Fahrt. Überhaupt sind alle heute nett und freundlich und gesprächig, ganz so, als würden sie spüren, dass ich besondere Zuwendung brauche. Eine alte Dame mit Hut, die regelmäßig am Abend hochfährt, nur um eine Tasse Kaffee zu trinken und die Stimmung zu genießen, bringt mir sogar in einer kleinen Papiertüte ein Stück Marmorkuchen mit. Ja, mein Job ist heute eine gemütliche, aufgestellte Angelegenheit.
Und alles läuft rund.
Nur ab und zu ertappe ich mich dabei, wie ich mich umschaue, ob da nicht vielleicht irgendwo ein charmanter Pariser steht und mir zuwinkt.
Er steht nicht. Er winkt nicht. Punkt.
Ich komme mir albern vor, wie ein Teenager, der allem zu viel Bedeutung beimisst, vor allem sich selber. Und irgendwie bedauere ich, dass ich kein Teenager, keine siebzehn mehr bin – wegen der Bäume. Ja, ich mag Peggy Marchs Hit aus den Sechzigern, auch wenn das kitschig ist.

Mit siebzehn hat man noch Träume
Da wachsen noch alle Bäume
In den Himmel der Liiiiebe

Meine Bäume wachsen nicht mehr.
Nirgendwohin.

Heute können wir schon kurz nach elf Uhr abends Feierabend machen. Das liegt wohl am Wetterumschwung. Der Wind nimmt zu und macht die Gäste nervös. Dabei fährt meine Cabriobahn problemlos durch leichte Stürme, weil das Fahrwerk eben nicht nur an einem Tragseil hängt, sondern an zweien, die rechts und links an der Kabine befestigt sind. Das gibt unserer Seilbahn Stabilität und hat im Nebeneffekt die weltweit einmalige Dachterrasse ermöglicht.
Trotzdem: Wir haben nichts gegen einen früheren Feierabend als üblich einzuwenden. Flugs haben wir unten die Station aufgeräumt, und ich mache mich auf den Heimweg durch das nächtliche Stans.
Plötzlich schreit es hinter mir: *»Judith! Judith! Ne cours pas si vite!«*
Lauf nicht so schnell!?
Er ist da!
Jules!
Das ist … irgendwie … einfach unglaublich schön.
Ich bleibe wie angewurzelt stehen und strahle ihn an, als wäre er der Weihnachtsmann höchstpersönlich: Der charmante Pariser rennt hinter mir her!
Im Arm einen riesigen Blumenstrauß.
»Fast hätte ich dich verpasst. Ich wollte dich abholen. Man sagte mir, du hättest um halb zwölf Feierabend.«
»Du wolltest mich abholen?«, frage ich nur.
»Und dir Blumen bringen«, antwortet er, ziemlich außer Atem, und drückt mir den Strauß in die Arme. Eine Explosion von Farben und Gerüchen. Aber ich sehe nur ihn.
»Danke«, sage ich.

Und dann stehen wir einfach so da und strahlen uns eine Weile an. Ich verliere mich in seinen Augen, seinem Lächeln.
Jules nimmt mich in seine Arme, zerdrückt den wundervollen Strauß dabei und küsst mich, zuerst ganz vorsichtig, fast fragend, später voller Leidenschaft. Ganz lange stehen wir eng umschlungen da, ruinieren den Blumenstrauß völlig, sodass ich ihn fallen lasse, halten uns jetzt noch fester und spüren den Herzschlag des anderen, der sich mit dem eigenen vermischt, bis die Herzen gemeinsam im Einklang zu schlagen scheinen.
So fühlt sich Liebe an.
Dann schauen wir uns in die Augen, und jeder sieht die Fassungslosigkeit, die Ergriffenheit des anderen. Wir fühlen dasselbe, und das ist ein Wunder, das man nur selten erlebt, vielleicht auch gar nie.
Nach einer Weile räuspert sich Jules, und bevor er etwas sagen kann, frage ich ihn: »Kommst du auf ein Glas Wein zu mir?«
»Gern.«
Ich warne ihn: »Du weißt noch, dass ich in einer WG wohne?«
Er zuckt nur mit den Schultern: *»Ça ne fait rien.«*

Prompt sitzt Guido noch am Eichentisch, als ich mit Jules zusammen die Küche betrete. Er trinkt seinen Wein und liest in einem Fachbuch.
Ich stelle die Männer einander vor: »Das ist Jules aus Paris, und das ist Guido, mein Noch-Ehemann, der vorübergehend – noch – hier wohnt.«
Guido blickt feindselig auf Jules und grüßt halbherzig.
»Ich habe viel von Ihnen gehört«, sagt mein Pariser frech.
»Jules schläft heute hier«, erkläre ich.
»Wo denn?«, will Guido wissen, als wäre er der Hausherr und hätte noch irgendetwas zu sagen.

»Ach, das ist ein großes Haus«, sagt Jules schnell. »Da finde ich schon ein Plätzchen.«

Une petite place pour moi.

»Genau«, bestätige ich und schiebe meine Hand in die von Jules.

Das ist zu viel für Guido.

»Ich glaube, ich schlafe heute in der Praxis« – sagts und steht auf.

Ich halte ihn nicht zurück. Ganz bestimmt nicht.

»Danke, Guido. Und gute Nacht!«

»Bonne nuit, Guido«, schickt Jules freundlich hinterher.

Da Bärbel heute bei Berti schläft, sind wir nun allein.

Nun setzen wir uns an den Küchentisch, meinen liebsten Platz im ganzen Haus. Guido hatte für sich gerade eine gute Flasche Rotwein geöffnet. Ich stelle sein Glas weg und fülle zwei neue Gläser für Jules und mich.

»Auf uns!«, sagt mein charmanter Pariser.

Ich zünde eine Kerze an.

Und dann frage ich: »Warum bist du gekommen?«

Jules überlegt einen Moment und erklärt dann: »Nun, ich wollte wissen, ob ich mir alles nur eingebildet habe. Ob da wirklich so viel war zwischen uns. Ich wollte wissen, warum mein Herz so aufgeregt war.«

»Und?«, frage ich nach.

Dann sprudelt es aus ihm heraus: »Es ist völlig verrückt, aber es ist alles noch da. Ich habe mich in dich verliebt. Und es macht mir ein wenig Angst. Aber vor allem Freude.«

Wir sitzen uns gegenüber, halten unsere Hände, schauen uns an.

Jules ergreift wieder das Wort: »Ich hatte heute ein langes Gespräch mit meinen Freunden aus Luzern. Ich werde in ihre Gemeinschaftspraxis einsteigen. Ich bleibe hier.«

»Willkommen!«, sage ich und füge feierlich hinzu: *»Bienvenu à Lucerne.«* Und ergänze dann: *»Bienvenu dans ma vie.«*

Er schaut mich an und lächelt.
Niemand weiß, wohin das führen wird.
Keiner kann sagen, ob wir eine Zukunft haben.
Aber einmal abgesehen vom Morgen und vom Übermorgen: Das Heute ist von einem großen Zauber gesegnet, und wir sind beide bereit, es zu einem Fest der Liebe zu machen.

Später, in meinem großen, neuen Bett, bringen mich Jules' zärtlichen Hände in Windeseile um den Verstand. Ich lasse mich einfach fallen. Ich denke nicht mehr, ich fühle, ich spüre, lasse mich davontragen von den Wellen der Lust. Es muss Lichtjahre her sein, dass ich mich so begehrt und geliebt gefühlt habe. Jules feiert jeden Zentimeter meines Körpers.
Ich glaube, ich habe die neue Tür gefunden, die er mir versprochen hatte. Hier beginnt etwas unfassbar Schönes, etwas Magisches, Zauberhaftes.
Vielleicht etwas, das bleibt?
Zumindest hat mir mein Ausflug zum Eiffelturm die Kraft gegeben, mich dafür zu öffnen. Es braucht Stärke, sich wieder in die Verletzlichkeit der Liebe zu begeben. Viel Stärke.
»Man muss mit allem rechnen, auch mit dem Guten.« Eine Postkarte mit diesem Spruch hat mir Bärbel neulich an den Kühlschrank geklebt. Ja, ich will mit dem Guten rechnen. Immerhin habe ich gelernt, dass ich auch das Schlechte überleben, überstehen kann. Das ist sehr hilfreich und gibt mir Kraft und ein bisschen Gelassenheit.
Jules und ich.
Das wird garantiert meine Welt verändern.
Mein altes Lied kann ich vergessen.
Oder ich verändere seinen Text:
Ça va changer le monde!

Möglicherweise brauche ich gar kein eigenes Lied mehr, jetzt, wo so viel neue Musik ist in meinem Leben, wo alle Melodien möglich, alle Tonarten offen sind.
Weil er da ist.
Jules.
Vielleicht für immer.
Auf jeden Fall bis morgen.

Selbstverständlich ist in dieser Geschichte alles frei erfunden. Ähnlichkeiten mit Personen sind Zufall.
Und inzwischen weiß ich auch: Die Cabriobahn hat sogar *zwei* Ersatzmotoren. Es kann so einen Vorfall wie den von mir erfundenen eigentlich gar nicht geben.

Danke …

… für jede Unterstützung meiner Parisreise: Denise Urbach und Solène von HelpTourists sowie Lisbeth Fuchs.

… für die Zeit als Stanserhorn-Bähnlerin. Danke, Andrea Infanger, Noldi Flury und Jürg Balsiger, fürs Gegenlesen und die allgemeine Unterstützung. Danke allen ehemaligen Arbeitskollegen und -kolleginnen für das schöne Team-Gefühl. Einen speziellen Dank an meinen Bähnli-Götti, Sepp Barmettler.

… Röbi Koller und dem »Happy Day«-Team. Danke, dass Peter und ich bei euch zu Gast sein durften. (Ich durfte sogar unter die Gelddusche, den Happymat, stehen – das war lustig.) Danke, Röbi, dass ich dich in meine Geschichte einbauen durfte.

… meiner Verlegerin, Gabriella Baumann-von Arx. Immer wieder: danke! Du bist mir ans Herz gewachsen.

… Daniela Welti, für deine Geduld und dafür, dass du eine gute Arbeitskollegin bist.

… meiner Lektorin, Andrea Leuthold, die manch krumme Sätze für mich geradebiegt und streng sein kann, ohne zu verletzen. Du bist die Beste.

… meiner Korrektorin, Lydia Zeller, die dafür sorgt, dass ich mich nicht mit meinen Fehlern blamiere.

… Thomas Jarzina für die Buchhülle in meiner Lieblingsfarbe, die ich liebe wie alle seine wunderbaren Covers.

… meiner alten und meiner neuen Familie, insbesondere meinem wundervollen Lebensgefährten Peter Bachmann. Ohne euch würde gar nichts gehen.

… meinen Leserinnen und Lesern für Rückmeldungen aller Art, für den Besuch meiner Lesungen, für persönliche Briefe, für selbst gebastelte Karten und Kalender, für Gebäck im Briefkasten. Ihr tragt mich von Buch zu Buch!

Liebe Grüße – wie immer – auf den Stoos, auf den Urmiberg, auf das Stanserhorn und – das ist neu – auf die Rigi. Wenn ich nicht da bin, dann bin ich dort.

Blanca Imboden, März 2021

Unsere Bücher finden Sie überall dort,
wo es gute Bücher gibt, und unter
www.woerterseh.ch